La hija del silencio

Marta Sebastián Pérez

Algunos fragmentos de canciones incluidos en este libro se han utilizado única y exclusivamente con la intención de darle más realismo a la historia, sin intención de plagio.

ISBN: 978-84-09-46229-2

Título original: *La hija del silencio*

Corrección: *Javier Arroyo*

Diseño de portada: *Sara Sebastián Pérez*

Maquetación: *Lander Arteaga Egiluz*

A Silvia y Sergi.

Sin aquel viaje a Berlín esta novela quizás nunca hubiera existido. Por esos viajes que te cambian la vida.

INDICE

«Es más importante entender al verdugo que a la víctima» Javier Cercas

Dicen que mi padre era un monstruo. Dicen que ayudó a la divulgación de la propaganda nazi. Dicen que hay actos que no tienen perdón y mucho menos justificación, que no hay excusa en la que escudarse... Dicen que hay personas que merecen arder en el infierno por toda la eternidad, aunque nunca hubieran disparado un arma contra otra persona... Dicen que las balas que disparaba mi padre eran igual de mortíferas... Robaban el alma de las personas a las que fotografiaba mientras se estaban muriendo.

Dicen muchas cosas... Los mismos que años antes alababan su arte, los mismos que años antes lo miraban con envidia por estar tan cerca del Führer y que hubieran dado cualquier cosa por ser ellos los que se sentaran a su lado... Tras la caída de Alemania en la guerra, renegaron de todas sus creencias con tal de salvar el cuello.

Dicen que mi padre era un monstruo... Pero ese monstruo, todas las noches que dormía en casa, se acurrucaba a mi lado en mi cama, me leía un cuento (su libro favorito era uno de mitología nórdica que aún conservo y que me hace volver a esos momentos), me daba un beso de buenas noches y me prometía que debajo de mi cama no había ningún monstruo...

Y tardé mucho en comprender que todos somos monstruos según quien nos mire, que en todas las personas está la capacidad de amar y odiar a la vez, de hacer el bien y llevar a cabo las mayores atrocidades...

Hoy leo los artículos de historia y no puedo evitar sonreír con cinismo. Durante años, mi padre fotografió a personas que llevaban una estrella cosida a su ropa, un trozo de tela que los marcaba, que los degradaba como personas... Yo he llevado toda mi vida una marca impregnada en mi piel, un tatuaje invisible que nunca me hice, del que nunca fui culpable... O quizás sí tuve la culpa de algo: de amar a mi padre.

La guerra dejó tras de sí demasiadas víctimas inocentes. La posguerra, esa que la historia ha intentado blanquear, ese proceso de desnazificación de Alemania del que nadie parece querer hablar, dejó otras tantas... Pero de esas nadie quiere hablar. Y yo, como muchos otros niños que crecimos durante la guerra, soy una hija del silencio.

1

Hacía mucho frío esa tarde en la que volví a pisar Múnich. Tras varios años en la escuela para señoritas St. Anna, sin casi pasar por la ciudad donde habitaban mis padres, volvía al lugar que debía llamar *hogar*. *Hogar...* Ese era un término que me costaba hasta comprender. No, miento... Una vez tuve un lugar al que denominaba de esa manera, un lugar donde me sentía protegida, donde me sentía amada... Un lugar que sentía mío... Donde el miedo no llegaba. Hasta que un día llegó, hasta que un día tocó huir, dejar miles de recuerdos y escapar con el sonido de las bombas tras mis pasos... Y entonces decidí encerrar todos esos recuerdos, esa sensación de pertenecer a algún sitio en un rincón de mi mente y de mi corazón y asumir que era posible que nunca volviera a llamar a ningún otro sitio *hogar*.

Suspiré y miré a mi alrededor. La estación central seguía en obras. La reconstrucción de la ciudad seguía como una marca que se esforzaba por desaparecer mucho más lento de lo que habían prometido; quizás para recordarnos que el pasado nunca se puede ni se debe borrar. Aunque esa era una lección que nadie se molestaba en aprender.

Dejé mi maleta en el suelo intentando localizar algún rostro conocido. Mis padres me habían insistido en numerosas cartas en ir a buscarme a la escuela, pero me había negado. Ya bastante tenía con acabar el curso un semestre antes que el resto de mis compañeras. Lo habían disfrazado alegando que era una recompensa a mi esfuerzo, a mis grandes notas, a mis ansias por saber, que habían llevado a que me hubiera ventilado el temario mucho antes de lo marcado... Todo eso les había venido muy bien. Cuanto antes estuviera fuera, antes se quitaban un peso de encima. No era ni había sido la única alumna conflictiva que habían tenido, como les gustaba decir por no denominarnos como lo que éramos: hijas de nazis; pero siempre me había quedado claro que en cuanto pudieran librarse de mí lo harían sin dudar. No podían rechazarnos en pro de ese lema que repetían sin parar: «Nuestra joven democracia no hace sufrir a los hijos por culpa de sus padres», pero tampoco les hacía la menor gracia tenernos allí y hacían oídos sordos a la reacción del resto de las alumnas ante nuestra presencia, incluso a veces la apoyaban con gestos poco disimulados.

Democracia... No acababa de entender qué era realmente esa palabra que a tantas personas les gustaba repetir. Crecí sin conocerla, sin echarla de menos, porque es imposible añorar lo que nunca has vivido... Lo único que me planteaba cuando salía el tema era si podríamos hablar de una verdadera democracia cuando las manos de otros países eran las que movían todos los hilos.

Suspiré. En los últimos tiempos lo hacía demasiado a menudo. Era completamente consciente de este pequeño tic que cada día estaba más presente en mí... Sin embargo, no quería pensar en el motivo por el que lo hacía. Contemplé la amplia sala llena de pilares en la que me encontraba. Había leído quejas en el periódico, algunas compañeras lo habían murmurado tras alguno de sus viajes a ver a sus familiares: ese aire neoclásico recordaba demasiado a la estética reinante unos años atrás. Cambié el peso de un pie a otro mientras meditaba... El resultado era hermoso... ¿Debíamos renunciar a grandes obras arquitectónicas (o artísticas) solo porque nos recordaran al Tercer Reich? ¿Teníamos que hacer borrón y cuenta nueva como si todos aquellos años no hubieran ocurrido nunca?

—Agna, ¿te ibas a ir sin despedirte de mí?

Me gire para ver cómo Elba avanzaba hacia mí con decisión. Llevaba un vestido estrecho que le llegaba justo por debajo de las rodillas y remarcaba aún más sus caderas con la utilización de un cinturón. Llevaba el pelo suelto debajo de un hermoso sombrero y ni su rostro ni su ropa tenían rastro alguno del viaje en tren que acabábamos de realizar. Elba era la elegancia en estado puro. Pude contemplar cómo varios viandantes se giraban para observarla... Y mi vista se detuvo en unos cuantos chicos uniformados. Noté cómo mi cuerpo se ponía tenso. Americanos. Cerré los ojos unos segundos para expulsar de mi mente los recuerdos que se amontonaban en ella y ahogaban mi pecho. No era momento para pensar en eso, para rememorarlo... Aunque costaba no volver a la noche en que vi a uno de ellos por primera vez apuntándome con unas armas que eran casi más grandes que yo.

Sonreí a Elba, que había llegado a mi lado, y la abracé con fuerza, como si necesitara sentir que era real, que no era parte de esas imágenes que habían vuelto a colarse en mi cerebro y que me recordaban cada día que tenían razón aquellas que durante mis años de estudio me señalaban e insultaban y me decían que nunca podría ser una de ellas...

—Sabes que nunca haría eso.

Elba era mi única amiga. La única que nunca me había tratado diferente. Para ella solo era Agna, esa muchacha algo tímida y callada que prefería quedarse en un rincón observando todo lo que sucedía a su alrededor. Y a su lado yo aprendí a ser yo misma... Fuera eso lo que fuera.

Elba era divertida y dulce, tenía una eterna sonrisa en los labios y una capacidad para llevarse a la gente a su terreno que siempre he envidiado. Si no hubiera sido por ella, mi vida en la escuela para señoritas habría sido una sucesión de días sin sentido.

—Sabes que, por mucho que insistiera la directora, si quieres, puedes quedarte hasta final de curso, ¿verdad?

Elba leía en mi mente mejor que yo misma. Suspiré y volví a centrar mi atención en los obreros que trabajaban en la reconstrucción de la estación. Oía a la gente protestar por lo bajo por el polvo y el ruido que producía la obra y lo mucho que estaban tardando... Las personas no solemos asumir que todo tiene su ritmo, que las cosas no se acaban de un día para otro...

—No te preocupes... Mi tiempo allí terminó. Es lo mejor para todos.

—No hables por todos... Para mí no lo será.

Mi amiga hizo un gracioso mohín. Ella era lo único que iba a echar de menos de esa época.

—Sabes que tu vida en la escuela hubiera sido mucho mejor si no me hubieras acogido bajo tu ala...

—Mira, Agna —me dijo mientras me señalaba con el dedo índice y clavaba sus ojos en los míos—, eres la mejor persona que ha entrado alguna vez en ese edificio... Esa gente tendría que estar agradecida por haberte conocido. Que nadie te haga sentir mal por cosas que no son culpa tuya ni por sentir diferente a lo que ellos creen que debes sentir.

Volví a abrazarla... ¿Cómo no hacerlo si era mi salvavidas?

—¿Agna?

Una voz familiar me hizo volver al lugar donde nos encontrábamos. Me separé de Elba mientras le dedicaba una sonrisa y me giré. Y me perdí en esos ojos azules rodeados de demasiadas arrugas que el tiempo había dibujado en su hermoso rostro. Tuve una necesidad infinita de abrazarla, pero ya había montado bastante el espectáculo con Elba como para continuar.

—Tía Dagna...

Sentí un nudo en la garganta. Durante mi estancia en la escuela, mi familia no había ido a visitarme en los momentos en los que el estricto protocolo de St. Anna lo permitía... Y lo comprendía... Pero dolía y los había echado mucho de menos.

—Mi niña... Estás hecha toda una mujer —la voz de mi tía también estaba rota por la emoción. Miré a mi alrededor buscando a mis padres, y ella captó mi gesto—. Los verás en casa. Están deseando verte, pero tu padre está trabajando y a tu madre ya sabes que le da pánico coger el coche.

Asentí en silencio. ¿Qué más podía decir? ¿Cómo se pasa de insistir en venir a buscarme a la escuela a ni siquiera venir a por mí a la estación de tren?

—Imagino que es la famosa Elba —dijo mi tía mientras señalaba a mi amiga.

—Sí, perdona... Elba, ella es mi tía Dagna. Elba es...

—Has hablado tanto de ella en tus cartas que no hace falta que me digas nada. ¿También te han dejado escaparte de la escuela o estás de vacaciones?

—Solo de vacaciones, por desgracia —contestó Elba—.

No todas tenemos el cerebro de su sobrina.

—Espero verte por casa antes de que vuelvas a la escuela.

—Será un placer —respondió mi amiga con esa sonrisa dulce y taimada que se habían esforzado en enseñarnos a utilizar en la escuela. Luego se volvió hacia mí—. Agna, me esperan. ¿Te veo, entonces, el martes? —Asentí con el cuerpo lleno de emociones que no sabía cómo expresar—. Ha sido un placer conocerla —se despidió de mi tía antes de recoger su maleta del suelo y darse la vuelta para perderse entre el gentío de la estación llevándose con ella gran parte del poco optimismo que yo tenía.

—¿Vamos a casa? —me preguntó mi tía mientras observaba cómo seguía mirando hacia el lugar por donde Elba había desaparecido. Contuve las lágrimas que querían recorrer libres mis mejillas y le dediqué una sonrisa a mi tía—. ¿Preparada?

—Por supuesto.

Mentí. No era mi intención engañarla a ella, que tanto me había dado cuando el mundo nos repudió. No. Solo quería mentirme a mí misma. Y en eso era ya una experta.

• • •

El viaje hasta casa fue casi un suspiro. Mi tía siempre había conducido a una velocidad que yo, que había heredado un poco el miedo de mi madre a los coches, consideraba excesiva; y si a eso le unimos que yo no paraba de contemplar todo lo que nos rodeaba..., era normal que el tiempo pasara volando.

Múnich empezaba a dejar atrás la ciudad en ruinas en

la que se había convertido tras los bombardeos. Los recuerdos de los miles de escombros que dominaban las calles, los edificios destrozados y desnudos, mostrando solo sus tristes esqueletos, el polvo gobernando el aire y asfixiándonos los pulmones... Sentí que en unos años pasarían a formar parte de una horrible pesadilla, un mal sueño que sería solamente parte del pasado... Y un extraño nudo se instaló en mi pecho.

—¿Estás bien?

La voz de mi tía me sacó de los pensamientos. Volví a suspirar, como si con ese gesto pudiera sacar todo el dolor que habitaba en mi interior. Me di cuenta de que una solitaria lágrima recorría mi mejilla, me la limpié y le dediqué una sonrisa a mi tía, que comenzaba a hacer las maniobras para aparcar.

—¿Algún día podremos volver a estar bien del todo?

Dagna me miró con fijeza una vez que había parado el coche en su sitio.

—Eres muy joven, Agna, aunque la vida te haya hecho sufrir cosas que nadie debería haber sentido... No puedes dejar que el pasado oscurezca tu corazón. Volverás a estar bien, volverás a sonreír como cuando eras niña... Y te enamorarás... Vivirás un amor que te hará llenarte de esperanzas...

Amor... Lo único que sabía del amor era lo que había leído en las novelas románticas que nos pasábamos a escondidas en la escuela. A las profesoras les parecía que no eran más que una pérdida de tiempo. Lecturas que no nos enseñaban nada pero que conseguían que nos evadiéramos, que volviéramos a soñar... Quizás eso era lo que más temían: que volviéramos a soñar, porque daba un sentido a nuestras vidas. Pensé en mis padres... ¿Ellos se habrían amado de esa manera?

¿Habrían estado completamente locos el uno por el otro antes de que la guerra lo consumiera todo? Y pensé en mi tía... Viuda tan joven. Como tantas otras mujeres que los rodeaban.

—¿Tú amabas al tío Erik?

Mi tía soltó una carcajada llena de dulzura y de pena a la vez.

—Hay conversaciones que no se tienen en un coche... Pero sí... Lo amaba.

—¿Es verdad que el abuelo se enfadó mucho cuando te casaste con él?

Nadie me había hablado de ese tema directamente, solo eran pedazos que había ido escuchando de conversaciones robadas en las que no se me permitía estar presente... Dagna me contempló con una sonrisa cínica, clavando su mirada en mis ojos.

—¿No estará, señorita, haciéndome estas preguntas con la intención de retrasar el momento de entrar en casa?

Me puse colorada. Estaba convencida de que esa no era mi intención. Mi tía Dagna había sido una completa desconocida para mí hasta que en 1945 nos dejaron salir de aquella enorme casa donde nos tenían retenidas tras la rendición de Alemania en la Segunda Guerra Mundial y ella nos acogió en su hogar; solo había podido ir uniendo pequeños trozos de frases captadas a escondidas.

—No es solo por eso —le respondí intentando ser lo más sincera que podía. Le debía tanto a esa mujer, y casi no sabía nada de ella...

—Ya tendremos tiempo para hablar largo y tendido de

todas esas cosas que te preocupan. Ahora toca entrar en casa.

Casa... Salí del coche con esa palabra revoloteando en mi interior. Observé el edificio que se mostraba ante mis ojos y recordé cómo, siendo aún una niña, llegué por primera vez a ese lugar. Estaba asustada. Mucho. Tenía hambre y frío. Los soldados nos habían dejado libres a mi madre y a mí y solo teníamos encima lo que cabía en una maleta. No sabía dónde estaba mi padre ni si volvería a verlo alguna vez. *«Es mejor ponernos en lo peor, Agna»*, me repetía mi madre mientras las lágrimas recorrían mi rostro. ¿Lo mejor? Era una niña y había pasado de tener una infancia feliz, sin privaciones, sin casi enterarme de que el mundo estaba luchando con fiereza... a tener que huir, a escuchar las bombas cada vez más cerca destrozando todo el paisaje que tanto amaba... De pronto, unos soldados me apuntaban con sus armas... Y yo, que era una niña que solo quería bailar y jugar con sus muñecas, dejé de bailar y solo me abrazaba con fuerza a la única muñeca que había podido traer conmigo mientras deseaba que todo aquello se acabara... *«Iremos con tu tía Dagna»*... Y ahí descubrí que tenía una tía viva, que la hermana de mi padre, de la que nadie quería hablar, vivía en un barrio de Múnich, cruzando el río, muy cerca de donde habíamos estado alojados en varias ocasiones, y a la que nunca había visitado.

Era una pequeña casa de dos alturas, una de las paredes laterales estaba decorada con plantas, dándole un aspecto campestre en mitad de la ciudad. Me gustaba, no podía negarlo. Era tan sencilla que me ganaba. Y aunque yo aún no me sentía con las fuerzas suficientes para llamarla *casa* u *hogar*, había sido un lugar que me había acogido cuando, con once años, creí que ya nunca sería bien recibida en ningún sitio, y eso lo convertía en un lugar especial.

Mi tía hizo el amago de ir a coger mi maleta; se lo

impedí. No es que pesara mucho. Me había acostumbrado a no llevar nunca muchas cosas encima. Necesitaba tener algo en las manos. Mi cuerpo parecía que iba a estallar con todas las emociones que me embargaban. Y me di cuenta en ese mismo momento de la urgente necesidad que tenía de volver a ver a mis padres, de volver a sumergirme en sus brazos, de escuchar su voz hablándome sin la intromisión de un aparato... De sentirlos... Y de sentir que mi padre no era el monstruo que todo el mundo decía que era; que mis recuerdos sobre él eran verdaderos y no solo un intento de mi corazón por no romperse en mil pedazos. Y tuve que hacer un esfuerzo sobrehumano por no salir corriendo, abrir esa puerta y buscarlos. Pero solamente anduve. Un paso tras otro. Con esa sensación de ir a cámara lenta. Hasta que por fin abrí la puerta y fui directa al salón como si mi corazón me indicara dónde estaban esperándome.

• • •

La chimenea del salón crepitaba alegremente, dándome la bienvenida. No era un día frío, pero estaba convencida de que habían puesto el fuego por mi madre. Siempre había sido un poco friolera, pero, tras el periodo encerradas, donde la única manera de entrar en calor era abrazarnos muy fuertemente la una a la otra mientras esperábamos a que el sueño se decidiera a dejarnos dormir, aunque fuera una sola vez, una noche entera, se había vuelto casi una obsesión. Por suerte, a mí no me había pasado... Gracias a ella. En aquellos meses encerradas en un viejo palacete, junto a muchas otras mujeres y niños, esperando que alguien decidiera qué hacer con nosotras, mi madre hizo todo lo posible para que nunca pasara frío y que el hambre que yo sentía fuera el mínimo posible. El nudo que tenía enganchado a mi garganta se hizo aún más grande... Y en ese momento agradecí la imperiosa necesidad de la directora de la escuela por sacarme cuanto antes de su internado. Volvía a ver a mis padres juntos, libres... Y eso no tenía precio.

Mis padres hablaban entre ellos. Los observé en silencio, sin delatar mi presencia. Era algo que solía hacer cuando era pequeña: contemplaba a mi madre y la admiraba. Era alta y atlética. Largo cabello rubio que siempre llevaba a la moda. Podía parecer un frágil cisne de lo hermosa que era, pero yo sabía que mi madre ocultaba tras esa eterna sonrisa bien calculada una mujer fuerte, inteligente y estratega. La estancia en Göggingen la había cambiado; al menos eso siempre me pareció a mí, a pesar de que ella nunca quiso mostrarlo. Había sido la segunda vez que estaba encerrada, y estaba convencida de que la segunda vez había sido mucho más dura que nuestra estancia juntas en aquella oscura y fría casa. Cuando volví a verla tras su periodo en el campo de concentración, dijo una frase que en ese momento no entendí y que me ha acompañado el resto de mi vida: *«Fueron mis mejores vacaciones. Esta detención también le gustó mucho a Emmy»*. Emmy era Emmy Göring, y me costó tiempo comprender toda la ironía que llevaba implícita esa frase. Estuvo detenida un año y fue liberada cuando comenzó el proceso de desnazificación. Un año en el que pude verla en contadas ocasiones. A mi tía no le gustaba llevarme allí. A mi padre lo vi menos en los cuatro años que estuvo prisionero...

Mi padre parecía haber envejecido varios años desde la última vez que lo había visto. En su pelo castaño aparecían unas cuantas canas y parecía haberse rendido a la evidencia de necesitar unas pequeñas gafas. *«Tú padre es un asesino»*, me solían decir las compañeras del internado; habían llegado a pintarlo en mis sábanas... Y yo, avergonzada por esas palabras, no había dicho nada; solo las había cogido, las había llevado a la lavandería y las había frotado con fuerza mientras me esforzaba por no llorar mientras las letras iban desapareciendo una a una de la vieja tela. Elba me había encontrado ahí, y tuve que pedirle que no fuera a buscar a las responsables... Yo solo quería ser invisible, terminar mis estudios e irme de allí... Y ahora que lo había conseguido, temía el mundo exterior.

Contemplé a mis padres en silencio. Ella sentada en un sofá al lado del fuego; él de pie mirándola fijamente. Se les notaba serios y preocupados. Quizás sentían el mismo torbellino de emociones que yo.

—Hola...

La voz casi no salía de entre mis labios, pero ellos se volvieron de golpe y, tras una milésima de segundo en la que me miraron como si no se creyeran que estuviera ahí, corrieron hacia mí y nos fundimos en un abrazo. Y comencé a llorar, ya sin control. No era la primera vez que nos veíamos desde la liberación de mi padre unos pocos meses antes, pero, por primera vez desde que el final de la guerra empezó a dibujarse ante nuestros ojos, vislumbraba la esperanza de que no volverían a separarnos y podríamos ser de nuevo una familia. Y eso era lo único que yo pedía.

• • •

—Tendremos que comprarte algo de ropa.

Mi madre observaba en silencio cómo iba colocando mis pocas pertenencias en el armario. Puse la foto de los tres que siempre llevaba conmigo en la cómoda que había próxima a mi cama y a su lado, una que me había hecho con Elba y luego me volví a mirar a mi madre, que esperaba una respuesta mía sentada en una preciosa butaca situada junto a la ventana. Era la primera vez en muchos años que volvía a tener habitación propia, y una sonrisa inundaba mi rostro.

—Cuando quieras, madre.

Nunca había sido muy coqueta, nunca había necesitado mucho más de lo que tenía, pero tampoco iba a darle ese disgusto a mi madre.

—Lo que no sé es si tendrás un vestido apropiado para hoy.

—¿Para hoy?

—Sí. Vienen a cenar Karl y Victoria, no sé si te acordarás de ellos. —Hice memoria, pero no conseguí localizar los nombres que mi madre utilizaba como si fueran íntimos de la familia. Tampoco tenía mucho interés. No entendía por qué teníamos gente a cenar en mi primera noche en la ciudad. Hubiera preferido una cena los cuatro solos, poniéndonos al día; sin embargo, la siguiente frase de mi madre sí captó mi atención—: Tú eras muy amiga de su hijo, Hans. Creo que tiene un año más que tú.

Hans... Hans Flirk. Sí. A él sí lo recordaba. Un chaval alto, delgado, de abundante pelo rubio, ojos azules y con una sonrisa digna de los mejores actores de cine. ¿Cómo no acordarme de él si fue mi primer beso? Era un 20 de abril y estábamos un gran número de familias en la Kehlsteinhaus, a la que un francés había decidido llamar el Nido del Águila, para celebrar el cumpleaños del Führer. Los ánimos andaban algo caldeados, aunque yo no entendía muy bien el motivo. Hans me cogió de la mano y me sacó de la casa mientras me decía que los mayores discutían cosas que no debían en esa fecha. De todos era sabido que ese día no se podían dar malas noticias; la última vez que eso había sucedido, se prohibieron los partidos de fútbol de la selección en esa fecha. Mis padres y los de Hans eran muy amigos. Mi padre había rodado varias películas en las fábricas de acero que poseía Karl, y Victoria era la perfecta ama de casa, siempre a la sombra de un marido poderoso. Tan poderoso que se permitía el lujo de bromear con la alta cúspide del partido.

Hans me sacó de la casa y nos fuimos corriendo a escondernos a un rincón del jardín. Las vistas eran impresionantes: los Alpes Bávaros y los Austríacos se extendían ante nuestros ojos, y sentíamos que el mundo estaba a nuestros pies. Tan niños, tan críos... Tan ingenuos... Gritamos, cantamos, soltábamos todas las tonterías que se nos pasaban por la cabeza y no parábamos de reír. Y, de pronto, el rostro de Hans se puso serio y sus ojos se posaron en los míos.

—Mi padre dice que la guerra llegará muy pronto a casa.

Lo miré sorprendida, incrédula. Ignorante del verdadero significado de la guerra. Sin saber qué consecuencias nos iba a traer. Solo era una niña que ni siquiera había llegado a la adolescencia. Y él me pareció, de golpe, un adulto al que no conocía.

—¿Y eso qué significa?

—Iré a la guerra.

Me reí. ¿Cómo no hacerlo? Era un crío de pantalones cortos y un peinado infantil, era mi compañero de juegos cuando nos rodeaban de adultos que no nos hacían ni caso.

—Eres muy pequeño aún. Los soldados son grandes.

—Iré a la guerra y mataré a muchos —protestó él ofendido mientras se acercaba un poco más a mí—. Y volveré siendo un héroe de guerra y nos casaremos.

Yo no supe qué decirle. ¿Cómo negarme? Era mi amigo,

mi compinche en las huidas... y el niño más guapo que yo conocía. E iba a ir a la guerra para luchar por todos. ¡Claro que iba a ser un héroe! ¿Cómo no iba a serlo si era el niño más valiente que yo conocía? Bendita inocencia.

Y me besó. Un beso rápido, en los labios, casi un simple roce... para firmar nuestro compromiso a escondidas. Y no volví a verlo... Esa tarde que pasamos a solas, escondidos, hablando, soñando con un futuro que nos parecía tan sencillo, se acabó en un suspiro y nos despedimos sin saber que pasarían muchos años antes de volver a vernos... Él me regaló un beso inocente y una flor que arrancó del campo que nos rodeaba, y yo le dije que esperaría a que retornase de la guerra y le regalé una pequeña pulsera... Ojalá poder tener la capacidad de regresar a aquellos momentos y ser capaz de volver a sentirme así.

Y parecerá una tontería, pero saber que iba a volver a verlo hizo que me pusiera colorada... Y mi madre se percató de mi reacción.

—Hace mucho que no lo ves, ¿verdad? Se ha convertido en todo un hombre... Erais muy amigos de pequeños... Estoy segura de que volveréis a conectar igual de bien... O mejor. ¿Por qué no te aseas mientras yo busco algo que ponerte?

Mi madre salió canturreando de la habitación, y yo me quedé parada unos instantes mientras observaba la puerta por donde se había ido. ¿Era yo o mi madre pretendía hacer de casamentera con mi viejo amigo de la infancia? Lo único cierto era que tenía ganas de verlo. Estaba convencida de que él entendería perfectamente toda esa batalla emocional que gobernaba mi mente y mi corazón.

• • •

—¿Os importa que Agna y yo nos vayamos a tomar el aire al jardín?

Habíamos terminado de cenar y mi madre me había hecho ya el sutil gesto para que la ayudara a recoger. Y no era tan ingenua para pensar que Hans no lo había visto. Oculté una sonrisa que acompañaba un leve rubor que, seguramente, mis padres (y los suyos) interpretaron como timidez por quedarme a solas con Hans. Y lo cierto era que me moría de ganas de escaparme con mi viejo amigo y charlar y ponernos al día... y ver si esa maravillosa conexión que disfrutábamos cuando éramos niños seguía aún viva en nuestro interior.

—Claro que sí... Es normal que los jóvenes se aburran con unos viejales como nosotros... —bromeó mi padre ante la sonrisa cómplice de las dos figuras maternas de la sala. En su mente, ya nos encaminaban hacia la boda; no tengo claro si no estaban ya decidiendo el nombre de nuestros futuros hijos.

Hans no les dio tiempo para cambiar de opinión, se puso de pie y alzó su mano hacia mí. Sentí un escalofrío al rozar su piel contra la mía. Una sensación que intenté ignorar. Lo que menos me apetecía era darles ese cotilleo. Y no es que Hans no me pareciera atractivo... Todo lo contrario. El chico alto y delgado que recordaba se había convertido en un hombre fuerte y atlético que seguía conservando esa sonrisa de actor de cine y un pelo que le caía con chulería sobre uno de sus ojos. Estaba convencida de que muchas chicas suspiraban a su paso.

Salimos al jardín que había en la parte posterior de la casa y Hans cerró las puertas tras nosotros. Una farola iluminaba casi todos los rincones del lugar. Y yo no tenía muy claro dónde mirar. Era la primera vez que estaba a solas con un chico en mucho tiempo... Casi podría asegurar que el último había sido él mismo, justo antes de que todo se desmoronara. Y todo era muy diferente a cuando éramos críos.

—Qué ganas de poder salir...

Hans sonrió mientras se acercaba a mí, y yo me pregunté cómo de apropiado era que estuviéramos ahí, a solas. Miré hacia la casa para descubrir que no tenía claro si nos verían o no.

—No he parado de preguntarme, en estos años, cómo estarías... Sabía de ti por mi madre y pensé muchas veces en escribirte a la escuela.

Le sonreí y me acerqué, sin responderle, al banco que descansaba en una esquina del jardín. El tono que Hans había usado parecía tan de novela romántica que no pude evitar reírme. Él me miró fijamente, examinándome. Luego se sentó a mi lado, demasiado cerca para lo que yo estaba acostumbrada.

—No deberías estar tan tensa a mi lado. Estamos prometidos, ¿no lo recuerdas? —bromeó. Y yo no pude evitar sentir calor al percatarme de que él también se acordaba de aquella pequeña anécdota infantil.

—Según recuerdo, eso pasaría si volvías siendo un héroe de guerra.

—No sería por ganas... —El rostro de Hans se endureció, y yo me giré para observarlo con detenimiento—. Ojalá hubiera durado un poco más. Con solo aguantar un poco más..., todo podría haber sido tan diferente.

—Murieron demasiadas personas... —No podía comprender que alguien realmente quisiera que aquella guerra hubiera durado más.

—A veces... —No sé qué iba a decir. Era como si hablara solo para él y de pronto reaccionara y se diera cuenta de que no estaba solo. Posó la mirada en mí y sonrió cambiando completamente su tono a uno mucho más animado y distendido—: Si con eso hubiera conseguido que cumplieras tu promesa... ¿Y ahora qué tendré que hacer para volver a conseguir un beso tuyo?

Me reí. Cómo no hacerlo. Hans era un casanova, eso estaba más que claro. Y no pude evitar preguntarme a cuántas chicas les habría dicho hermosas palabras, a cuántas habría besado... Eso no cambiaba pasaran los años que pasaran... Los hombres podían hacer lo que quisieran, podían romper todos los corazones que quisieran, podían besar a todas las chicas que se les pusieran delante... Nosotras teníamos que ser puras y dulces y obedientes... Como explicaba el viejo dicho: «La mujer del césar no solo debe ser honrada, sino también parecerlo».

—¿No lo echas de menos? —le pregunté, y él me miró extrañado, sin entender a qué me refería—. La infancia, el desconocimiento, la inocencia... No teníamos más preocupaciones que ser felices...

—Eso no debería haber cambiado... —me respondió mientras alzaba una mano y me cogía por la barbilla para obligarme a mirarlo—. Ser felices es lo único que debería preocuparnos.

—Ya no somos unos niños, ya no podemos ser ajenos a lo que sucede a nuestro alrededor. Ya no puedes sacarme de la casa para dejar de escuchar las discusiones de los adultos... Ya no podemos escondernos de la realidad...

—La realidad es muy relativa... Si hay algo cierto en todo lo que nos rodea es que la historia la escriben los vencedores, contando su propia versión... Mintiendo o difamando, si hace falta, para encajar en el cuento que quieren contar al mundo.

—Pero... hay cosas... Recuerdos... —me costaba hablar. Era la primera vez que me atrevía a analizar en voz alta imágenes que volvían a mi mente entremezclándose con las pesadillas—. Tengo la imagen de estar en un campo, contigo a mi lado... Y tres hombres más parecidos a unos esqueletos que a unos hombres... Sobre unos asnos que no paraban de cocear... Y verlos salir despedidos contra el suelo. Y oigo las risas... Como si las escuchara ahora mismo... Mientras esos hombres no eran ni capaces de levantarse por sí mismos...

—¿Sabes qué recuerdo yo de visitar uno de esos campos contigo? —No esperó a mi respuesta para seguir hablando—: El delicioso chocolate caliente que nos ofreció un oficial. Y cómo ese hombre se sentó junto a nosotros, dejando de lado el trabajo pendiente, para contarnos historias y entretenernos mientras nuestros padres trabajaban... Agna, no puedes dejar que te cuenten lo que vivimos, y mucho menos aquellos que nos hablan de libertad y democracia mientras sus soldados recorren nuestras calles y sus dirigentes deciden de qué podemos hablar o qué ideales son correctos y cuáles no. No dejes que te impongan su verdad.

—Yo ya no sé lo que es verdad o no...

—Sí lo sabes. Está dentro de ti. Pero da miedo no dejarse llevar por lo que te quieren imponer.

Me eché para atrás y posé la vista en el cielo, contemplando las pocas estrellas que se veían desde ahí. Dentro de mí... ¿Y si dentro de mí no existía nada? O todo lo contrario... ¿Y si dentro de mí había dos personas diametralmente opuestas? ¿Cuánto de verdad había en las imágenes que aparecían en mis pesadillas? ¿Qué edad debía de tener en aquella visita al campo de concentración? ¿Cómo saber si eso había ocurrido así o si era mi mente infantil que lo había distorsionado todo al no comprender qué era lo que sucedía delante de mis ojos? ¿Tendría razón Hans y todo lo que contaban no era más que una gran mentira creada por los vencedores de la guerra?

—No te preocupes, Agna... No tienes que descubrirlo ahora... Tenemos tiempo.

—¿Tenemos? —volví a mirarlo con una sonrisa dibujada en mis labios. Lo cierto era que ese plural sonaba muy bien.

—Claro... ¿Pensabas que después de haberte perdido durante tantos años iba a dejarte escapar? No, señorita; hay errores que solo se pueden cometer una vez y porque la edad me obligó a ello.

Si algo no había cambiado en todo ese tiempo era la capacidad de Hans de hacerme sentir especial y la única para él. Aunque no se me había pasado por alto la poca importancia que había dado a mis recuerdos, como si fuera una simple anécdota, como si no hubiera nada detrás... La realidad era relativa, me había dicho... Pero los hechos pasaban o no, sucedían de una manera o de otra; los motivos podían ser varios y muy válidos... Al menos eso me empeñaba yo en repetirme para intentar averiguar si mis recuerdos eran reales o no.

• • •

No hablamos mucho más. Nos quedamos en silencio sumergidos en nuestros pensamientos. Creo que él me daba tiempo para volver a hacerme a su presencia en mi vida y que asumiera las frases llenas de intenciones que me había ido soltando. *«Mintiendo o difamando si hace falta para encajar en el cuento que quieren contar al mundo»*, me había dicho... Me había pasado los últimos años de mi vida bajo la mirada acusadora de mis compañeras de clase e incluso de mis profesoras... ¿Y si Hans tenía razón? «*Esa gente tendría que estar agradecida por haberte conocido. Que nadie te haga sentir mal por cosas que no son culpa tuya ni por sentir diferente a lo que ellos creen que debes sentir*», había sido la frase de Elba...

—Hans, nos vamos.

Los padres de Hans salieron al jardín junto con los míos, y los dos nos pusimos de pie para despedirnos.

—Ha sido un placer volver a verte después de tanto tiempo.

—El martes he quedado con unos amigos... —comenzó Hans.

—Le encantará... —interrumpió mi madre. Mis mejillas se tiñeron de rojo por el descaro de mi progenitora—. Agna no tiene amigos aquí y le vendrá muy bien que la saques de casa.

Que me sacara de casa, como si fuera un perro al que había que pasear. Aguanté un bufido y recordé todas las clases de protocolo de la escuela.

—El martes he quedado con Elba. —No es que no quisiera volver a ver a Hans, todo lo contrario..., una parte de mí me decía que él me ayudaría a sentirme mejor con mis demonios interiores..., pero Elba había sido mi amiga cuando estaba sola.

—¿Elba? ¿Quién es Elba?

—Elba es la compañera de la academia de la que siempre nos hablaba en sus cartas —le respondió mi padre casi en un suspiro con un toque de exasperación que no llegué a comprender.

—Ahh... Es verdad. ¿Y cuál es su apellido?

—¿Su apellido? ¿Qué más da? —Había algo en su manera de decirlo que me había erizado la piel al instante.

—No te preocupes, cuñada —intervino mi tía—, te recuerdo que iba a St. Anna.

—Bueno... Esos sitios ya no son lo que eran. Ahora admiten a cualquiera.

—Es curioso, madre, eso era lo que decían de mí cuando me veían por los pasillos de la escuela.

Lo solté sin pensar. Llena de furia. Llena de frustración. Llena de unas emociones que no sabía muy bien de dónde venían, pero que me habían dominado completamente. El silencio se adueñó del jardín y nadie pareció saber qué decir hasta que Hans, con su desparpajo habitual y su sonrisa encantadora, se decidió a hablar:

—Me encantaría que vinieras y que trajeras a tu amiga. Si tu padre dice que siempre hablabas de ella en tus cartas, debe de ser alguien especial... Y me encantaría conocerla. Pero, si necesitas intimidad, podemos quedar otro día.

—Gracias... Seguro que a Elba le encantaría conocerte.

¿Qué iba a decirle? Ahí, delante de nuestros padres y él siendo tan dulce. No había mucho más de lo que hablar, y la familia Flirk salió de nuestra casa. Mi madre se me quedó mirando fijamente. Seria. Fría. Era como un témpano de hielo que no recordaba. Luego se marchó directa hacia su habitación.

—No se lo tengas en cuenta. Ha pasado por mucho y desconfía de todo el mundo.

Mi padre se acercó a mí mientras sujetaba en su mano

derecha una copa de licor que acababa de servirse. Suspiré y, sin poder contenerme (ni tampoco querer hacerlo), lo abracé con fuerza, como no había podido hacer desde que había llegado a esa casa. Noté cómo él dejaba el vaso en la mesa más cercana y cómo me rodeaba con una mano y me acariciaba el pelo con la otra.

—No sabes lo que te he echado de menos, pequeña...

—Y yo a ti...

Alargamos el abrazo todo lo posible hasta que ya no nos quedó más remedio que soltarnos. Le observé dar un largo trago a su bebida mientras miraba por la puerta por donde había desaparecido mi madre.

—¿A qué te referías con que desconfía de todo el mundo?

—Tiene miedo de que vuelvan a por nosotros... Nunca ha querido hablar de lo que pasó en Göggingen. Su estancia allí la cambió para siempre.

—Tú también estuviste en prisión... —comencé a hablar. Tenía tantas preguntas por hacerle y una urgente necesidad de que me contara su versión, que me demostrara que él no era lo que todo el mundo me había repetido durante los últimos años.

—Cada uno lidiamos con nuestros propios demonios, Agna... Y ahora deberías ir a descansar. Ha sido un día muy largo.

—Pero yo querría...

—Tenemos mucho tiempo por delante. No quieras hacer el camino en un solo día.

Estaba claro que él sabía de lo que quería hablarle; lo vi

en sus ojos. Lo que no me quedó claro fue si estaba buscando una excusa para no hablar o si, simplemente, lo retrasaba para un momento mejor.

• • •

Nunca he sabido estar ociosa. Me gustaba la escuela porque, si querías, siempre había algo que hacer, y yo solía apuntarme a todas las actividades posibles. No quería parar. Elba solía decirme que lo que me pasaba era que me daba miedo tomarme un minuto y ponerme a pensar. Quizás fuera verdad. Si me mantenía ocupada, los fantasmas no acudían a visitarme. Así había sido durante los últimos años de mi vida. Y me gustaba. Tener mi agenda llena siempre me había proporcionado tranquilidad... Y, de pronto, me encontraba con varios días sin hacer nada.

Fui con mi madre y mi tía de compras. La primera insistía en que tenía que renovar mi vestuario. La moda nunca había sido una de mis debilidades, y no recordaba cuándo había sido la última vez que había ido a visitar tiendas. En St. Anna llevaba uniforme, y las pocas prendas de ropa informal que tenía me las habían mandado directamente a la escuela mis padres sin haber tenido que pisar una tienda. Era una sensación extraña. Mis últimos recuerdos de ir de tiendas eran quedarme en el coche observando cómo mi madre entraba en alguna tienda en el gueto de la que salía siempre con una sonrisa comentando el placer que le producía regatear y sacar grandes ofertas. Me pregunté qué habría pasado con aquellos dependientes cuyos rostros ni recordaba, si seguirían en sus tiendas o si habrían desaparecido víctimas de la guerra.

Intenté acercarme a mi madre. Las palabras de mi padre se repetían una y otra vez en mi mente: *«Su estancia allí la cambió para siempre»*. ¿A qué se refería? Necesitaba saberlo. Algo en mi pecho me recordaba que mientras mi madre estaba encerrada en un campo de concentración, yo vivía con mi tía y luego en la escuela. No había sido la persona más feliz del mundo, pero siempre tuve un plato en la mesa y una cama donde dormir... El poco tiempo que había estado prisionera de los soldados americanos, dormíamos sobre mantas en el suelo, pero yo era tan pequeña que normalmente dormía encima del pecho de mi madre... Y entre sus brazos, el miedo de no saber lo que nos iba a suceder y no saber dónde estaba mi padre era mucho menor... Necesitaba saber qué era lo que le había sucedido y cómo podría hacer volver a la mujer de dulce sonrisa que me cantaba hasta que me quedaba dormida. Le debía al menos eso.

Yo solo quería hablar con ella, pero... ¿cómo se comenzaba esa conversación? Durante años, nos habíamos ido escribiendo semanalmente (mis padres siempre habían preferido la correspondencia al teléfono, y yo siempre sentí que me expresaba mejor mediante la palabra escrita que hablando), y, sin embargo, en ninguna de sus cartas me había llegado a dar cuenta de que mi madre estaba diferente a lo que yo recordaba... Al final tenían razón los que decían que solo veíamos lo que queríamos.

Quitando la salida de compras, el resto de los días deambulé por mi casa y por el jardín sola. Mi padre estaba sumergido en mitad de un trabajo, y mi madre parecía evitarme constantemente. Quizás las dos necesitábamos adaptarnos a la nueva situación, por lo que no le di la menor importancia. Aunque una parte de mí gritaba que necesitaba a mi madre, que llevaba años haciéndolo.

El martes llegó, y yo necesitaba como agua de mayo volver a ver a Elba. Habíamos quedado en una pequeña cafetería que había abierto sus puertas en ese último año. Me gustaba ver cómo la ciudad parecía ir despertando y las calles volvían a llenarse de risas y sueños... Elba me esperaba en la puerta, siempre le gustaba llegar antes de la hora. En eso nos parecíamos mucho.

—Estás preciosa —me dijo nada más llegar.

Me miré de arriba abajo. Llevaba uno de los vestidos que me había comprado mi madre y me sentía un poco extraña. La moda que se llevaba esos años, según mi madre, marcaba las caderas más de lo que nunca lo había hecho.

—Gracias. Me siento rara... Mi madre se empeñó en salir a comprar varias prendas.

—Pues hizo bien...

Negué con la cabeza, divertida. Estaba claro que una loca de la moda como Elba estaría encantada con la idea de mi madre y mi nuevo aspecto.

—Preciosas. —Nos giramos ante la voz masculina que nos llamó. Me puse tensa de golpe. Unos chavales con el uniforme del ejército americano se habían parado a unos metros de nosotras y nos miraban de arriba abajo examinándonos—. ¿Os apetece dar una vuelta? —Nos miramos divertidas. Creo que era la primera vez que un desconocido intentaba ligar conmigo en mitad de la calle; si no fuera por el rechazo que me producía ese uniforme, me hubiera puesto inquieta. Ellos nos miraron algo impacientes, no debían de estar acostumbrados a que no les respondieran encantadas al primer instante—. Tenemos chocolate y medias de *nylon*.

—¿Y? —les respondí llena de ingenuidad. No entendía por qué nos daban esa información. Miré a Elba por si ella comprendía por qué nos habían dicho eso y vi por su rostro que no le hacía la menor gracia lo que sucedía ahí.

Los chicos nos miraron como si fuéramos dos seres de otro planeta, se encogieron de hombros y siguieron su camino murmurando que nosotras nos lo perdíamos...

—¿Qué ha sido eso? No entiendo por qué nos han dicho eso...

Elba me miró con una sonrisa mientras negaba en silencio.

—Eres muy inocente, Agna... Esos tíos se creen los dueños de todo y que todos tenemos un precio...

—¿Estás insinuando...?

No me podía creer el pensamiento que se había formado en mi mente.

—Sí. —Se quedó callada unos instantes, como si meditara, y luego volvió a su tono alegre—: Anda... Entremos a tomar algo. Tienes que contarme cómo ha sido la vuelta a casa.

Asentí en silencio. Antes de entrar, me giré para ver cómo los chicos se habían parado a hablar con otras dos chicas a unos metros de nosotras. Las chicas sonrieron coquetas, y en menos de un minuto se colgaban de sus brazos y emprendían el camino con ellos. Me encogí de hombros y seguí los pasos de Elba dispuesta a disfrutar de un buen rato con mi mejor amiga.

• • •

Estaba sentada al lado de la chimenea encendida, en la butaca favorita de mi padre. Una pequeña y coqueta taza de té humeante reposaba a mi lado en una mesilla, y yo estaba enfrascada releyendo *Fausto*, aunque no podía evitar rememorar momentos de la tarde anterior junto a Elba. Tenía miedo de que, lejos de la escuela y de todo lo que nos había unido en ese lugar, nuestra relación se enfriara, se volviera tensa... Pero nada más lejos de la realidad. Elba estaba preocupada por mí, aunque lo intentaba disimular. La conocía demasiado bien. Y ella a mí. Era la única persona a la que le había contado todos mis miedos y mis reservas a volver a casa de mis padres. Mi vida en el internado no había sido un camino de rosas, pero era lo que yo conocía, era un lugar seguro. Ahora me tocaba enfrentarme a un mundo que teóricamente era el mío, pero en el que hacía años que no vivía.

Elba nunca me preguntaba directamente, solo dirigía magistralmente la conversación para que yo fuera desahogándome... Y le hablé de mi madre y mi necesidad de que ella se abriera y me contara todo lo que la atormentaba; le hablé de Hans y las diferentes sensaciones que me producía... Reunirme con él había sido como volver al hogar, pero un hogar que no sabía si deseaba que siguiera siendo el mío. Y le hablé de mi padre y cómo sus abrazos me hacían sentir niña otra vez... Llevaba tanto tiempo oyendo cosas horribles contra él... Pero yo seguía siendo la niña que lo adoraba con fervor. Elba no cometió el error de fingir que comprendía mis sentimientos o sensaciones... Tampoco me miraba con lástima ni con sorpresa... La iba a echar mucho de menos cuando se le terminaran las vacaciones y volviera a la escuela a terminar el curso.

—Agna, tengo que pedirte un favor —me dijo casi al despedirnos, sorprendiéndome sobremanera—. Tengo una amiga... Vive en mi casa porque perdió a sus padres durante la guerra... Me gustaría que la conocieras... Ella también está sola aquí, y creo que os vendría bien a las dos conoceros...

No había podido negarme. ¿Cómo hacerlo? Por mucho que me sintiera reacia a conocer a nuevas personas, sabía que tenía que hacerlo. No todo el mundo me iba a odiar y juzgar por el pasado de mi padre, ¿verdad? Y confiaba en Elba como no podía confiar en nadie más.

—Agna, tienes visita.

La voz de mi tía me sorprendió y me sacó de mis pensamientos. ¿Visita? Dejé el libro encima de la mesa, y, mientras me ponía en pie, la puerta del salón se abrió. Era Hans.

—Buenas tardes, ¿habíamos quedado? —le pregunté.

—No, perdona la intromisión. —Asentí quitándole importancia, aunque me sentí incómoda... Nunca me había gustado la improvisación, y creo que él lo notó en mi rostro—. Había terminado de trabajar y unos amigos me han propuesto ir a cenar... Y pensé...

—Estará encantada de ir —respondió mi madre por mí.

Había entrado en el salón sin que me diera cuenta y su frase no dejaba espacio a réplica... Ni tampoco le había dado la oportunidad a Hans de invitarme (aunque estaba claro que esa era su intención). Suspiré y asentí en silencio. Miré mi pobre libro abandonado en la mesa, el fuego acogedor y la cómoda butaca y asumí que mi tranquilo plan había cambiado.

—¿Dónde vamos a cenar? —le pregunté a Hans una vez que habíamos salido de la casa.

—Vamos a Schelling.

Intenté no mostrar mi sorpresa. Solo seguí asintiendo en silencio como llevaba haciendo desde que Hans había entrado por la puerta. El salón Schelling era el más antiguo de los locales de la ciudad, o al menos uno de los más antiguos. Era un lugar perfecto para estar con los amigos, tomar unas cervezas y comer comida tradicional... Y también había sido uno de los sitios favoritos del Führer desde mucho antes de que se alzara con el poder. Con todo lo que habían destrozado los aliados en esa ciudad, me sorprendía que ese edificio aún estuviera en pie. Sabía que la cervecería Hofbräuhaus (donde se habían sentado las bases para el Partido Nazi) había sido destruida, aunque ya corrían rumores de que iban a reconstruirla rápidamente.

Había demasiadas cosas que no acababa de entender... Sentía que necesitaba respuestas a preguntas que ni siquiera me atrevía a formular en el interior de mi cabeza...

Los amigos de Hans nos esperaban en la puerta del salón. Sonreí aliviada al ver que los acompañaba también una chica. Gilda era algo más bajita que yo. De rostro redondeado y afable, tenía una hermosa sonrisa y rápidamente se acercó a mí para acogerme bajo su ala. Me dio la sensación de haberle alegrado la tarde solo con mi presencia...

No hizo falta casi ni presentarme. Todos parecían saber quién era y la relación que me unía a Hans; es más..., todos parecían suponer que éramos una pareja por cómo nos trataban. No lo negué en ningún momento. No sabía qué era lo que mi viejo amigo les había contado, y no era cuestión de discutirlo delante de todos ellos; además, a raíz de algunas miradas de arriba abajo que me había lanzado alguno de sus amigos, me sentí protegida ante posibles intentos de acercamiento de alguno de ellos.

Me encantó el local. Estaba lleno de vida. Voces y risas se escuchaban por todo el lugar. Era fácil sumergirse en ese ambiente, en esa sensación tan diferente al constante recuerdo de lo que había sucedido años atrás. Y durante un rato me permití el lujo de ser, simplemente, una joven en compañía de amigos.

Sin embargo, como siempre pasa en la vida real, esos momentos suelen ser frágiles, pequeños instantes que se entremezclan con la verdadera esencia de nuestro mundo.

Uno de los amigos de Hans, no recordaba su nombre (nunca fui muy buena para esos detalles), bufó al ver, a través de la ventana, una de las múltiples banderas de Estados Unidos que nos recordaban la ocupación y de dónde procedía el dinero que estaba reconstruyendo nuestra vieja patria. Noté la sonrisa que se dibujó en el rostro de Hans y que intentó ocultar mientras le daba un largo trago a su cerveza. No lo hizo demasiado bien, porque su amigo lo inquirió con la mirada.

—Sabes que me molesta tanto como a ti tener que verles la cara cada día... Pero, ¿sabes qué te digo?, de entre todas las venganzas con las que los aliados han querido golpearnos, la invasión rusa ha sido un regalo. Sin ella, los aliados, con los Estados Unidos de América a la cabeza, no hubieran soltado su dinero para reconstruir lo que ellos mismos destrozaron... Solo hay que ser pacientes... Dejarlos actuar e ir fortaleciéndonos... Y pronto podremos renacer con fuerza —respondió con autoridad mi viejo amigo.

Y todos brindaron. Mirándose a los ojos. Cargando en sus pupilas una promesa que yo no llegaba a entender... No, más bien, no quería entender.

—Estaremos todos preparados... Pronto podremos echar al invasor de nuestras ciudades y campos. Alemania es el ave fénix y, con cada golpe que nos dan, nos hacemos más y más fuertes. Déjales ondear sus banderas. Déjales que se crean invencibles... Ellos mismos saben que nos necesitan, aunque intenten fingir que no es así. Es la imagen que deben dar. Como la nuestra es hacerles creer que no nos damos cuenta.

Y todos asintieron ante el discurso de Hans. Y yo lo miré fijamente. Tenía un carisma que atraía a todo el mundo sin darnos la capacidad de huir. Lo observabas hablar y, cuando te querías dar cuenta, ya estabas enredada en su tela de araña, y eso me daba muchísimo miedo, por lo mucho que me atraía.

• • •

Noté el gesto que uno de los amigos de Hans le hizo con la cabeza para que mirara algo que estaba a nuestra espalda. Me giré y supe perfectamente qué era lo que le había llamado la atención: un grupo de unos cinco jóvenes negros parados en la puerta de entrada de la cervecería. No pude evitar mi curiosidad. Nunca había contemplado uno de tan cerca. Sabía que, años atrás, algunas de mis amigas tenían sirvientes de ese color en casa o que habían ido a circos donde danzaban y se vestían con trajes africanos... Pero en casa eso nunca había sucedido, y mi único contacto había sido a través de las fotos.

—No se atreverán a entrar, ¿no? —comentó uno de nuestros acompañantes.

—No deberían ni estar ahí, en la puerta —oí como respondía Hans a su amigo mientras yo seguía sin quitarles la mirada de encima saltándome todas las bases de la educación que me habían dado mis padres y la escuela—. Vamos.

Hans se puso de pie, y el resto de sus amigos lo obedecieron. Me cogió por la muñeca para obligarme a ponerme de pie y lo miré completamente desconcertada. ¿Qué era lo que pretendía hacer? ¿Por qué teníamos que modificar todos nuestros planes porque un grupo de negros se hubiera parado delante de la cervecería?

—¿Qué vas a hacer?

—Tú no te preocupes, Agna... Solo quédate a mi lado.

Suspiré y me puse de pie. El grupo empezó a andar decidido hacia la puerta de la cervecería donde aún estaban esos jóvenes hablando entre ellos, como decidiendo qué hacer. Mientras iba hacia la entrada, contemplé al resto de los clientes del local; la incomodidad se veía reflejada en los rostros de la mayoría. Incomodidad y una mezcla de asco, miedo... y algo que no sabía identificar.

Y, de pronto, todo se aceleró. Uno de los amigos de Hans que iba delante de nosotros decidió pasar justo por donde estaba el grupo, que seguía quieto delante de la puerta. Después me dirían que no había sido algo provocado, que solo querían irse de ese lugar y que los otros no se habían retirado, ocupando todo el espacio por el que pasar... No lo sé. No lo vi. Solo vi que empujaba a uno de ellos, que perdió el equilibrio empujando a su paso a otro de sus amigos, que quiso la mala fortuna que tropezara y acabara golpeándome a mí. Fue un choque rápido que no me esperaba y que hizo que mi talón me jugara una mala pasada. Pero no caí al suelo. Unas manos desconocidas me sujetaron impidiéndolo. Tenía un tacto áspero que chocaba con mi piel suave, pero, lejos de ser una sensación desagradable, subió la temperatura de mi cuerpo en un solo instante.

—Perdone —tenía una voz grave, pero no lo miré a la cara en un primer momento. Sus manos amplias y oscuras sobre mi piel blanca eran un contraste tan grande que me dejó fascinada durante unos instantes. Luego subí la mirada hasta la suya y aguanté la respiración. En medio de ese rostro color chocolate, había unos enormes ojos verdes que nunca hubiera esperado encontrar y que me absorbieron por completo sin dejarme retirar los míos de ellos.

—¿«Perdone»? ¿Cómo te atreves siquiera a mirarla, maldito *Mohr*[1]? —respondió Hans antes de que yo fuera capaz de volver a encontrar mi voz, haciendo que me soltara de golpe—. Encima te atreves a tocarla...

—Hans... No ha pasado nada —intenté calmarlo cuando el sonido quiso volver a mi garganta.

—Sí pasa, Agna. —Me miró con una cara de condescendencia que nunca le había visto, para luego volver a girarse hacia él—. Y tú, espero que te hayas limpiado bien las manos... Si le has contagiado algo, te enterarás.

¿Contagiado? ¿Podía contagiarme alguna enfermedad solo con un roce? A mi mente volvieron todas esas noticias de enfermedades que transportaban los africanos y que eran tan dañinas para los blancos. Me miré los brazos donde unos instantes antes me había tocado. No sé qué esperaba ver. Quizás una prueba de que esa acusación no era verdad, no me podía creer que ese viejo rumor fuera cierto, era solo un cuento que se contaba a los niños para que tuvieran cuidado con ellos... Como nos contaban el cuento de Caperucita Roja para que no nos fiáramos de los desconocidos ni fuéramos solas por la calle, ¿verdad?

—Vámonos, Josef, déjalo.

Volví a mirar a aquel hombre de piel oscura y ojos verdes. No me había fijado en que tenía un bonito acento bávaro que contrastaba con sus rasgos africanos. Y su nombre... ¿Lo había llamado Josef uno de sus amigos? Josef, si ese era

---

1. Término alemán usado desde la Edad Media para personas de piel oscura y generalmente estereotipado.

realmente su nombre y no lo había entendido yo mal, asintió en silencio mientras volvía a fijar su mirada hipnótica en mí. Y supe que debía bajar la mía, no debería estar mirándolo directamente a los ojos, pero me era imposible... Hasta que él hizo un extraño ruido, se giró y se alejó con sus amigos. Y yo recordé que no tenía que seguir mirándolo.

—¿Estás bien, Agna? —Sentí el brazo de Hans rodeando mis hombros para abrazarme—. No te ha hecho daño, ¿verdad?

—No... No te preocupes. Solo estoy un poco... Conmocionada. Nunca había visto a uno de... —no sabía cómo denominarlo, ninguna palabra me parecía la más correcta— ellos tan cerca.

—Ya... Normal. Es tremendo... Vivimos en un mundo que se está volviendo loco... Y pretenden que los tratemos como si fueran verdaderos alemanes... Hace solo dos días que se bajaron de los árboles y ahora pretenden decirnos que son iguales a nosotros. Deberían agradecernos que los dejemos trabajar en nuestras fábricas y se les pague.

Asentí en silencio intentando asimilar todo lo que él me decía. No era un discurso desconocido para mí. Tampoco en mi escuela, donde solían repetir en voz alta que rechazaban los ideales del nazismo, consideraban a las personas de color dignas de estar allí. Ni siquiera para trabajar en ella. Y me pregunté cuánto había de cara a la galería a la hora de ensalzar los valores de esa nueva democracia que tanto nos vendían y cuánto de verdad había en las palabras que nos repetían una y otra vez dentro de las aulas. Y esa pregunta, esa duda, estuvo rondando mi cabeza hasta mucho después de que Hans me acompañara a casa. Incluso en la cama, siguió dando vueltas en mi cabeza acompañada del recuerdo de esos dos extraños y atrayentes ojos verdes.

2

Me sorprendió escuchar una voz desconocida en el salón. Al principio había creído que era Hans; llevaba varios días escabulléndome de quedar con él y, conociendo el interés de mi madre porque quedáramos, no me hubiera extrañado que me hubieran preparado una emboscada. No sabía por qué huía de él. No iba a fingir que no sabía cuáles eran sus ideas con respecto a ciertos temas, él nunca se había escondido... Y yo tampoco estaba segura de si estaba de acuerdo con ellas o no. Quizás ese era mi problema. Me acerqué en silencio para escuchar sin que me vieran y poder huir del lugar si era Hans. No lo era... Era la voz de un hombre, y aunque hablaba en alemán, tenía un claro acento estadounidense que me echó para atrás de golpe. ¿Algún día los recuerdos de haber sido apresada y retenida por ellos se borrarían de mi mente? ¿Algún día sería capaz de ver a uno de ellos y no recordar el miedo que pasé, abrazada a mi madre, sin saber dónde estaba mi padre y si saldríamos alguna vez de esa casa donde nos habían encerrado? Avancé despacio y en silencio. La voz de mi padre acompañaba a la de ese hombre, y era algo que no entendía. ¿Qué hacía uno de ellos en nuestra casa? ¿Sucedería algo? A través de la puerta entornada, vi el rostro relajado de mi padre y suspiré. Durante unos instantes, el terror de que volvieran a por él había vuelto con fuerza ahogando mi corazón.

Sin atreverme aún a entrar en la sala, observé al

hombre que había invadido mi hogar. Alto y de anchas espaldas, tenía la piel clara y el pelo rubio. Si no fuera por ese maldito acento, podría pasar perfectamente por un alemán de varias generaciones. Desde mi posición solo le veía el perfil, y no podía negar que era un hombre atractivo. Mucho más que los americanos que había visto por Múnich esos días. No llevaba uniforme y vestía ropa que se veía, incluso en la distancia, que era muy cara. No. Definitivamente no era uno de esos muchos soldados que recorrían las calles creyéndose los dueños de todo. Aunque sí había algo en sus gestos que indicaba que sí se consideraba superior al resto de los mortales. No. Definitivamente no me había caído en gracia ese hombre que lo único que había hecho era nacer en un determinado país.

No conseguía entender de qué hablaban exactamente, pero pude comprender que mencionaban algún tipo de trabajo o negocio. ¿Querría ese americano contratar a mi padre? ¿Y para qué? A pesar de la guerra y todo el proceso posterior, mi padre seguía siendo considerado uno de los mejores fotógrafos del país; nunca le había faltado trabajo desde que salió de prisión. Creo que incluso tenía más aún. La gente debía de sentir un extraño morbo por contratar a uno de los fotógrafos de Hitler.

Noté cómo me temblaban las piernas y, por extraño que parezca, eso fue lo que me animó para abrir completamente la puerta del salón y entrar en la habitación como si allí dentro no hubiera un auténtico desconocido. Había algo dentro de mí que me pedía que viera la reacción de mi padre. Necesitaba ver si se ponía nervioso, si daba la imagen de que lo había pillado in fraganti... Pero no. O había aprendido a mostrarse siempre tranquilo e impasible o realmente pensaba que no había nada malo en lo que estaba haciendo. Lo miré a los ojos intentando leer en ellos. Y sentí cómo se me rompía el corazón al ver que no podía hacerlo.

Desde que había salido de la escuela y había vuelto a ver a mis padres, me repetía a mí misma que no me importaba lo que los demás dijeran sobre ellos, que lo único que me importaba eran mis recuerdos con ellos y el amor que siempre habían mostrado hacia mí, que era normal que en esa situación estuviéramos más distantes, porque nos habían sucedido demasiadas cosas injustas que habían agriado nuestro carácter y nos habían hecho más desconfiados... Habían roto algo dentro de nosotros, pero seríamos capaces de reconstruirlo.

Pero ahí estaba la prueba de que sí me importaba, de que sí me afectaba lo que me dijeran los demás... El maldito sermón repetido una y mil veces de que mi padre era poco menos que un monstruo se había colado en mi mente y, con cualquier pequeña acción, crecía la desconfianza en mí... Incluso encontrarlo hablando con alguien que era del bando teóricamente bueno me causaba rechazo... Y lo peor es que no sabía si era culpa de mi padre o solamente mía.

—Perdone, padre, no sabía que estaba ocupado —mentí. Mentí como una bellaca y lo hice francamente bien.

—No te preocupes, hija. Te presento a William. William, esta es Agna, mi hija.

No se me pasó por alto el hecho de que no mencionara qué relación lo unía al tal William. Era más joven de lo que me había parecido en un principio. No debía de tener más de veinticinco y podría pasar por un actor americano perfectamente: rasgos masculinos y marcados, cabello rubio y ojos claros. Noté cómo me miraba de arriba abajo y, en un gesto de orgullo que salía de mi interior, me erguí para mirarlo con fijeza. Si había sobrevivido a varios años en un colegio rodeada de arpías, no me iba a intimidar un americano.

—Encantado... Permítame felicitarle por la hija tan

hermosa que tiene. —Y, como si se creyera un galán de cine, cogió mi mano y, mirándome fijamente a los ojos, la besó. Me quedé paralizada, aguantándome las ganas de retirarla de golpe y abofetearlo con todas mis fuerzas.

—Hermosa y muy inteligente: el curso que viene estudiará aquí, en la universidad. Acaba de llegar de la escuela para señoritas de St. Anna, donde ha terminado sus estudios incluso antes de tiempo.

—Habrá sido toda una alegría para usted y su esposa tenerla de vuelta... Y para usted volver a casa.

—Esta no es mi casa.

Fui áspera Todo lo que pude. Había algo en aquel hombre que me producía unas vibraciones tan negativas que toda mi educación se iba por la borda. Si le molestó, no lo demostró.

—El hogar es donde uno tiene a su familia... Puede ser una casa, una ciudad, una persona...

—Mi casa y mi ciudad quedaron destruidas... Y las cosas que se destruyen nunca vuelven a ser iguales, por mucho que intentes arreglarlo o muchos dólares que te gastes en intentarlo.

—Agna...

La voz de mi padre advirtiéndome que parara me divirtió.

—No se preocupe, señor —respondió William antes de que yo pudiera continuar—. Es la fogosidad de la juventud. Lo malo sería que no fuera así.

Me cabreó aún más. No era mucho mayor que yo, pero hablaba como si tuviera la madurez de mis padres. Sé que la furia se reflejaba en mis ojos y sé que mi padre se dio cuenta y no dejó que aquella absurda conversación siguiera más tiempo.

—William, te pasaré los datos que necesitas la semana que viene. Muchas gracias por venir hasta aquí. Espero que en otra ocasión vengas a cenar a casa.

—Por supuesto... Será todo un placer.

Mi padre lo guio hasta la puerta, y yo avancé hasta la chimenea sin volverme para despedirme. ¿Datos? ¿Qué datos necesitaba un americano de mi padre? Escuché cómo mi progenitor volvía al salón y se quedaba a unos metros de mí, sin decir nada. Esperando... Y su espera me ponía nerviosa. ¿Tenía que ser yo la que empezara esa conversación? Yo era la hija... Una hija que había visto, en esa misma casa, cómo unos americanos se llevaban casi a rastras a su madre para meterla en un campo de concentración. Y, de pronto, uno de ellos se paseaba por ese mismo lugar como si fuera uno más, como si fuera un amigo y no un invasor.

—¿Qué sucede, Agna?

Me volví hacia él. ¿En serio no entendía qué era lo que me pasaba?

—No sé qué hacía ese hombre aquí.

—Trabajo, hija...

—¿Trabajo? ¿Con ese?

—¿Qué le pasa a William? —me respondió con una pregunta llena de condescendencia.

—¡Padre, es americano!

—¿Y qué, hija?

—¿Cómo puedes juntarte con ellos después de todo lo que...? —me costaba hablar, me costaba hilar los pensamientos en mi cabeza—. Después de las bombas, de tu detención, de cómo nos trataron a madre y a mí.

—No se me ha olvidado nada de eso, hija. No te confundas. Pero en la vida hay que saber adaptarse.

—¿Adaptarse? ¿A qué te refieres? ¿A hacer como si nada hubiera sucedido? Ya está... Borrón y cuenta nueva... Y ya no hubo una guerra, ya han desaparecido el miedo y los recuerdos...

—Agna... La vida no es nunca blanco o negro. Y hay que aprender a vivir en los grises. —Iba a replicarle, iba a decirle que en la vida no siempre podías quedarte en medio, que había que elegir y que había que ser consecuentes con las decisiones que tomábamos, pero levantó una mano y, sin darme derecho a respuesta, me ordenó que saliera del salón, que necesitaba estar solo. Y, simplemente, me fui a mi cuarto.

Vivir en los grises... ¿Era esa la filosofía de mi padre? ¿Era lo que había estado haciendo siempre?

• • •

La amiga de Elba se llamaba Esther. Y no sé por qué, esa tarde, cuando salí de casa para ir a encontrarme con ellas, un día antes de que Elba volviera a la escuela, eludí decirles a mis padres que iba a conocerla. El misterio con el que mi amiga había rodeado a esa chica, el nombre y un presentimiento que gritaba en mi interior con fuerza me hicieron callar.

Elba y Esther me esperaban delante de la misma cafetería que el día anterior. Eran como el día y la noche. Una tan rubia, la otra tan morena. Esther vestía de una manera más sencilla y modesta que mi amiga, pero eso no significaba nada, porque podría definir a más del setenta y cinco por ciento de las chicas de nuestra edad.

Elba no se demoró mucho en hacer las presentaciones y rápidamente fuimos a buscar una mesa libre en la cafetería. Esther parecía nerviosa, y yo no acababa de comprender el motivo. No se me daba bien hacer amigos; quitando a Elba y a Hans, no recordaba haber tenido ningún otro... Quizás a ella le pasara lo mismo. Elba no se molestó ni en preguntarnos qué queríamos pedir, lo hizo por las tres alegando que, como eran sus últimas horas en Múnich antes de marchar a la escuela, ella invitaba.

Fue mi amiga la que comenzó la conversación para romper el hielo. Parloteaba de las pocas ganas que tenía de regresar de nuevo a St. Anna y la suerte que tenía yo de haberme librado de esa tortura. La miré con dulzura. ¿Cómo explicarle que, incluso con la pesadilla que habían sido para mí la mayoría de los días que había pasado en aquel lugar, lo iba a echar de menos, que era el único lugar estable que había conocido desde hacía mucho tiempo y que, en esos momentos, en el lugar al que debería llamar mi hogar, me sentía perdida y sin saber ni qué hacer ni qué pensar?

—Elba me ha contado que no te lo pusieron fácil en la escuela —comentó Esther girándose hacia mí, y yo, de manera casi involuntaria, tragué saliva—. Quiero que sepas que sé que tú no tuviste la culpa de nada y que ojalá, en un futuro cercano, podamos construir, por fin, una Alemania sin rencores ni odios pasados.

—Gracias... —Me sentí incómoda, pero lo intenté disimular lo mejor posible. Había algo en su tono que adelantaba un gran y terrible pero.

—Sé que mis padres nos están observando y estarán muy felices de vernos a las tres juntas; nuestros padres estuvieron en lados diferentes durante la contienda, pero...

La camarera trajo los cafés y unos bollos justo en ese momento, y yo lo agradecí. Acababa de entender la pequeña encerrona que me había montado mi amiga y me eché la bronca por no haber caído antes. Solo a Elba se le podía haber ocurrido algo así: juntar a la hija de un nazi y a una judía que había perdido a sus padres en la guerra en la misma mesa. ¿Cuál era la reacción que se esperaba de mí? ¿Tenía que sentirme avergonzada, o violenta, o, por el contrario, ofendida por la trampa que me habían preparado? ¿Y por qué realmente no sentía nada de todo eso? Miré a Elba mientras probaba el café y volví a centrar la conversación en la escuela y en las asignaturas que le quedaban por cursar, ignorando el torbellino de emociones que sentía en mi interior. Encontramos un punto en común del que hablar con tranquilidad en la literatura y empezamos a dialogar las tres de nuestros libros favoritos... Sin darnos cuenta, Elba y yo empezamos a monopolizar la conversación mientras Esther parecía sumergirse en sus propios pensamientos hasta que, de pronto, nos sorprendió con una poesía para nosotras desconocida:

—Sin importar lo que nos depare el destino/debemos mantener la cabeza en alto y erguida/ya que nada nos puede derribar mientras seamos fieles a quienes somos... Así que, mientras podamos/vamos a encovarnos a la dureza, al dolor/y fielmente esperaremos por nuestras vidas/que nos esperan del otro lado de las barracas —recitó como para ella sola, como si Elba y yo hubiéramos desaparecido.

—Nunca había escuchado ese poema.

Esther pareció volver del mundo en el que se había sumergido y se volvió hacia Elba, que le había hecho el comentario sobre lo que había recitado.

—Lo escribió una compañera del campo...

«Del campo», repetí mentalmente. Miré a Elba, que me tranquilizó, otra vez más, con la mirada. No estaba segura de querer escuchar lo que venía a continuación, pero sabía que la única manera de escapar de esa conversación sería levantarme e irme... Y no podía hacerle eso a mi mejor amiga, la única que tenía.

—Llegué a Ravensbrück poco antes de que terminara la guerra. Creo que eso fue lo que me salvó.

La miré extrañada. No sabía nada de ese lugar del que me hablaba.

—¿Ravensbrück?

—Varios kilómetros al norte de Berlín. Ahora queda en el lado oriental...

Medité la información que me iba dando. Elba seguía en silencio disfrutando de su café lentamente. Observándonos. Atenta a cada una de nuestras reacciones.

—¿Por qué dices que te salvó?

—Eso era el infierno en la Tierra. En medio de un increíble paisaje lleno de árboles, se formaba a las guardias de las SS y se les permitía dar rienda suelta a todos sus... —Esther elevó la mirada al techo, buscando la expresión correcta, pero no hacía falta que lo dijera en voz alta, podía imaginármelo. En un gesto involuntario, alargué mi mano y rodeé la suya para infundirle un valor que ni yo misma sentía. Noté cómo su cuerpo se relajaba al contacto con mi piel.

—No solo nos hacían trabajar doce horas diarias en la

fábrica de Siemens y se hacían selecciones rutinarias para comprobar si alguna había dejado de ser útil... Bajo la excusa de revisiones médicas, se experimentaba de maneras brutales; la mayoría de las elegidas para esa labor acabaron muertas... Las más afortunadas, heridas y minusválidas... Ravensbrück fue también el prostíbulo de todas las SS.

No pude evitar retirar mi mano de encima de la suya. Había oído hablar de los campos de concentración, había leído lo que los americanos nos contaban una y otra vez, había recibido las acusaciones de mis compañeras de escuela..., pero nunca había estado delante de una superviviente de uno de ellos. ¿Cómo seguir creyendo que todo era una gran mentira? ¿Me engañaba esa muchacha de ojos tristes? Y si era así..., ¿por qué ese interés de Elba para que la conociera? Me empezaba a doler la cabeza.

—Recuerdo a la supervisora jefa, cierro los ojos y aún me parece estar viéndola delante de mí... Era una mujer hermosa con ojos claros y un precioso pelo rubio ondulado... Podría haber roto mil corazones de hombres... Pero escondía al mismísimo demonio en su interior. Cuando Binz se acercaba, se hacía el silencio, no se podía hablar, sentarse, mirar a los compañeros ni muchos menos a los superiores. Podía pasarse horas y horas pasando revista, incluso en pleno invierno, con la nieve y el hielo y el frío helando los cuerpos medio desnudos de las prisioneras... Sin haber comido nada, sin haber tomado nada líquido... Y cuando no hacía revista, deambulaba por el campo con el látigo en la mano... Cualquier cosa provocaba que lo utilizara... Me contó una mujer que había estado mucho más tiempo que yo que un día Binz se acercó a una mujer que consideraba que estaba trabajando poco, la abofeteó hasta tirarla al suelo, cogió un hacha y empezó a rajarla hasta que su cuerpo sin vida no fue ni reconocible... Luego se limpió la sangre de sus botas con la falda del cadáver, cogió su bicicleta y se fue como si no hubiera pasado nada.

Cerré los ojos con fuerza. Llevé mis manos a las sienes y apreté. No quería escuchar más. No lo soportaba. Solo quería huir de ese lugar y de todo lo que me estaba contando esa mujer a la que realmente no conocía.

—Los domingos por la tarde, en lo que sería nuestro tiempo libre, los guardias ponían a través de enormes altavoces programas musicales al máximo volumen. Y esa tortura era casi la mejor que teníamos, porque nos permitía hablar entre nosotras sin que nos escucharan. Lo peor era el búnker, allí iban las que, según ellos, cometían los peores delitos...

—Para, por favor...

Acababa de suplicar. Y sabía que no tenía derecho a hacerlo. Pero no podía seguir escuchando más historias. No en ese momento. Miré a Elba, temerosa de lo que pudiera encontrar en su mirada, pero mi amiga parecía, una vez más, comprender todo lo que me estaba atormentando.

—Demasiada información para un solo día...

—Tienes razón —continuó Esther—, perdona. —La miré. ¿Me estaba pidiendo ella a mí perdón?—. No suelo poder hablar de esto con nadie. Elba me dijo que nos haría bien a las dos... Gracias por escucharme... Sé que no habrá sido fácil para ti.

—Yo... Yo no sabía nada... —Estaba a punto de echarme a llorar, no podía controlarlo más tiempo.

—Lo sé.

Y nos quedamos en silencio, no había mucho más que decir. Terminamos el café y el bollo. Observé a Esther mientras comía sin poder evitar preguntarme cuánto tiempo habría estado sin poder deleitarse con un pequeño manjar como ese. Y pensé en mi madre y en su estancia en el campo de concentración. ¿Habría tenido que pasar ella por ese mismo infierno? ¿Habían los aliados cometido los mismos crímenes? ¿Cómo alguien podía justificar cualquiera de ellos?

—¿Cómo huiste de la zona oriental?

Esther sonrió levemente, le dio el último trago al café y me miró fijamente.

—Andando... Pero de eso ya hablaremos otro día.

Asentí. Terminamos y nos levantamos para irnos y despedirnos. Estaba anocheciendo y un aire frío recorría la ciudad. El invierno se resistía a dejarnos y no me extrañaría que aún nos quedara alguna nevada por disfrutar o sufrir.

—Me gustaría volver a verte —le dije a Esther. Sabía que así hacía feliz a Elba, pero también sentía que necesitaba seguir escuchando lo que no quería conocer.

—Me encantará.

Esther me abrazó de golpe, y yo me sentí algo incómoda. Todas sus palabras revoloteaban por mi cabeza, y yo sentía que me iba a explotar si no me iba ya. Me despedí. Elba insistió en acompañarme a la parada, pero, con una sonrisa que no sentía y que no engañó a nadie, le dije que volvería a casa andando, necesitaba un paseo. Y esa era la mayor verdad que había dicho en toda la tarde.

• • •

Me di cuenta demasiado tarde de que no iba sola y de

que la calle por la que andaba estaba casi a oscuras. Demasiadas zonas de la ciudad aún mostraban las consecuencias de la guerra, y las que se alejaban un poco de las zonas más comerciales y concurridas solían tener cortes de luz e incluso carecían completamente de la misma. Había atajado para llegar cuanto antes a casa. Necesitaba huir de todo y esconderme debajo de mis sábanas y no pensar en nada. ¿Era tanto pedir? Suspiré, cerré los ojos, como si así pudiera huir de la realidad, y apreté el paso. Echaba de menos los zapatos planos que usaba en la escuela. Aunque no llevaba mucho tacón, mis pies se sentían algo doloridos y protestaron en cuanto empecé a acelerar.

Fue inútil. Mi reacción pareció alentar más a las sombras que me perseguían. Los oí reírse, bromear entre ellos mientras comenzaban a lanzarme una serie de comentarios cada uno más obsceno que el anterior. ¿Por qué narices había decidido volver andando en vez de coger el autobús? Me regañé mentalmente mientras me consolaba pensando que quizás solo querían asustarme, reírse un poco a mi costa, y que, en cuanto se aburrieran, seguirían su camino dejándome en paz.

Y, de pronto, uno echó a correr en mi dirección. Me volví para mirarlo y ese fue mi mayor error. Verlo dirigirse directamente hacia mí con esa sonrisa de suficiencia y maldad... Me dejó paralizada unos instantes. Cuando empecé a correr, ya era demasiado tarde. Me agarró por el brazo, provocando que mis pies perdieran el equilibrio y cayera de rodillas al suelo. Más risas rodeándome. Me levanté como pude, notando cómo mis medias rotas se teñían con un poco de sangre de mis piernas raspadas.

—¿Dónde vas tan rápido, preciosa?

Miré hacia todos lados buscando una manera de huir de allí. Supe con un solo vistazo que era imposible. Eran tres. Altos y fuertes, al menos a mí me lo parecieron en ese momento medio escondidos entre las sombras. Me descolgué el bolso y alargué el brazo, tendiéndoselo al que había hablado, intentando controlar el temblor de mi mano. Dio un paso hacia mí mientras su sonrisa se hacía aún más profunda y oscura. De pronto, se fijó en mi rostro y lo examinó con lentitud. Tragué saliva. No entendía qué estaba pasando.

—¿Por qué me suena tu cara, preciosa?

—Yo... No lo sé... Acabo de llegar hace unos días a Múnich...

De pronto, alguien me agarró por el brazo y me estampó contra la pared donde había algo más de luz. El que llevaba la voz cantante se aproximó completamente a mí, sentí su aliento perfumado en alcohol raspando mi cara y cómo apresó mi barbilla para intentar encontrar en su memoria de qué creía conocerme.

—¡Va con el niñato de los Flirk! —gritó el que me había sujetado por el brazo mientras se pegaba también a mi cuerpo, dejándome ya sin nada de espacio vital. El aire se llenó de suciedad, notaba cómo hiperventilaba y cómo el hedor a cerveza y algún destilado que no llegaba a identificar se colaban por mis pulmones, llegando incluso a marearme.

—Ya sé quién eres... —Volví a centrarme en el muchacho que me tenía cogida por la barbilla—. Ibas a la escuela con mi hermana, en St. Anna. —Cerré los ojos unos instantes intentando controlar el miedo que me dominaba. No era tan ingenua como para esperar que con ese descubrimiento me dejaran tranquila—. Eres una de ellos... La hija de un puto nazi.

«Una de ellos»... Me costó hasta reaccionar. No era la

primera vez que me decían algo parecido o que remarcaban el pasado de mi padre..., pero había algo en ese tono que produjo un escalofrío en todo mi cuerpo y se me puso la piel de gallina. Mi voz salió aún más débil de mi garganta:

—Mi padre solo es un fotógrafo.

—Claro... Solo un fotógrafo... Tu padre solo miraba, ¿no? Un puto mirón que se deleitaba observando y fotografiando cómo nos masacraban, cómo nos trataban como animales, cómo violaban a nuestras madres y hermanas, cómo nos gaseaban hasta matarnos...

—Quizás deberíamos hacer lo mismo con ella... —El único que aún no había dicho nada se aproximó en dos zancadas y, con una de sus manos, agarró uno de mis pechos por encima de la ropa y apretó con fuerza hasta hacerme gritar del dolor. Los tres se rieron. Siguió hablándome al oído mientras lamía toda mi oreja provocándome náuseas—. Estoy seguro de que esta putita disfrutaría sintiendo en su interior unas verdaderas pollas judías.

—Yo no os he hecho nada... —supliqué intentando no llorar. Aquello no podía estar pasándome. Iban a violarme y no tenía ni fuerzas para gritar.

—¿Nada? —habló el que aún me tenía sujeta por el brazo mientras comenzaba a retorcérmelo y se situaba a mi espalda—. Dime, puta... Dime de dónde sale el dinero que te permite vestir esta ropa... Tú y los tuyos nos robasteis todo, dejasteis a nuestros padres y abuelos sin nada... Y ahí seguís... Sin devolver todo lo que nos quitasteis... Presumiendo de que ninguno de vosotros sabíais nada mientras deseáis en silencio que nos vayamos de aquí y olvidemos... Pero, ¿sabes qué?, no todos queremos olvidar, no todos nos queremos ir... Algunos no pararemos hasta devolveros uno por uno todo el dolor que habéis causado... —Enroscó mi cabello en su mano y tiró con fuerza para atrás, provocando que algunas lágrimas se deslizaran por mi rostro—. Y tú vas a empezar hoy a aprender la lección. —Me soltó el brazo y, de un rápido movimiento, tiró de mi blusa hasta que se rompió dejando mis pechos solo cubiertos por el sujetador. Intenté taparme, intenté revolverme, buscar una salida... Y un puño se estampó en mi rostro. Sentí la boca llena de sangre y un dolor atroz mientras ellos no paraban de reírse—. ¿Quién empieza?

—Yo quiero follarme esa boquita que tiene.

—Quiero que me mire fijamente mientras se la meto en el coño... Estoy seguro de que esta putita debe de ser virgen...

—Estoy seguro de que hasta podréis hacerlo a la vez...

No sabía quién decía cada cosa... Tampoco me importaba. Mientras hablaban, habían comenzado a manosearme, a apretar y pellizcar con saña mi cuerpo... Y yo solo quería gritar, pero no podía. El terror me había dejado paralizada. Uno de ellos empezó a morderme hasta hacerme herida... Y ni siquiera en ese momento mi garganta pudo hacer el menor ruido.

—¡Soltadla!

Los tres se quedaron quietos, y yo caí al suelo. Mis piernas no me obedecían. Mi cuerpo no era mío.

—Déjanos en paz y vete por donde has venido.

Oí cómo alguien se acercaba, pero no me atreví ni a mirar. Solo quería huir de allí, pero mis pies no respondían. Quizás esa fuera mi única oportunidad de escapar de ese lugar y de esa pesadilla, pero me sentía incapaz, como si me hubieran robado toda la fuerza.

—Largaos de aquí... Estáis muy lejos de vuestra zona.

¿Su zona? ¿A qué se refería? Que yo supiera, los guetos se habían terminado con el final de la guerra...

—¿Qué pasa? ¿La quieres para ti? Vamos... Podemos compartirla. Si quieres, hasta te dejamos que seas tú quien la estrene.

Temblé. Durante unos instantes, había tenido la esperanza de que viniera a salvarme, de que esa pesadilla se acabara. Oí un pequeño «clic» que no supe identificar y cómo la persona que había aparecido les decía un simple «fuera». Y huyeron. No sin darme una patada en el estómago que me tiró al suelo... Pero se fueron. No me importaba el dolor que recorría mi cuerpo. En ese momento solo sentí alivio.

—Señorita, ¿está bien?

Levanté la cabeza al notar el tacto de una piel contra la mía intentando levantarme. Subí la vista hasta posarla en unos ojos verdes que ya había visto con anterioridad. Y supe que él también me había reconocido. Su rostro se endureció durante unos instantes y el temor volvió a mi cuerpo. Intenté levantarme, pero mis piernas seguían pareciendo de barro. Una lágrima recorrió mi mejilla mezclándose con la sangre, la noté deslizarse a cámara lenta hasta que cayó al suelo con un ruido que me pareció atronador.

—¿Vas a dejarme tirada? ¿Crees que me merezco esto? —tenía la voz rota, casi afónica..., pero no iba a dejar que también me robaran el orgullo, por lo que utilicé un tono mucho más agresivo del que la lógica me decía que tenía que usar con alguien que me acababa de rescatar.

—No. Nadie se merece esto.

Su voz no demostraba ningún sentimiento, era como si en su interior hubiera una lucha interna, y supe que se debatía entre los principios de protección a una mujer y lo que él creía que yo y mis congéneres significábamos. Y sin que yo me lo esperara, sin avisarme ni nada, me agarró y se puso en pie llevándome en brazos. Me puse tensa. El chico había comenzado a andar sin decirme a dónde.

—¿Dónde me llevas? No hace falta que me lleves como a un bebé, puedo caminar.

—No lo parecía hace unos instantes. Relájate. Vivo aquí al lado. Ahí podrás lavarte y arreglarte un poco y coger el autobús para volver a tu casa.

No entendía el tono brusco de su voz. Me estaba ayudando, pero, a la vez, parecía como si lo estuviera haciendo por obligación. Lo más curioso era que, a pesar de darme cuenta de que él no se sentía realmente cómodo con lo que estaba haciendo y no saber a dónde me llevaba, me sentí a salvo y relajada. Mi cuerpo dejó de estar tenso, me apoyé en ese pecho que desprendía un gran calor y olor intenso y simplemente dejé de protestar y me dejé llevar.

• • •

No volvimos a hablar durante el corto trayecto. Cerré los ojos e intenté recordar cómo se llamaba. Sabía que, durante nuestro encontronazo en la cervecería, uno de sus amigos lo había dicho y me había llamado la atención, igual que su precioso acento bávaro. Noté cómo abría un portal y se encaminaba hacia unas escaleras, protesté pidiendo que me bajara. No me parecía bien que me subiera en brazos. No me hizo ni caso y cuando me revolví levemente, simplemente me apretó aún más contra su pecho. Tenía los brazos musculados, ni una sola gota de sudor corría por ellos. Debía de estar acostumbrado al trabajo físico... Y yo, que los únicos varones con los que me solía mezclar eran niños bien como Hans, no pude evitar fijarme en su piel oscura y trabajada... Aguanté la tentación de levantar una mano y tocarlo... Sentía la necesidad de comprobar si era tan fuerte como aparentaba, mientras una vocecita en mi cabeza me decía que eso no estaba bien, que no era decente. Cerré los ojos intentando pensar en cualquier otra cosa, alejarme mentalmente de la situación en la que me encontraba.

Sentí cómo me soltaba y volví a abrir los ojos. Estaba en medio de un pequeño cuarto que deduje era el suyo. Un escalofrío me recorrió el cuerpo. Estaba en su dormitorio. Nunca había estado en el dormitorio de un hombre, a excepción del de mi padre. Si mi madre me viera en esos momentos, le daría un infarto, estaba convencida. A solas en el cuarto de un desconocido (negro, para más inri). Definitivamente, eso se alejaba de todos los principios que se habían empeñado en enseñarme en la escuela de señoritas.

—Así que este es tu cuarto... —empecé a divagar, necesitaba algo de lo que hablar.

—Comparto cuarto con un compañero. —No pude evitar mirar el pequeño colchón que había bajo la ventana. Él comprendió en un instante mis pensamientos—. Trabaja de noche; yo, de día. Nos turnamos para dormir.

—¿Y los días libres?

—No suele haber muchos...

Él lo comentaba con la mayor tranquilidad del mundo, como si eso fuera lo más habitual. Su tono aún no había mostrado ningún signo de emoción y me desquiciaba. Vi cómo rebuscaba entre los cajones de una cómoda vieja hasta encontrar una pequeña caja metálica y me la pasó.

—No hará milagros, pero podrás arreglarte un poco la blusa.

Me puse colorada. Con todas las emociones que me invadían, se me había olvidado que esos depravados me habían roto la blusa y seguía mostrando mis pechos y mi sujetador. Cogí la caja rápidamente, contenía algo de hilo y aguja. Le di la espalda a Josef (había conseguido recordar su nombre durante el trayecto) e intenté solucionar el problema de la manera más eficiente posible mientras seguía intentando que mis mejillas volvieran a su color habitual. En un momento dado, giré la cabeza para mirar por encima del hombro buscándolo. Se había medio tumbado en su cama y miraba el techo con una tranquilidad pasmosa. No parecía afectado por que hubiera una mujer blanca en su dormitorio intentando dejar de estar semidesnuda. Hice memoria. En ningún momento había percibido que su vista hubiera bajado hasta mis pechos. Me regañé. ¿Por qué me ofendía que no lo hubiera hecho? ¿No le parecía atractiva? ¿Y por qué narices me importaban a mí esas tonterías?

Me concentré en arreglar mi blusa, me entretuve un poco más del tiempo que necesitaba (tampoco podía hacer milagros) para intentar conseguir centrarme y que mi mente, algo perdida en las últimas horas, volviera al interior de mi cabeza y me hiciera actuar como una persona razonable y lógica. Cuando creí que al menos podría enfrentarme a mi rescatador, me giré con una sonrisa educada tendiéndole la caja metálica.

—Tendré que tirarla en cuanto llegue a casa, pero me permitirá llegar hasta allí.

Josef se levantó de la cama y cogió la caja de metal de entre mis manos para depositarla, sin moverse del sitio, en la superficie más cercana. Se había quedado muy cerca de mí, mirándome fijamente, como si esperara algo más. Me mordí el labio. Sabía que tenía que darle las gracias por lo sucedido, pero había algo en su tono, en sus gestos, que me irritaba.

—Me llamo Agna —intenté comenzar una conversación. Él no parecía muy dispuesto a eso.

—Lo sé.

—Tú eras Josef, ¿verdad?

Eso sí pareció sorprenderle, y me llevó a pensar en el motivo de esa sorpresa. Igual que él recordaba mi nombre de aquel encontronazo, ¿por qué no iba a hacerlo yo? «Porque él es negro», dijo una vocecita dentro de mi cabeza. «Sí, un negro con los ojos más hermosos que he visto en mi vida», me respondí yo sola. Y volví a sumergirme en ese increíble color.

—¿Cómo puedes tener los ojos tan verdes? —aún me pregunto cómo me atreví a hacerle esa pregunta. Realmente no lo pensé. Mi boca habló por sí sola. Él se quedó mirándome fijamente, analizándome, intentando descubrir cuánta inocencia había en mis palabras.

—Soy hijo de una bastarda de Renania...

Agaché la cabeza. Conocía perfectamente a qué se refería con ese término. Aunque fuera acuñado mucho antes de que ninguno de los dos hubiéramos nacido y él solo fuera un descendiente de aquellos a los que denominaron así: los hijos de los soldados del imperio africano con mujeres alemanas durante la Primera Guerra Mundial. Mi mente empezó a hacer cálculos... Volví a centrarme en su rostro intentando descubrir qué edad tendría realmente. Nunca había sido buena en ese sentido, pero con él me resultaba imposible... «Bastardo de Renania», susurré lo más bajito que pude mientras toda la información que tenía sobre el asunto volvía a mi mente... Y mis ojos, sin querer ni poder evitarlo, bajaron hasta su entrepierna. Fue un rápido desliz, pero a él no le pasó desapercibido.

—¿Te estás preguntando si a mí también me esterilizaron? ¿Te apetece tener un bebé morenito? —Noté cómo sus manos me agarraban por la cintura y me atraía contra él, chocando mi cuerpo contra el suyo. Subí mis manos para intentar separarme de él, pero era un esfuerzo inútil—. No te preocupes... No lo hicieron. Pero, aunque así fuera, eso no me convierte en impotente... Y cuando quieras te lo demuestro, Agna.

—¡Suéltame!

Él pareció recapacitar y pensar que, después de la experiencia que acababa de pasar, su gesto había sido mucho más que ofensivo y me liberó. Me alejé de él con la respiración agitada.

—Sois todos iguales...

—Yo no...

—Ya, claro... No querías demostrarme que eras más fuerte que yo y podías controlarme aunque yo no quisiera.

—Nunca haría eso.

Sabía que era sincero. Algo en su voz me lo gritaba, pero yo no escuchaba. Me dirigí hacia la puerta dispuesta a irme de allí con toda la dignidad que pudiera.

—Agna... Déjame que te acompañe.

—Ni te me acerques.

—Es muy tarde y...

No esperé a que continuara. Abrí la puerta de su cuarto y me fui corriendo de allí. No paré hasta que salí de su casa, bajé las escaleras y llegué al portal. Volvía a llorar, invadida por tantos sentimientos que no podía controlarlos.

En cuanto empecé a andar por las calles en dirección a la parada del autobús, me arrepentí de haber sido tan orgullosa. La ciudad nunca me había parecido tan peligrosa y oscura. Los recuerdos de lo que había sucedido horas antes empezaban a atormentarme provocando un escalofrío por todo mi cuerpo. Y, de pronto, unos pasos detrás de mí. No. No podía estar pasándome otra vez. ¿Nos habían seguido y habían esperado a que saliera sola de esa casa? Giré levemente la cabeza y no pude evitar sonreír. Josef me seguía a varios metros de distancia. A pesar de mi bordería, a pesar de cómo lo había tratado..., no me dejaba sola. Estaba claro que era mejor persona que yo. Llegué a la parada del autobús y me giré hacia él. Esperé (o más bien deseé) que se acercara, que me permitiera darle las gracias por todo lo que había hecho por mí esa tarde. Pero se mantuvo quieto, parado en la distancia. Y tuve ganas de ser yo la que avanzara esos metros que nos separaban... Hasta que oí los comentarios de mis compañeros de parada. Lo miraban de arriba abajo y hablaban con todo el desprecio del mundo. Oculté mis lágrimas. Ese hombre negro al que insultaban sin conocer me había salvado de la que podría haber sido la peor experiencia de mi vida y luego se había asegurado de que llegara sana y salva... Pero yo no me atrevía ni a defenderlo ante unos desconocidos. ¿Qué clase de persona era?

• • •

Esa noche me costó muchísimo dormir. Conseguí llegar

a mi cuarto sin que nadie me viera y me preparé un baño que me limpiara por completo los restos de esos cerdos y me relajara los músculos, que tenía completamente agarrotados a causa de los nervios. Estuve a punto de bajar al despacho de mi padre y coger alguna de las bebidas que guardaba en su armario, estaba segura de que una copa me vendría bien, pero eso significaría arriesgarme a encontrarme con alguno de ellos, y en esos momentos no era mi plan favorito. Me sumergí en la bañera e intenté dejar la mente en blanco... Misión imposible. En unas pocas horas, había conocido a una superviviente de los campos de concentración donde, teóricamente, los alemanes habíamos masacrado a millones de personas; a continuación, unos judíos habían intentado violarme (y quién sabía si no hubieran acabado también con mi vida después), y me había acabado salvando un hijo de una bastarda de Renania. Más completa y chocante no había podido ser mi jornada.

Pensé en Josef y en aquellos increíbles ojos verdes que me quitaban el aliento... Pensé en Esther, que me concedía un perdón que yo no le había solicitado para contarme, a continuación, el horror que habían sufrido demasiadas personas y del que, según ella, no me culpaba... Y pensé en esos tres tipos que sí me culpaban y deseaban castigarme haciéndome sentir lo que otros habían sentido anteriormente...

Cerré los ojos y me sumergí en el agua, deseando que se llevara mi dolor de cabeza, mis miedos y las preguntas que se iban acumulando en mi mente... Y un recuerdo llegó: no sé qué edad tendría, habíamos acompañado a mi padre a uno de sus viajes y nos alojábamos en una pequeña casa... Creo que cerca de Dachau, pero podría haber sido cualquier otro campo. Iba por el pasillo de la casa, jugando con una de mis muñecas, cuando escuché la voz de mi madre:

—Los están matando... Los matan y luego los

queman...

—*No. Eso no es posible* —le respondió mi padre.

—*Pero ¿no lo hueles? ¿De dónde sale, entonces, ese olor a carne quemada? ¿Y esas columnas de humo?*

—*Claro que se incineran cuerpos... Pero no los matan.*

—*Pero...*

—*¡Basta!* —Pegué un leve salto ante el grito de mi padre y me acerqué aún más a la pared por miedo a que me encontraran escuchando una conversación que, claramente, no debería estar presenciando—. *Estamos en mitad de una guerra, la más grande que el mundo haya conocido... Claro que hay muertos... En cada rincón de Europa muere gente, y aquí también. Y no hay tiempo ni espacio para enterrarlos. Pero no se te vuelva a ocurrir insinuar en voz alta lo que estás diciendo. Cualquiera puede estar escuchándote.*

Salí corriendo tras oír esas palabras. Había una amenaza intrínseca que yo no había comprendido hasta esos momentos, sumergida en la bañera, recordando ese instante que se había quedado escondido en alguna parte recóndita de mi mente. Abrí los ojos y me quedé mirando el techo. Si mi intención inicial había sido conseguir relajarme, estaba claro que tal cosa no iba a suceder esa noche.

Una vez fuera de la bañera, me sequé y decidí bajar al piso de abajo en silencio. No se escuchaba un alma y lo agradecí. Esa noche debían de haberse ido muy temprano a la cama... Me preparé un té y fui al salón, donde el fuego de la chimenea amenazaba con extinguirse. Sentada en el sofá, comencé a llorar. Casi sin darme cuenta, las lágrimas empezaron a recorrer mis mejillas y un enorme vacío se fue adueñando de mi pecho. Rocé con mis dedos las partes de mi cuerpo que esos tres animales habían sobado, apretado, arañado e incluso mordido... ¿Cuánto tardarían en borrarse sus huellas de mi piel?

Me hice una bola en el sofá. Me sentía tan sola en esos momentos. ¿Con quién iba a hablar de lo que me había sucedido? Elba estaría a punto de coger el tren para volver a la escuela y ella había sido mi única confidente hasta esos momentos... Mi madre, descartada... No podía evitar recordar toda la historia de Esther y las dudas que me habían sacudido sobre su estancia en el campo de concentración. Nunca me había molestado en preguntarle; ella tampoco lo había puesto nunca fácil. Mi tía seguía siendo una gran desconocida para mí, y el hecho de no haber sabido nada de su existencia hasta que necesitamos asilo en su casa no era algo que me produjera confianza. Mi padre... Ni se me pasaba por la cabeza. Hans muchísimo menos: iría a la caza de esos tres judíos sin dudarlo y comenzarían una guerra en la que no quería estar involucrada... Solo me quedaba Esther... ¿Podría confiar en ella? Elba creía que sí, y eso era un gran motivo para que yo lo hiciera... Además, me había contado parte de su historia por el simple hecho de necesitar desahogarse... ¿Por qué no lo iba a hacer yo? ¿No era eso lo que hacían las amigas? Esther vivía en casa de Elba, la llamaría por la mañana para intentar quedar con ella. Me pregunté qué lazos unirían a mi amiga con esa chica judía. No lo había preguntado en ningún momento y ahora empezaba a necesitar esa respuesta.

Antes de que amaneciera, me subí a mi cuarto. Había ido durmiéndome a ratos y me dolía todo el cuerpo. Necesitaba intentar dormir en mi cama al menos un par de horas antes de que me despertaran. Quizás al volver a abrir los ojos descubriera que todo había sido una horrible pesadilla y nada más.

• • •

—Dices que, casualmente, un hombre al que no habías visto nunca hasta hace unos días, con el que tú y tus amigos tuvisteis un altercado, apareció de la nada para salvarte...

La miré con fijeza. De todo lo que le había contado, ¿se quedaba con eso? Había conseguido quedar con Esther para tomar un café en el mismo lugar donde nos habíamos visto el día antes. Me comentó que trabajaba unas horas en una pequeña tienda cerca de allí arreglando vestidos. Llevaba pocas semanas y aún le quedaba mucho por aprender, pero le gustaba y le permitía ganar un poco de dinero. Me costó más de lo que creía contarle todo lo que había sucedido después de dejarlas la tarde anterior, y ella me escuchó en silencio hasta que terminé... Y luego soltó esa bomba que me dejó la piel del color del papel y un leve temblor en las manos.

—¿Qué estás insinuando?

—Que me parece muy extraño... No creo en las casualidades.

—¿Crees que me seguía?

Un sudor frío recorrió mi espalda ante esa posibilidad. Si Josef me vigilaba, ¿cuál era su propósito? ¿Qué quería de mí? Aunque su retorcido plan me había salvado de algo mucho peor.

—Es más... Me parece muy raro que unos hermanos judíos quisieran hacer algo tan...

No pude evitar sonreír con cinismo. Eso era lo que realmente le preocupaba. No era la presencia de Josef, ni siquiera que hubieran estado a punto de violarme... Era que los culpables eran judíos como ella. Prefería hacerme creer que todo era una estrategia, una trampa creada por Josef por algún oscuro y perverso motivo... Pero yo había visto el odio reflejado en los ojos de aquellos salvajes, sabía que, si no hubiera aparecido Josef, no habrían parado...

—Delincuentes hay en todas las religiones —le solté lo más fría que pude.

Nos quedamos en silencio. Sentía que no había mucho más que decir entre las dos. Tuve la sensación de estar fallándole a Elba, ella había deseado que fuéramos amigas, creía realmente que nuestras dos realidades tan distintas nos beneficiarían..., pero en aquel momento temía que eso no fuera a ser posible.

Me levanté mientras dejaba unas monedas encima de la mesa.

—Creo que necesito ir a pasear sola... Necesito pensar.

Esther asintió con la cabeza, en silencio, con la vista puesta en la taza de café. No hizo ningún amago de detenerme ni yo quería que lo hiciera. Me di la vuelta y salí de la cafetería mientras terminaba de abrigarme. No era un día frío, y, sin embargo, yo me sentía helada.

Deambulé por las calles llenas de transeúntes. Todos parecían tener prisa por llegar a algún sitio que yo desconocía; quizás su casa, quizás el trabajo, quizás habían quedado con su novia o con los amigos... Y yo me sentía completamente sola. Había acudido a la única persona que conocía en Múnich a la que sentía que podía contarle esa historia sin que me juzgara, que me escucharía... Y lo único que había hecho había sido intentar culpar a la persona que me había salvado. Me detuve en mitad de la calle. Un hombre que iba detrás de mí protestó ante mi brusca parada, pero me dio igual. Busqué en mi monedero para ver cuánto dinero tenía y me acerqué a una tienda de alimentación.

Cuando era pequeña, los establecimientos estaban llenos de todo tipo de comidas. Entrabas en uno y los olores se mezclaban entre ellos, formando un maravilloso perfume que abría el apetito. Yo no lo valoraba. Era una niña y no se me pasaba por la cabeza que eso fuera a cambiar... ¿Cómo iba a suceder algo así? Era cierto que, poco a poco, los estantes volvían a llenarse de productos, pero a una velocidad mucho más lenta de la que los periódicos querían vender. ¿Y por qué esa necesidad de fingir que estábamos mejor de lo que en realidad estábamos?, me pregunté. Cerré los ojos y alejé esas preguntas de mi cabeza, bastante tenía yo ya con mis problemas para encima sumergirme en otros debates que en esos momentos solo amenazaban con darme aún más dolor de cabeza.

No sabía muy bien qué coger. Quería que él se lo tomara como un presente por haberme salvado y no como una limosna, que no fuera una muestra de que yo tenía dinero y él no... Vi *Brezel*, que rápidamente cogí... Había también *Dampfnudeln* recién hechos que olían de maravilla... Y a su lado había *Obatzda*. Pagué y salí contenta con mi compra. No lo había pensado mucho, me estaba dejando llevar por un impulso y era una sensación desconocida para mí, pero muy agradable.

Llegué a su edificio, suspiré y entré. El día anterior no me había fijado en el crujido que emitían las escaleras ni en el profundo olor a humedad que había en el portal. Pero no me achanté. Había llegado hasta allí y necesitaba verlo. La conversación con Esther me había dejado el estómago revuelto y sabía dónde encontraría respuestas. Mi vida se había convertido en una sucesión de preguntas que nadie quería responderme.

Llamé a la puerta y esperé. Me balanceé de un pie a otro, nerviosa. Una muchacha abrió. Tenía el pelo envuelto en un colorido pañuelo y unos grandes pendientes; ojos oscuros rodeados de unas enormes pestañas. Era hermosa. Envidié el dorado oscuro de su piel, que parecía brillar bajo la luz del sol, a diferencia del color blanquecino que predominaba en mi cuerpo. Me examinó de arriba abajo con desconfianza...

—¿Qué busca?

—¿Está Josef?

Volvió a recorrer mi cuerpo con la mirada y luego me dejó pasar mientras me indicaba una puerta cerrada que yo sabía que era el cuarto de Josef. Tampoco iba a darle explicaciones de por qué lo sabía... Suspiré y me dirigí directa al cuarto. Una animada música procedía de la habitación por la que había desaparecido la muchacha que me había abierto. Llamé, y la voz de Josef me invitó a entrar. No se esperaba que fuera yo, y se vio en su mirada sorprendida. Tragué saliva. Llevaba puestos solo unos cortos pantalones y su pecho desnudo era demasiado imponente para no quedárselo mirando unos instantes antes de ponerme colorada y darme la vuelta.

—Yo... Lo siento.

Las carcajadas de Josef no tardaron en llegar. Lo sentí a mi lado en una décima de segundo, dándome la vuelta para volver a mirarlo. Aún no me podía creer que alguien tuviera los ojos tan verdes y enormes.

—Has vuelto...

Tragué saliva... otra vez. Y sin decir nada, le tendí la bolsa. Me sentía estúpida. Él sonrió y cogió la bolsa que le daba.

—¿Y esto?

No parecía ofendido, ni enfadado ni molesto. Solo divertido. Aunque no sabía si era por mi reacción o porque le hubiera llevado un regalo.

—Quería agradecerte lo que hiciste ayer por mí y lo vi en la tienda y... —Me estaba comportando como una niña ridícula. Tenía ganas de huir de allí, pero mis pies seguían detenidos en el sitio, paralizados ante la proximidad del cuerpo de Josef.

—Lo viste en la tienda... —murmuró él casi para sí mismo. Si no hubiéramos estado tan cerca, estaba segura de que no lo hubiera escuchado. Luego dejó la bolsa en una mesa cercana a donde nos encontramos mientras pronunciaba un leve «gracias»; a continuación, volvió a centrarse en mis ojos... Demasiado cerca—. ¿A qué has venido?

Esa era la pregunta clave, para la que ni siquiera yo tenía una respuesta.

—Ayer me salvaste...

—Lo sé... Estaba presente.

—Maldita sea, Josef, no me interrumpas. Esto no es fácil para mí.

Me separé de él exasperada y empecé a pasear por su pequeña habitación. Él sonrió, cerró la puerta y se apoyó en ella con una sonrisa.

—Cuando me fui de aquí, estaba nerviosa, enfadada con el mundo... Y lo pagué contigo. Era lo más fácil, lo más sencillo... Necesitaba hablar con alguien, pero, entre la vergüenza por lo sucedido y el miedo a las repercusiones que podía tener según a quién se lo contara... —Mi garganta se iba llenando de un sentimiento tan fuerte que me estaba costando hablar. Josef me observaba en silencio—. Esta tarde quedé con una conocida... Es la amiga de mi mejor amiga... Esther. —Por la expresión que se dibujó en su rostro, supe que le sorprendía que tuviera ciertas compañías—. Pensé que ella me entendería mejor, que me escucharía...

—¿Y qué pasó?

Volví a ponerme colorada.

—Cree que fue algo urdido por ti...

—Ya... ¿Y tú qué crees?

—Yo estoy aquí.

Josef se volvió a acercar a mí. Parecía relajado. Al menos, mucho más de lo que me encontraba yo. Di unos pasos para atrás. Necesitaba guardar un poco de distancia entre los dos. Mis ojos se iban demasiadas veces hacia su pecho desnudo, que seguía exhibiendo con toda naturalidad. Hasta ese momento, estaba convencida de que ese tipo de cuerpos pertenecían solo a las esculturas... Y ahora lo tenía ahí, delante de mis ojos, con ese color chocolate y esos ojos verdes que me penetraban... Y la sensación de estar haciendo algo que no debía. Un escalofrío me recorrió el cuerpo, y a él no le pasó desapercibido. ¿Cómo iba a hacerlo, si no me retiraba la vista de encima?

—No te he ofrecido nada para beber... Imagino que estarás acostumbrada a refinados tés... Pero no tenemos, no son de nuestro gusto.

—Cualquier cosa estará bien. —Aunque solo fuera porque saliera de la habitación y me diera tiempo a recomponer mis ideas. Aunque lo mejor sería que me fuera de allí.

—Estaban terminando de hacer algo de vino caliente... Ahora vengo.

Josef salió de la habitación, y yo me quedé quieta en el mismo sitio. ¿Había dicho *vino caliente*? En la escuela solían hacerlo en alguna festividad durante el invierno, una bebida demasiado especiada para mi gusto y que se me subía muy rápido a la cabeza... Pero ya no había vuelta atrás. Josef apareció con una jarra y dos vasos pequeños que depositó en el suelo para, a continuación, sentarse él también en el mismo. Alzó su mano hacia mí para invitarme a imitarlo.

No hablamos. Sirvió los dos vasos, alzó el suyo hacia mí mirándome a los ojos a la espera de que yo también lo hiciera y brindamos en silencio. Noté la bebida calentándome el cuerpo. Era fuerte, más que los que había tomado anteriormente, pero preferí no quejarme. La expresión «refinados tés» me había ofendido más de lo que quería demostrar. No era tonta. Veía las condiciones en las que vivía él y en las que vivía yo y veía las diferencias, era consciente de mis comodidades... Pero yo también había pasado mi infierno particular.

—Tu amiga Esther —comenzó él, sacándome de mis pensamientos a la vez que volvía a rellenar los vasos ya vacíos y yo me centraba en ese líquido oscuro— es judía, ¿no?

Asentí en silencio esperando la reacción, pero él simplemente se llevó el vino a los labios y bebió tranquilamente.

—No entiendo —empecé— cómo alguien que ha pasado por el infierno que pasó ella, que ha vivido las consecuencias de las mentiras..., lo primero que haga es... —No sabía cómo expresarme, cómo sacar las frases que revoloteaban por mi mente.

—Siempre buscamos culpables en los que son

diferentes. Siempre. Da igual que sean judíos, gitanos, negros, árabes, extranjeros... Todo el mundo busca el mal en los demás, en los que son ajenos a nosotros, no en el vecino, no en aquel con el que compartimos cosas. ¿Sabes por qué la mayoría de los alemanes estaban felices con los juicios de Núremberg? —Apuré el vaso de vino más rápido de lo que debía, pero el solo recuerdo de ese suceso me erizaba la piel—. Porque eso reducía el número de culpables y eximía a los demás... Les limpiaba la conciencia... Sin darse cuenta de que todos, en un momento dado, fuimos responsables de lo sucedido. El ser humano alimenta el miedo hacia lo diferente desde que nace... Y ellos supieron ver nuestra debilidad y la explotaron.

Me llamó la atención cómo se incluía entre los culpables. Y algo en mi interior se sublevó. Otro trago más de vino para acallarlo.

—¿Y no crees que hemos aprendido de lo sucedido?

—¿Tú sí, Agna?

—Me gustaría...

Josef me miró con una dulce sonrisa reflejada en sus ojos, alzó la mano que no sostenía el vaso y la llevó hasta mi rostro, acariciándome la mejilla con delicadeza. Tenía la piel curtida por el trabajo, y, sin embargo, a mí me pareció el tacto más suave del mundo. Cerré los ojos mientras apoyaba mi cabeza en su palma, aspirando su olor... Y los abrí de golpe. El vino me estaba afectando más de lo que podía controlar.

—Creo que se me está subiendo el vino... —Empecé a ponerme de pie con lentitud, midiendo cada paso—. Debería irme.

Josef se levantó también y me acompañó hasta la puerta de la calle. Mordí mis labios conteniendo las ganas de pedirle que me acompañara dando un paseo hasta mi casa, pero hasta yo sabía que seríamos el centro de atención de todos los que nos cruzáramos, y eso era algo que en aquellos momentos no me podía permitir.

—Gracias —sentía la necesidad de volver a decírselo, o quizás de alargar ese momento con él.

—No vuelvas a dármelas... No hace falta...

Y otra vez el silencio. Yo no quería irme y sentía que él no quería que me fuera, aunque los dos supiéramos que era lo debido. Cogí fuerzas para despedirme, pero él se adelantó:

—¿Te apetece venir mañana? Si me dices qué té te gusta, podría...

Josef, que hasta ese momento siempre había parecido tan seguro de sí mismo, enterneció mi corazón de una manera que no creía que fuera capaz... Y solo con esa pequeñez. Y fue entonces cuando me di cuenta de que no se necesitan grandes proezas para hacerte sentir importante; a veces, eran esos pequeños detalles los que te calentaban el alma.

—No necesito té. Si no te importa que sea un poco más tarde que hoy —recordé que mi madre había invitado a Victoria Flirk, la madre de Hans, a merendar en casa y había insistido en que yo estuviera presente, si bien esperaba poder escaparme después—, estaré encantada de venir.

—Estaré aquí...

Asentí, me di la vuelta y me fui a paso rápido. Sin más despedida ni gesto. Y con una necesidad imperiosa de irme rápidamente de allí y poder volver a respirar con normalidad.

3

No sé cómo se acabó convirtiendo en un hábito el terminar mis tardes en la habitación de Josef. Unos días pasaba casi toda la tarde sentada en unos cojines en el suelo de su dormitorio; otros, poco más de quince minutos, dependiendo de los planes que tuviera. Nadie sabía de mis excursiones a ese pequeño apartamento en una de las zonas pobres de la ciudad y eso me producía una sensación que nunca había tenido corriendo por mis venas. Josef adquirió té. No era precisamente el más bueno que había probado, pero me daba igual. Solo el hecho de haberse molestado me hacía mucha más ilusión que cualquier manjar que pudiera tomar en otra compañía.

Al principio no hablábamos mucho. Nos quedábamos en silencio disfrutando de nuestra mutua compañía. Poco a poco, nos fuimos contando nuestras respectivas vidas. Y me sorprendí oyéndome hablar de la época en la que mi madre y yo habíamos sido capturadas por el ejército estadounidense, del miedo que había sentido y la sensación de soledad que me había acompañado, cual fiel sombra, desde ese momento. Él me habló de cómo su madre se había negado a librarse de él a pesar de las ordenes de sus abuelos, aunque eso hubiera significado una vida más fácil para ella. Lo había protegido e incluso lo había escondido en su momento cuando empezó el proceso de esterilización para no caer víctima de ellos. Y me contó cómo no llegó a ver el final de la guerra, dejándolo solo en ese mundo sin más familia que dos tumbas a las que llorar. No me contó cómo murió su padre, y yo tampoco pregunté. Esa era la sociedad que nos tocaba vivir: un lugar donde era mejor no preguntar, donde había demasiados cadáveres enterrados, demasiadas cajas de pandora a punto de explotar. El silencio era nuestro mayor aliado, nuestro escudo. Y, a la vez, sin que nosotros fuéramos plenamente conscientes, nuestro mayor enemigo.

Ese dormitorio se estaba convirtiendo, poco a poco, en mi refugio, en un lugar donde podía encontrarme a salvo. No había vuelto a quedar con Esther; ella tampoco había hecho el menor amago de intentarlo. Me sentía culpable por la amistad que la unía a Elba y porque estaba convencida de que era una buena chica que había sufrido lo que nadie tendría que haber padecido... Y me ponía de excusa a mí misma la reacción que había tenido con las personas que me atacaron... Y, a la vez, era plenamente consciente de que también influía un motivo mucho más egoísta: su relato me había afectado sobremanera, me había machacado por dentro y removido el alma... Y no quería quedar con alguien que estaba convencida de que yo me debería sentir culpable por todo lo que le había sucedido...

En el lado contrario de la balanza en que se había convertido mi vida, estaba Hans. Hans, mi amigo de la infancia, para el que ser la hija de un nazi no era un motivo del que sentirme avergonzada, que comprendía que quisiera a mi padre con locura (incluso a pesar de ese extraño velo de frialdad que se había interpuesto entre nosotros en los últimos tiempos), pero era también un hombre anclado en un pasado al que yo no sabía si quería volver.

Estar con Josef era fácil. Con él no existían ni el pasado ni el futuro; solo los momentos que vivíamos juntos en esa habitación. En algunos de esos momentos, me planteé que había encontrado mi sitio... Hasta que la realidad vino de nuevo a visitarme. Y lo hizo en forma de una de las compañeras de piso de Josef. No tenía muy claro cuánta gente vivía en ese pequeño apartamento, solo que Josef tenía suerte de que el chico con el que compartía habitación tuviera el horario completamente inverso al suyo... Por lo que había entendido, en otro de los cuartos se turnaban para dormir en el colchón por días o compartían una estrecha cama donde apenas cabían...

Estábamos riéndonos, no recuerdo ni siquiera de qué, solo que no podía parar de hacerlo y el mundo parecía haberse reducido a nosotros dos y nuestras carcajadas. Por eso me sorprendió oír una voz ajena. Ni siquiera me había percatado de que habían abierto la puerta de par en par, robándonos nuestra intimidad.

—¿Qué sucede? —interrogó Josef cortando nuestra diversión.

—Eso quisiera saber yo.

La chica me miró de arriba abajo, y, durante unos instantes, me planteé la posibilidad de que fuera la novia de Josef. Quise levantarme y desmentir el malentendido que pudiera haber causado, pero no pude. En ningún momento me había planteado que él tuviera pareja. Y sería lo más normal. Tenía un bonito color de piel, unos ojos increíblemente verdes y expresivos, unos labios gruesos en los que yo solía posar mi mirada más de lo que debiera y un cuerpo que era la envidia de todos sus congéneres. Era una estupidez pensar que ninguna otra chica se hubiera fijado antes en él... Y noté el monstruo verde de los celos invadiendo mi cuerpo. Pero me quedé ahí quieta, sin moverme, sin desmentir cualquier confusión que pudiera haber, atenta a la reacción de Josef.

Noté la mirada llena de furia y de asco de la chica sobre mí. Josef suspiró, se levantó y se acercó hacia ella, saliendo de la habitación. Entrecerró la puerta, pero fue inútil; la voz de ella se escuchaba perfectamente, hiriéndome en el alma:

—No sé qué haces con esa blanquita... —Nunca había oído a nadie referirse a mi color de piel con tanto odio. No pude evitar mirarme las manos sin saber qué buscaba.

—Con quién me vea o me deje de ver no es asunto tuyo.

—¿Acaso ya se te ha olvidado lo que su padre y sus amigos nos hicieron? —Tragué saliva y me puse lentamente de pie. ¿Habría sido Josef quien les había hablado de mis orígenes o se habrían enterado por otra parte? ¿Cómo era posible que todo el mundo pareciera saber quién era yo, la hija de un simple fotógrafo?

—No se me ha olvidado nada. Pero ella no es su padre.

—Mira, puedo comprender que te recuerde a tu madre y esas mierdas..., pero hazte un favor a ti mismo: no tardes tanto en meterte en sus bragas y olvídate de ella. Solo te traerá problemas. Los secretos nunca duran mucho tiempo. Siempre hay alguien que acaba desvelándolos.

No oí la respuesta de Josef, puesto que la realizó en un susurro lleno de furia, la misma con la que volvió a abrir la puerta y la cerró tras él dando un portazo. Yo seguía repitiendo en mi mente todas las palabras que había escuchado y hacía esfuerzos por no echarme a llorar.

—Creo que debería irme.

—Agna, no le hagas caso...

—Yo no tengo lugar... —murmuré para mí misma, aunque era consciente de que él me había escuchado perfectamente. Luego lo volví a mirar a la cara para seguir hablando—: Para ellos, soy una traidora a mi sangre; para vosotros, siempre seré la hija de un nazi... Nadie ve más allá de eso... Nos dicen que los hijos no tenemos que pagar por los pecados de nuestros padres, pero no es así. Nadie habla de eso, todo el mundo pone un velo, como si así la realidad no existiera, como si los alemanes hubiéramos olvidado todo, mágicamente... Pero no es así. Nadie olvida, y el rencor y el odio siguen creciendo.

Josef se acercó un poco más a mí y me cogió por la barbilla para que lo mirara a los ojos.

—Para mí no eres la hija de un nazi... Para mí eres, simplemente, Agna.

«Simplemente Agna». Era, posiblemente, lo más bonito que me habían dicho en la vida. Y, contraviniendo todos los modales que me habían enseñado desde niña, me solté de su amarre y lo abracé con fuerza, refugiándome en aquel fornido y atlético pecho. Josef me rodeó con sus brazos y lo oí suspirar profundamente.

—Siento meterte en jaleos con tu gente —le dije sin moverme, con los ojos cerrados y rodeada de ese olor tan profundo que me invadía y agitaba todos mis sentidos.

—No lo sientas... Ellos tendrán que comprenderlo y asumir la realidad. No pueden luchar por defender sus derechos, por buscar la igualdad, por acabar con el racismo que nos invade y nos ahoga... y luego proferir el mismo odio, los mismos prejuicios hacia los demás.

Noté las manos de Josef acariciando mi espalda, y las palabras de su compañera de piso volvieron a mi mente: *«No tardes tanto en meterte en sus bragas»*. Intenté expulsar esas palabras de mi mente, pero era realmente difícil. Recordé cómo unos días antes, nada más salvarme de los salvajes que habían intentado violarme, me había cogido, apretado contra él diciéndome si quería tener un bebe morenito. Sabía que era el odio lo que había movido a esa chica, pero había plantado una semilla en mi interior que me estaba costando desenterrar y desterrar de mi cuerpo. Me separé de él marcando las distancias. Si él se sintió dolido o rechazado por mis actos, no lo dio a entender.

—Creo, igualmente, que debería irme... Volveré mañana, no te preocupes... Pero necesito... —Ni yo misma sabía qué era lo que necesitaba, solo sentía que no podía estar más en ese lugar que empezaba a agobiarme.

—De acuerdo... Te acompaño.

Sonreí con tristeza mientras asentía. Todas las noches hacía lo mismo. Me acompañaba en la distancia. Andaba varios metros detrás de mí para comprobar que llegaba bien a la parada del autobús, y yo me sentía morir por dentro cada vez que lo hacía y cada vez que veía a alguna pareja pasear juntos o a un grupo de amigos dejándose ver por la calle con toda la tranquilidad del mundo. Y nosotros dos teníamos que andar a escondidas... No sabía lo que éramos, solo sabía que no soportaba esa situación y un día acabaría por ponerle fin... Aunque no sabía cómo ni hacia qué lado de la balanza me inclinaría

• • •

Estaba siendo una inconsciente. Salía cada día de casa y evitaba decirles a mis padres la verdad de a dónde iba. Tampoco era que ellos preguntaran mucho. Mi madre seguía sumergida en un extraño ánimo con el que no recordaba haberla visto nunca. Había una eterna tristeza en sus ojos y pasaba más tiempo sumergida en sus propios pensamientos que con nosotros. Solo parecía volver un poco a su antigua esencia cuando se juntaba con sus viejas amigas a tomar un té o dar un breve paseo... Y yo la observaba en silencio, con mil preguntas en la cabeza, con el recuerdo de todo lo que Esther me había contado y el temor de escuchar lo que ella podría contarme. En mi mente me repetía que, si los aliados criticaban lo que teóricamente habíamos hecho los alemanes, no se comportarían de igual manera, ¿verdad? No sería muy coherente... Aunque yo cada vez creía menos en la bondad de la gente, fuera del bando que fuera.

En mi periodo en la escuela, había leído una frase que había pronunciado la otrora primera dama de los Estados Unidos de América, Eleanor Roosevelt, y que me había hecho meditar mucho sobre la realidad de sus palabras: *«Todas las guerras actúan como bumerán, y el vencedor sufre tanto como el vencido»*. Y yo miraba a mi alrededor y solo pensaba que esa mujer no había sufrido una guerra, no había tenido que salir huyendo del sitio al que llamaba hogar... En una guerra, todos los bandos perdían a demasiadas personas, muchachos que no deberían haber tenido un destino tan cruel... La guerra era lo más antinatural del mundo, son los hijos los que deben enterrar a sus padres... Y en una guerra, son los mayores los que lloran por las ausencias eternas de sus pequeños... Pero los vencedores podían comenzar de nuevo con la conciencia limpia y contando y retratando su historia... Adolf Hitler había dicho: *«Si ganas la guerra, no necesitas dar explicaciones. Si pierdes, no deberías estar allí para explicar»*. Y eso era lo que él había hecho... Y yo sabía que muchos lo habían denominado como cobarde, pero, en ciertos momentos, no podía evitar pensar que quizás fue el más inteligente de todos... ¿Qué hubieran hecho los aliados con él si lo hubieran capturado con vida? Y daba miedo pensar que el odio, la sed de venganza, la creencia de ser superiores a los demás... era algo intrínseco en la mayoría de dirigentes que reinaban a sus anchas por los diversos países.

Mi mente era un hervidero de pensamientos que me acababan produciendo un gran dolor de cabeza, todo mi cuerpo sufría una lucha interna que sabía que no podía acabar bien... Por eso disfrutaba tanto de mis quedadas con Josef. Con él podía comportarme como una joven normal, como lo que habría sido si la historia no hubiera sido la que fue... Hablábamos de música, libros... Él me hablaba de su trabajo en la fábrica, y yo, de las ganas que tenía de empezar en la universidad... Otras veces, solo nos quedábamos callados y disfrutábamos de nuestra mutua compañía. No hacía falta más... Y cada día necesitaba más esos momentos con él.

—Hoy espero que no tengas planes —soltó mi madre de golpe mientras almorzábamos.

Levanté la vista de mi plato y la pasé por cada uno de los integrantes de la mesa. El tono de mi madre no había sido simplemente informativo, había desconfianza y algo que no supe identificar. El miedo a que ella hubiera descubierto mi pequeño secreto creció en mi interior, provocándome un nudo en el estómago que me quitó toda el hambre que tenía.

—Hoy vendrá a cenar un viejo amigo —aclaró mi padre.

Asentí en silencio mientras empezaba a maquinar cómo podría informar a Josef de que ese día no acudiría a nuestra cita. Él no tenía teléfono, y yo no conocía a ninguno de sus vecinos que pudiera tener, para que lo avisara. Quizás podría escaparme un rato e ir corriendo a verlo... Aunque sonaba un poco raro. Realmente, no habíamos quedado, nunca lo hacíamos...; simplemente aparecía, y él me esperaba... O eso quería creer.

Dio igual los planes que yo intentara formar en mi

cabeza para escabullirme de esa casa, mi madre me tuvo toda la tarde ocupada ayudándola a hacer la cena, arreglando la casa y preparando la mesa como si fuera a venir alguien importante. Y eso me llenó de curiosidad por saber quién sería nuestro misterioso invitado. Mi madre solo me repetía «Un viejo amigo», pero sus ojos parecían volver a brillar como antaño, cuando tan a menudo recibíamos visitas y la casa se llenaba de risas... Solo por la esperanza de revivir aquellos buenos recuerdos y volver a ver a mi madre feliz, sentí que merecía la pena el pequeño plantón que le estaba dando a Josef.

Llegó puntual. Era un hombre alto y fuerte, con la piel morena, curtida por el sol. El pelo castaño muy cortito y unos ojos azules tan claros que parecían transparentes. Lucía una sonrisa que dominaba su rostro y abrazó a mi padre con fuerza, dándose palmadas en la espalda, demostrando que realmente los unía un fuerte vínculo de camaradería.

—Bienvenido a casa, Jürgen —lo saludó mi madre mientras le daba la mano con afecto—. ¿Te acuerdas de Agna?

El hombre me miró como si me examinara. Había algo en él que me resultaba familiar, pero no conseguía saber de cuándo ni dónde. Imaginaba que sería de mi infancia, de alguna de aquellas reuniones que solían invadir mi antiguo hogar o el de algún amigo o conocido. En esas reuniones, yo solía huir con Hans... Lo eché en falta. Ojalá poder volver a cogerlo de la mano y huir de toda la realidad y de esa cena en particular.

—Se ha convertido en toda una jovencita. Tan hermosa como su madre y, por lo que he entendido, tan inteligente como su padre.

Parecía que hablaba de corazón, que realmente apreciaba a mis padres y a mí con ellos, y eso me relajó levemente.

—Y ella es Dagna, mi hermana —le presentó mi padre a mi tía. Se saludaron formalmente, demasiado formalmente para el ambiente que se había creado a nuestro alrededor. Mi tía parecía muy rígida; su dulce sonrisa había desaparecido y en su rostro solo se veía un gesto educado y formal. Me recordaba a la pose que en la escuela siempre solían repetirnos que debíamos mostrar como buenas damas de la nueva sociedad que tenía que poblar Alemania.

Había algo tenso en el ambiente, y me fijé con más detenimiento en mi tía. Mi tía Dagna, de la que no sabía nada antes del final de la guerra, antes de que nos acogiera en esa casa. Mi tía Dagna, que nunca había participado en aquellas fiestas que organizaban mis padres en el pasado... No. Mi tía no debía de ser afín al partido. Eso lo explicaba todo. ¿Habría formado parte de la resistencia alemana? Nunca había sido una oposición muy organizada ni activa, pero de todos era sabido que muchas personas habían acabado siendo prisioneros políticos en lugares como Dachau. Me estremecí. Yo había visitado aquel lugar... ¿Y si...? Negué con la cabeza intentando expulsar esos sentimientos de mi cerebro. Mi padre no hubiera permitido que su hermana acabara en un sitio así.

—¿Pasamos al salón? —mi madre rompió el momento, que, a mi parecer, se estaba llenando de una tensión extraña; aunque quizás simplemente fuera mi impresión.

La sonrisa de mi madre relucía como en sus mejores años, y mi padre parecía completamente relajado. El salón estaba hermosamente decorado. La mesa con largas y esbeltas velas, la mejor cubertería y cristalería, y un buen vino esperaba ya aireándose, esperando ser servido y degustado. Cada uno fuimos acercándonos al sitio preparado para nosotros, y yo solo miraba la alegría brillando en los ojos de mi madre, no me había dado cuenta realmente de cuánto añoraba sentirla así, como en mis recuerdos de infancia. Hacía que todo mereciera la pena.

Jürgen se aproximó al lado destinado para él, no hizo falta que nadie se lo dijera: a la derecha de mi padre, que presidía la mesa. Y, justo antes de sentarse, se dirigió a todos en voz alta, con la barbilla alzada y la voz llena de un orgullo que recorrió mi columna vertebral erizándola:

—¡Dejad que los débiles tiemblen de miedo! Quien lucha por lo más alto debe arriesgarse. ¡A vida o muerte! ¡Buen provecho!

Y luego se sentó con la mayor tranquilidad del mundo, y mis padres lo imitaron como si no hubiera sucedido nada. Yo tardé algo más de lo que hubiera debido; los recuerdos que esa frase me traía de antiguas comidas con miembros del partido me habían dejado paralizada, y, durante unos instantes, el miedo a que los soldados americanos aparecieran de nuevo en nuestro hogar arrasando con todo se adueñó de mi cuerpo. Luego suspiré y me recordé que eso era imposible, que no podían saber lo que sucedía entre las cuatro paredes de esa casa. Me senté a la mesa y levanté la mirada: mi tía aún seguía con la suya perdida, sumergida ella también en sus propios recuerdos... ¿Qué se le pasaría en esos momentos por la cabeza? Deseaba tanto poder colarme en su mente y ver cuál era la realidad que le había tocado vivir a ella... Aunque solo fuera para comprender la extraña dinámica que reinaba en mi familia.

Me centré en la comida. Casi parecía que estuviéramos en Navidad o una festividad parecida. Era agradable tomar comida casera. Mi madre siempre había sido una gran cocinera; incluso en la época en la que teníamos a una mujer que se ocupaba de gran parte de las tareas del hogar, ella siempre disfrutaba creando deliciosos platos.

—Todo tiene una pinta estupenda, madre.

Ella me dedicó una sonrisa completamente sincera, y sentí el calor llenándome el cuerpo. Todos asintieron, dándome la razón, y comenzamos a comer mientras mi padre y Jürgen charlaban de cosas superfluas que dudaba que le interesaran realmente a alguno de los presentes. La sala se llenó con sus voces, y, según iban tomando vino, su conversación iba alegrándose un poco más. En algún momento de la comida, que estaba siendo realmente aburrida al no poder participar activamente en la conversación, algo llamó mi atención: Jürgen mencionó a los Afrika Korps. Y entonces la imagen de un joven Jürgen con el uniforme de ese cuerpo militar vino a mi memoria; era un recuerdo borroso, ni siquiera recordaba si había sido antes o después de la guerra... Ese concepto era muy difuso para mí. Me pasaba demasiado a menudo.

—La guerra en el desierto —murmuré mientras observaba los ojos cristalinos de nuestro invitado, su piel curtida por el aire y el sol de esos lugares le habían regalado unas arrugas que le daban un aire tan entrañable que me desconcertaba— debió de ser muy dura.

—Lo era, la guerra más dura... Pero teníamos al mejor al mando... Rommel, *Wüstenfuchs*[2].—el orgullo emanaba de cada poro de su piel.

—Hay quien dice que estuvo involucrado en el atentado al Führer...

Eran casi las primeras palabras que había oído decir a mi tía, y la reacción de Jürgen no se hizo esperar. Y yo observaba asombrada todo lo que sucedía a mi alrededor.

2. *Zorro del desierto.*

Nunca había oído hablar de que alguien intentara atentar contra Adolf Hitler, y mucho menos que fuera uno de los mariscales más condecorados y admirados... Su imagen solía aparecer en diferentes medios, y el recuerdo del funeral de Estado que se le había realizado volvió en borrosas imágenes a mi mente.

—¡Mentira! —gritó mientras golpeaba con el puño la mesa—. Rommel admiraba al Führer por sus cualidades de líder, y yo mismo le oí defenderlo en los peores momentos de la guerra asegurando que tenía que estar mal informado de lo que realmente sucedía ahí. Esa es otra de las mentiras que quieren que nos creamos, utilizando a uno de nuestros héroes para machacarnos, escupiendo en su memoria...

—Jürgen, ¿por qué no le cuentas a Agna de dónde teníais que sacar a veces el agua para beber? —cambió de tema mi padre para intentar apaciguar la conversación, que se había salido del tiesto en un solo instante. Contuve la respiración unos segundos, esperando la siguiente reacción del antiguo soldado.

—¡Cómo me conoces, Alex! —respondió Jürgen con una sonrisa mostrando su cara más afable, que algo me decía que no era su verdadero rostro—. Eso es lo que demuestra que éramos los mejores soldados, los más fuertes, los más resistentes e imaginativos... Nunca nos rendíamos... Daba igual si teníamos que desenterrar un coche de las dunas... Y si nos quedábamos agua, recogíamos la que se acumulaba en los toldos de las tiendas por la noche.

—¿En los toldos?

—Claro, en el desierto también hay rocío. En otra ocasión puedo traerte alguna foto... Aunque, claro, no serán tan buenas como las que estarás acostumbrada a ver —replicó mientras guiñaba un ojo a mi padre.

—Me encantaría verlas. —Y era verdad. Aunque algo dentro de mí me decía que no debía sentirme atraída por ese tipo de anécdotas.

—Tengo muchísimas historias que seguro que te gustarían. Una vez, en la guerra, un soldado fue asesinado, le arrancaron la cabeza y después estuvo andando un rato sin cabeza por el lugar como si fuera un pollo recién degollado.

Se me cayó la cuchara con la que estaba tomándome el postre y tuve la sensación de que los ojos se me iban a salir de sus cuencas. No era solo por lo que contaba, también por el modo en que lo estaba haciendo, como si relatara la acción más cotidiana.

—Creo que ese tema no es apropiado para los delicados oídos de Agna —reaccionó mi padre al instante.

—Quizás es el momento de que nosotras nos retiremos y paséis a la salita a tomar una copa —atajó mi madre poniéndose de pie de golpe sin dar más opción que acatar su frase. La obedecí en silencio pensando cuántas veces en mi vida había sucedido una escena parecida. No iba a protestar, ni muchísimo menos. Quería huir de ese lugar, alejarme de esa persona que tenía demasiadas sombras que no me atraían ni lo más mínimo. Sonreí, me levanté, ayudé a mi madre a recoger la mesa en silencio y me fui a mi cuarto agradecida por haber terminado tan pronto esa velada.

• • •

Bajé las escaleras. No conseguía dormir. Quizás algo caliente me ayudaría a quitarme el frío que me dominaba desde que había conocido a Jürgen. Cuando cerraba los ojos, se aparecía ante mí la imagen que horas antes él me había descrito. Y las historias que me había contado Esther volvían también a mi mente... ¿Debería intentar volver a quedar con ella? ¿Y por qué hacerlo? ¿Era mi manera de redimirme ante unos pecados que yo no había cometido?

Del despacho de mi padre salía una luz que indicaba que seguía despierto; la voz de Jürgen llegó hasta mí. Estaba cantando. Borracho y cantando como si fuera un adolescente. No conocía la canción y me acerqué hasta la puerta en silencio, intentando reconocerla, intentando que esa musiquilla evocara algún otro recuerdo en mi mente.

"Somos los Afrika Korps alemanes

Las valientes tropas del Führer

Embestimos como la tormenta del diablo

Dificultamos el camino a los Tommys

No tememos ni al calor ni a la arena del desierto

Combatimos la sed y el ardiente sol

Marchamos a golpe de tambor

Avanzamos

Avanzamos

Avanzamos junto a nuestro Rommel."

Un ruido llamó mi atención y retrocedí lo más rápida y silenciosamente que pude. No quería que nadie me encontrara espiando a mi padre y su compañero de borrachera. Rápidamente, me di cuenta de que el ruido lo había producido alguien que tampoco quería ser descubierto. Reconocí su figura escabulléndose hacia la escalera: era mi tía. La seguí. No sé por qué. Solo sentía que debía hacerlo. Que debía hablar con ella. Que ella podría llenar muchos vacíos que habitaban mi mente, sentía que me faltaban piezas del puzle que era mi vida y ni siquiera sabía cuáles eran.

—Tía Dagna —susurré cuando ya nos encontrábamos en el piso de arriba, justo antes de que ella abriera la puerta de su habitación para desaparecer.

Se volvió con una sonrisa tan falsa que lo pude notar hasta en la oscuridad que nos rodeaba.

—Agna, querida, ¿qué haces despierta tan tarde? Vete a dormir o mañana no podrás ni despertarte.

—Pero...

Y me dejó con la palabra en la boca. Se coló en su habitación con una velocidad pasmosa, y yo me quedé allí, en mitad del pasillo, pensando en qué hacer a continuación. No quería volver a bajar; la sola idea de encontrarme con el viejo soldado me quitaba todas las ganas de intentar llegar hasta la cocina. ¿Qué haría mi tía en el piso de abajo y por qué había huido de mí? ¿Estaría también espiando a mi padre, o más bien al invitado? ¿Y por qué? No, no podría delatarnos y descubrir que habíamos acogido a un antiguo militar que aún creía en el nazismo y que ensalzaba la figura de Rommel y lo que había significado para nosotros durante muchísimo tiempo. No. No tenía sentido que lo hiciera. Ella nos quería. Yo lo veía en la manera en la que miraba a su hermano y en cómo me trataba a mí.

Quizás yo estuviera paranoica y mi tía, simplemente, hubiera bajado, como era mi primera intención, a por algo que la ayudara a dormir y se había encontrado con la misma escena... Y si mis sospechas eran ciertas y ella no era afín al partido y a Hitler, esa escena la habría traumatizado aún más que a mí. Me pregunté cómo habría muerto mi tío. Si habría luchado junto a Alemania o no. Tenía otra charla pendiente... Otra más. Pero no sería ese día, no en ese momento... Suspiré y me fui a la cama. Quizás con la luz del sol todo se viera diferente, aunque lo dudaba muchísimo. Lo único positivo era que volveríamos a estar solo nosotros en casa..., si es que Jürgen no acababa tan borracho que fuera incapaz de volver a su casa, y sentí la necesidad de rezar algo..., si supiera hacerlo. A pesar de haber sido bautizada al terminar la guerra, nunca había prestado mucha atención a los rezos; en casa solo habían sido un trámite para demostrar que éramos de los buenos. No creía en Dios más que en los viejos dioses vikingos (incluso estos últimos me parecían mucho más interesantes) y me preguntaba cómo era posible que, después de todo lo que había sucedido en los últimos años, aún hubiera gente que pudiera creer en la existencia de un Dios compasivo y que nos quisiera como un padre... Claro, que yo misma estaba descubriendo en los últimos años que incluso un padre afectivo al que querías era capaz de verdaderas monstruosidades... Si yo y muchos otros hijos de nazis seguíamos amando con locura a nuestros padres, ¿cómo no iban a hacerlo otras personas con la imagen de Dios? Aunque no pudieran verlo ni abrazarlo..., suponía que el consuelo de pensar que todo ese sufrimiento conducía a una vida mejor y eterna era más fuerte que cualquier pensamiento racional y pesimista. ¿No sería hermoso creer en un dios? ¿Pero cómo hacerlo si hasta había perdido la fe en el ser humano?

• • •

—Siento no haber venido ayer...

Josef se encogió de hombros mientras me daba la espalda para servir el contenido de una botella que tenía sobre la mesa. Aparentaba que no le importaba, que mi presencia o mi ausencia en el día anterior no le afectaba... Y me dolió. Yo había intentado con todas mis fuerzas encontrar una manera de poder avisarlo; ni siquiera había podido dormir bien y me había pasado el día entero pensando en el momento de verlo... Y él... Él parecía completamente relajado e indiferente. Me llamé estúpida. Realmente había creído que teníamos una relación especial, que para él significaba algo que no tenía con otras personas, como me sucedía a mí... Noté cómo algo se quebraba en mi interior, cómo empezaba a hacerse trizas un espacio en mi corazón que hasta ese momento creía que estaba intacto... Yo, que había huido de mi casa lo más pronto que había podido con ganas de verlo y pedirle disculpas por el plantón... Y él... Él como si no hubiera sucedido nada en absoluto.

—Hoy no tengo té, lo siento... Y la cerveza está algo caliente.

—No pasa nada. No tengo sed.

Su tono de voz era frío, y sentí la necesidad de contestarle de la misma manera. Cada segundo que pasaba, crecía algo dentro de mí que me gritaba que me fuera de allí, que estaba perdiendo el tiempo, que solo iba a hacerme daño quedarme en ese lugar. Pero dentro de cada persona hay un extraño masoca que nos obliga a hacer cosas que sabemos que no van a acabar bien solo con la esperanza de un final diferente.

—De acuerdo.

Josef se encogió otra vez de hombros y le dio un largo trago a la cerveza que acababa de servir, acabando el vaso de una sola tacada. Yo me senté en la única silla de la habitación; no tenía ganas de sentarme junto a él en el suelo. No dijimos nada, pero ese silencio no era como los que habíamos compartido hasta ese momento. Había rencor, había sentimientos que no quería identificar…

Y entonces Josef hizo algo que no esperaba: abrió uno de los cajones que yo creía recordar que pertenecían a su compañero de piso y sacó una pitillera. Me quedé paralizada. Nunca lo había visto fumar, no sabía que lo hiciera. No olía como si lo hiciera. Ni sus dedos ni dientes reflejaban las manchas que solía observar en las personas que sí lo hacían. Había un extraño brillo en sus ojos mientras se encendía el cigarro, y yo no pude más con el silencio y la tensión que nos dominaba.

—No deberías fumar.

Se acercó a mí sonriendo divertido, le dio una larga calada al cigarro que sujetaba entre los labios y, con toda la chulería que guardaba en su interior, me echó el humo a la cara haciéndome toser.

—¿Qué temes? ¿Cómo era eso? «El tabaco es un veneno genético que degenera a la raza aria» —replicó mientras usaba un tono entre formal y burlesco. Luego se acercó un poco más a mi rostro, examinándome con esos ojos verdes que destacaban en su piel oscura—. No sé si no te has dado cuenta, pero muy ario no soy.

—Lo siento…, pero en eso tenían razón —saqué todas las fuerzas de mi interior con la esperanza de que mi voz no sonara débil ni insegura. La cercanía de su rostro me ponía más nerviosa de lo que nunca me atrevería a admitir.

—¿Sí? ¿Y en qué más cosas tenían razón?

—¡Ah, claro! Si no me gusta el tabaco, si creo que nos destroza por dentro, es que soy pronazi, ¿no?

—Bueno, eso y la sangre.

Me levanté de golpe. La silla en la que estaba sentada cayó contra el suelo haciendo un estruendoso ruido. Nunca hasta ese momento me había recriminado de dónde venía ni quién era mi padre; con él siempre había sentido que era yo misma, sin apellidos, sin ese pasado del que no me quería desprender por ser parte de mí y que, al mismo tiempo, me condenaba. Nos habíamos quedado muy cerca, el aroma fuerte de su cuerpo me rodeó, y, sin pensarlo, lo empujé con fuerza para atrás. No se movió mucho, pero ese gesto mío hizo que algo en su rostro cambiara, como si por fin reaccionara, pero en esos momentos no me importaba. Me había golpeado de una manera que no me esperaba de él.

—Agna...

—Vete a la mierda.

Me giré y salí corriendo de su habitación. Oí, de pasada, algún comentario de sus compañeros de piso, nada agradable, por supuesto... Pero me daba igual. Solo quería irme de allí. Había sido una sola frase, pero sentía que se había desmoronado todo el castillo de naipes que había creado de la nada. Y me sentía estúpida, mucho... Noté cómo Josef me cogía del brazo obligándome a parar de golpe.

—Agna, no quería decir...

—¿El qué?, ¿qué era lo que no querías decir? ¿No querías decir que mis padres eran nazis, o que lo son? ¿Que me críe en medio de todo eso, que hasta que terminó la guerra me educaron para seguir esos mismos pasos? Te voy a contar algo para que refuerces tu opinión...: no solo conocí a Hitler; para muchos de nosotros, era como un tío, y en varias ocasiones me sentó en sus rodillas y me hacía reír... Así que sí... Soy una de ellos. Por tanto, mejor me voy.

No supo reaccionar. Lo vi en sus ojos, leí en ellos como nunca había conseguido leer y vi el impacto que mis palabras le habían causado. Me solté y me fui, aguantando las lágrimas que me provocaba sentirme una estúpida que pensaba que al menos existía una persona que no veía mis lazos familiares, que solo me veía a mí.

Corrí sin rumbo fijo, sin saber a dónde ir... Y me encontré, de golpe, situada delante del Viktualienmarkt.[3] Tenía algunos recuerdos de mi infancia, de nuestras visitas a Múnich, paseando entre los diferentes puestos. La guerra estuvo a punto de acabar con todo, los ataques aéreos que había sufrido la ciudad por parte de los aliados destrozaron todo lo que yo recordaba... Y rápidamente llegaron los avariciosos que ya se rifaban ese suelo en el centro de la ciudad... Por suerte, no se había llenado de enormes edificios y el mercado volvía, poco a poco, a la vida... Incluso había oído que los habitantes habían financiado varias fuentes... Observé el lugar sintiendo que me miraba en un espejo... A medio construir, con las cicatrices de una guerra que no era la mía, intentando encontrar mi propio espíritu y no el que otros marcaban... Múnich vivía encerrada entre el pasado y el futuro, y en medio, yo, completamente perdida, empezando a ser consciente de que estaba en ruinas y no sabía cómo reconstruirme.

• • •

Esa noche no paré de tener pesadillas. En mis sueños se mezclaban las historias de Esther, la anécdota de Jürgen, el

---

3. *Mercado de viandas en el centro de Múnich.*

insulto que me había dedicado Josef, el ataque que había sufrido días antes y muchas sombras que me rodeaban y que no acababa de entender... Era como si mi mente quisiera que recordara algo y, a la vez, se negara a que lo hiciera, como si temiera que lo que mi cerebro me ocultaba fuera demasiado fuerte para poder soportarlo.

Me desperté en una casa llena de silencio y lo agradecí. No tenía ni idea de dónde estarían mis padres ni cuándo volverían. Intenté recordar si me lo habían dicho... Bajé las escaleras y me dirigí a la cocina con la esperanza de que hubiera algo de café ya preparado, necesitaba una buena dosis de cafeína para sobrevivir a aquella mañana dominada por el sueño. Crucé por delante de la puerta del despacho de mi padre y me quedé quieta, mirándola. Las palabras de Esther volvieron a mi mente, el recuerdo de aquellos presos de Dachau casi convertidos en esqueletos, los comentarios de mis compañeras de colegio... ¿Cuánto de verdad habría en eso, cuánto de esa verdad conocería mi padre?

Me acerqué a la puerta del despacho con mil dudas. Retrocedí tantas veces que me llamé cobardica por aquella actitud estúpida y sin sentido. Yo confiaba en mi padre, lo conocía, sabía de su buen corazón... No. Él no podría haber sido cómplice de todo aquello. No podía tener miedo de lo que pudiera encontrar en ese lugar, no habría nada que negara lo que yo sabía... ¿O sí?

Me di la vuelta y seguí mi camino hasta la cocina. No, no era una cobarde. Simplemente, confiaba en mi padre; los que hablaban mal de él no lo conocían como lo conocía yo. Me serví un café. Afortunadamente, quedaba aún algo en la jarra, y aunque estaba frío, me daba igual. Necesitaba una buena dosis de ese amargo líquido negro. No sabía qué iba a hacer ese día, lo único que tenía claro era que no iría a ver a Josef. Dolía, pero más me habían dañado sus palabras. Echaba tanto de menos a Elba, ella me escucharía sin juzgarme, me aconsejaría... Si tan solo pudiera llamarla... Teníamos teléfono en casa, pero la conferencia no sabía cuánto costaría. Deambulé por la casa sin saber qué hacer y con la necesidad de encontrar una solución para hablar con mi amiga creciendo en mi interior. Y vi a mi tía, sentada en el jardín, leyendo, encerrada en su propio mundo. Suspiré y me acerqué a ella antes de que el valor se me esfumara.

—Tía... —Me acerqué recelosa notando cómo la voz luchaba por no salir de mi garganta.

—Dime, Agna. ¿Qué necesitas?

Me mordí el moflete. Había algo en mi tía que provocaba en mí la sensación de que podía leer a través de mi alma como si lo llevara escrito en la frente. Y me daba algo de apuro acercarme a ella solo cuando necesitaba algo. Yo había visto su expresión durante la cena con Jürgen y su incomodidad con lo que hasta hacía unos años había sido mi mundo... Pero me había quedado ahí, quieta, como mera observadora, sin atreverme a dar un paso más, siendo solo una espectadora más en mi propia vida.

—¿Qué te pasa? ¿Algo que te preocupe?

Algo que me preocupara... Muchas cosas. Y no me atrevía a decirlas en voz alta, como si quedarme callada provocara que no fueran verdad, como si pudiera aplazarlas y ocultarlas para siempre.

—Estaba pensando... ¿Te importa si hago una conferencia con la escuela? ¡Te lo abonaré!

Mi tía me sonrió con dulzura.

—Quieres hablar con tu amiga, ¿verdad? No te preocupes. Llámala. Y no tienes que pagar nada, faltaría más. Comprendo la necesidad de hablar con alguien de las cosas que nos preocupan.

Tenía que habérselo preguntado en ese momento. Haberme dado cuenta del grito que procedía de la voz calmada y cariñosa de mi tía. Pero simplemente le di las gracias y fui corriendo hacia el teléfono. En la escuela eran muy rigurosos con los horarios para recibir llamadas, y no siempre era fácil encontrar la línea disponible para tu propósito... Muchas estudiantes y pocos dispositivos. Tuve suerte, y el suspiro que escapó de mis labios al oír la voz de Elba hizo reír a mi amiga.

—Creía que a estas alturas de libertad ya te habrías olvidado de mí.

Me reí. ¿Cómo no hacerlo? ¿Olvidarla cuando la necesitaba más que nunca?

—¿Cómo van las clases?

—Aburridas... Lo cierto es que te echo de menos.

—Y yo a ti.

Nos quedamos en silencio unos instantes. Era agradable escucharla y volver a sentirla cerca, aunque fuera al otro lado de la línea telefónica.

—¿Qué ha pasado, Agna?

—¿Has hablado con Esther? —mientras pronunciaba la frase, me daba cuenta del miedo que me provocaba lo que Esther le hubiera podido contar a mi amiga. Seguía sin conocer qué unión tenía una chica de la alta burguesía de Múnich con una chica judía superviviente de la guerra.

—No. —Y parecía sincera—. ¿Qué es lo que ha sucedido?

Suspiré, miré a mi alrededor... No quería que nadie me escuchara. La única persona a la que le había contado lo que me había sucedido me había decepcionado, y luego Josef... No le di más vueltas y empecé a contarle todo a Elba, del tirón, sin casi respirar, temiendo que si paraba ya no me atrevería a continuar. Y ella me escuchó en silencio, sin interrumpirme; si cerraba los ojos, era como volver a estar en la escuela, sentadas en su cama, aisladas del resto de las alumnas...

—Siento mucho por todo lo que has pasado —fue lo primero que me dijo cuando me quedé callada, y su voz fue como un bálsamo para mí—. Y siento la reacción de Esther. Quisiera decir que me sorprende, pero hay pocas cosas en este mundo que me sorprendan actualmente. Y no quiero justificarla, pero, después de lo que pasó, creo que tiene la sensación de que solo puede fiarse de su gente.

—Su gente... —repetí mientras la frase daba vueltas y más vueltas en mi cabeza—. ¿Y no fue precisamente eso, separar entre «su gente», «mi gente», desconfiar unos de otros, lo que nos llevó a que ella sufriera lo que sufrió?

—Eres demasiado lista, Agna.

—¿Demasiado lista? ¿Es eso malo?

—No debería serlo...

—¿Pero...?

—Pero vivimos en un mundo en el que ser una mujer inteligente es un defecto, casi un pecado. En el 47, la Constitución reconoce la igualdad entre hombres y mujeres, y, sin embargo, aún seguimos como antes. Nuestro código civil aún no lo refleja y aún no tenemos derecho a decidir sobre nuestro dinero, que ganamos con nuestro trabajo, ni sobre nuestros hijos. La frase «solo una madre es una buena mujer», que tanto nos repetían hace diez años, sigue demasiado presente en nuestras vidas.

—¿No quieres tener hijos? —Había tanta amargura en la voz de Elba... Nunca la había oído hablar con ese tono.

—Sí, creo... En realidad, no lo sé. No sé si es un deseo genuino o solo lo que nos han inculcado desde que estamos en la cuna. Lo único que sé es que quiero vivir, quiero estudiar, tener una carrera, sentirme útil, y no solo para amamantar a una criatura.

—Y yo...

Realmente, nunca me lo había planteado detenidamente, pero, según hablaba mi amiga, la imagen se iba haciendo más y más clara en mi cabeza y sonaba muy agradable la idea de sentirse útil, de ser independiente, de poder decidir sobre la propia vida de una sin tener que depender de un hombre para todo. La imagen de Josef volvió a mi mente.

—No me has dicho qué opinas de Josef.

—No creo que planificara tu ataque, como tampoco creo que le seas indiferente... Es más, creo que su ofensa del otro día fue como reacción a lo sucedido la noche anterior.

—¿La noche anterior? No pude ir, no sucedió nada.

—Sucedió precisamente eso... Que no fuiste. Y tú misma indicas que lo habéis convertido en una costumbre, en una rutina... Y muchas veces no se valoran las cosas hasta que no las pierdes.

—¿Y qué crees que debo hacer?

—Deja que reaccione. Que espabile. Que busque la manera de pedirte perdón.

—¿Y si no lo hace?

—Entonces no merecerá la pena y tendrás un problema menos... Porque eres plenamente consciente de que tu amistad con él te puede causar muchos problemas, ¿no?

—¿Tantos como a ti tu amistad conmigo?

—Muchos más, Agna... En fin... Tengo que dejarte. Muchas gracias por llamarme. No sabes cómo añoro tenerte aquí.

—Gracias a ti por escucharme.

Colgué el teléfono mientras las palabras de Elba sobre Josef daban vueltas en mi cabeza. Todo lo que decía tenía sentido. Elba solía tener razón en casi todas las cosas que decía. Tenía una mente mucho más analítica y lógica que la mía... Y sí, era consciente de que mi amistad con Josef podría traerme muchos problemas, quizás incluso más de los que me imaginaba; pero no quería sacarlo de mi vida, a pesar de lo sucedido el día anterior.

4

Mi segundo día sin salir de casa transcurría con normalidad. Casi no salí de mi cuarto y aproveché para ponerme al día con varias lecturas que tenía pendientes y que había tenido que posponer por las obligatorias de la escuela. Toda una nueva generación de autores estaba surgiendo de las cenizas como tantas veces se había visto a lo largo de la historia. Cualquiera que hubiera estudiado algo de literatura podría afirmar que, en los momentos más difíciles, cuando todo parece más destruido, cuando el futuro es más oscuro, la literatura parece alimentarse de todas esas desgracias y surgen las mejores obras. Quizás, en unos años, en las escuelas se estudiaran los libros que empezaban a adornar algunos escaparates.

—Siempre has sido una estudiosa. —Me giré sorprendida. No me esperaba visita alguna, y muchísimo menos de Hans. Estaba apoyado en el quicio de la puerta de mi cuarto. Ni siquiera me había dado cuenta de que la habían abierto. Mi madre estaba unos metros por detrás. Solo dijo una leve frase: «La puerta, abierta» y desapareció de mi vista.

—No te esperaba —le respondí mientras intentaba analizar qué sentía al volver a verlo. Era un hombre muy atractivo y seguro de sí mismo, y eso último era una cualidad que yo admiraba mucho. Seguramente porque veía en él lo que yo no tenía.

—Esta mañana me ha llegado una invitación especial y pensé que deberías venir.

Hans no se movía de la puerta, pero observaba con detenimiento cada parte de mi cuarto. No me sentí incómoda, Hans era una de esas personas que parecían encajar perfectamente en la vida que me rodeaba. «Todo lo contrario que Josef», me recordó mi mente traidora.

—¿Una invitación?

—Sí. Viejos compañeros. El otro día te sentí un poco incómoda con tus recuerdos y he pensado que hablar con otros chicos y chicas como nosotros te vendría bien.

Y me pareció una idea estupenda. No podía ser la única que se sintiera perdida, que tuviera dudas, que no entendiera el mundo que le había tocado vivir y que no supiera cuál era la verdad y cuál otra de las muchas mentiras que cada día un bando u otro se dedicaban a divulgar. Y que Hans se hubiera dado cuenta de lo que me carcomía era un gran regalo que no esperaba.

—Vamos... Puedes seguir con tus libros un poco más tarde.

—Solo déjame que me cambie y me arregle un poco.

—Tú siempre estás perfecta —me respondió mientras me dedicaba una profunda mirada que electrificó toda mi espalda—. Te espero abajo... Pero no tardes mucho.

Me reí ahogando una protesta. Se dio la vuelta, pero se quedó parado unos instantes y se giró levemente para poder conectar su mirada con la mía.

—¿Sabes? Me encanta que seas tan aficionada a la

lectura. Me encanta que estudies..., que quieras ir a la universidad y seguir formándote. Uno de los mayores errores del Reich fue menospreciar el papel de las mujeres. Se quería que fueran unas amas de casa complacientes... Un líder no necesita a alguien que solo le haga la comida, le limpie la casa y le caliente la cama... Un líder necesita a alguien que sea capaz de estar a su lado siempre, que sea capaz de hacerle ver sus errores... Se necesita una compañera. Vosotras sois fuente de vida, sois formadoras de nuevas generaciones...

Y volvió a girarse y desapareció por el pasillo. Y sus palabras se quedaron colgando del aire, uniéndose a las que el día anterior había dicho Elba. Quizás había prejuzgado a Hans con demasiada antelación. Buscaba semejanzas con su padre cuando estaba claro que en su caso la generación había mejorado considerablemente. Dejé el libro encima de la cama y me dirigí al armario mientras pensaba qué ponerme. Tenía aún mucha ropa sin estrenar de toda la que me había comprado días antes mi madre. Y vi un precioso vestido azul con líneas blancas con mucho vuelo y un ligero escote en barco. Sencillo, cómodo y precioso. Me miré en el espejo y me retoqué el pelo con unas horquillas imitando la imagen de una actriz que había visto en una revista. Me gustó lo que vi y no pude evitar dibujar una sonrisa en mis labios. Mis ojos brillaban como debían brillar siempre los ojos de una chica joven mientras se preparaba para salir con un chico atractivo.

Hans me esperaba abajo, hablando con mis padres y con una copa en las manos. Noté su mirada recorriendo mi cuerpo en cuanto me vio bajar y mis mejillas enrojecieron. Se disculpó con mis padres y se acercó a mí bajo la atenta y complacida mirada de mi madre.

—No sé si es legítimo que estés tan preciosa... Y tampoco sé si deberíamos ir a la reunión; me la voy a pasar compitiendo por tus atenciones durante toda la velada.

—No digas tonterías... —No estaba acostumbrada a los cumplidos, y mi piel iba a salir ardiendo en cualquier momento.

Cogí mi pequeño bolso y la chaqueta y le sonreí con timidez. Él se despidió de mis padres y me tendió el brazo para que me enganchara a él. Era una bonita sensación. En la puerta nos esperaba un hermoso coche de un gris azulado. Nunca me habían interesado mucho los coches, sabía que era un Mercedes y poco más. Tenía una capota de un color un poco más oscuro y derrochaba una elegancia que hacía recordar épocas mejores.

—¿Te gusta?

—Es precioso.

—No hay nada como un buen coche alemán. «Lo mejor o nada», ya sabes. ¿Vamos?

No tardamos mucho en llegar. Durante el viaje en coche, hablamos poco. Hans hablaba de su día a día en el trabajo junto a su padre, se notaba que le gustaba y disfrutaba de lo que hacía, se sentía realizado y eso era algo más que anotar en mi lista de cosas que admirar de mi amigo de la infancia.

Llegamos a la puerta de una taberna típica. En cuanto salimos del coche, me cogió de la mano y empezó a guiarme. Mi mano ardía. Atravesamos el local, que estaba lleno hasta arriba, sin detenernos ni un solo instante, dirigiéndonos hacia una puerta cubierta por una gran tela roja y dos enormes vigilantes a cada lado de la misma. Nos examinaron sin disimulo, y Hans únicamente le pasó un sobre a uno de ellos, que lo miró con detenimiento y luego, simplemente, asintió.

Y en cuanto puse un pie en ese lugar, fue como volver

varios años atrás. Había una suave música que se solía escuchar en aquellas reuniones de las que Hans y yo huíamos. Banderolas con la cruz gamada y fotos de una época que ya había desaparecido. Muchos de los asistentes de la reunión iban en uniforme, luciendo medallas que yo pensaba que habían caído en el olvido.

—¿Qué es esto? ¿Dónde me has traído?

—Es una reunión de Stille Hilfe. —No hizo falta que expresara con palabras mi desconcierto, mi rostro habló por mí y una sonrisa con cierta condescendencia se dibujó en el rostro de mi acompañante—. Es una asociación sin ánimo de lucro. Intentamos ocuparnos de las necesidades de los prisioneros de guerra y de sus familias.

Noté cómo las piernas me temblaban. ¿A qué se refería con las necesidades de los prisioneros de guerra? De pronto, me sentí entre la espada y la pared. ¿Cómo de legal era eso? El proceso (o intento de proceso) de desnazificación había terminado hacía muy poco, y con todos los soldados americanos rondando nuestras calles, sentía que eso no era lo más seguro del mundo.

—No hay nada que temer... La princesa Hélène Elisabeth von Isenburg está con nosotros, es nuestra presidenta. Sus lazos con la nobleza y con la Iglesia católica son fundamentales...

—¿La princesa Hélène?

Nunca había oído hablar de ella, pero el solo título ya me llamaba la atención. Un hombre mayor, vestido de obispo, con gafas y amplias entradas en la cabeza pasó cerca de nosotros acompañado de un hombre que resonaba en mi cabeza.

—Rudel... —murmuré. Hans sonrió al escucharme.

—El mismo. Va a ser el candidato al DRP[4]. ¿Ves que no tienes nada que perder? Estas en casa, Agna, estás entre iguales.

Asentí en silencio sin parar de mirar a mi alrededor. Había algo en mi interior que me gritaba que Hans tenía razón, que eso era como volver al pasado y a un mundo que yo había considerado realmente mi hogar.

• • •

La reconocí al instante, aunque poco quedaba ya de la niña que yo recordaba, aquella que marcaba el ejemplo de lo que debíamos ser. Ella era la princesa del nazismo: Gudrun Himmler. Las demás éramos simples infantes que debían seguirla. Hasta nos peinaban de acuerdo con el último peinado que ella hubiera lucido. Un recuerdo azotó mi cabeza, aunque no tenía muy claro de cuándo era: no llevaba sus clásicas trenzas, su pelo lucía mucho más corto de lo que estaba acostumbrada a ver en las fotografías (muchas de ellas sacadas por mi padre) y vestía un largo abrigo negro; una insignia colgaba de él. El mismo broche que ahora podía contemplar pendiendo de su traje tantos años después: las cabezas de cuatro caballos dispuestas en circulo y formando una cruz gamada.

Estábamos, en aquel recuerdo, en el huerto que había en el campo de Dachau. Ella miraba todas las verduras fijamente, sonriendo. Parecía realmente concentrada. Me sacaba varios años, y yo siempre la había mirado en la distancia,

---

4. Partido del Reich alemán. Partido extremista de derechas de la Alemania Occidental que existió entre 1950 y 1965.

había contemplado sus fotos y escuchado tanto hablar de ella que era imposible no admirarla. Su padre la miraba con auténtica devoción, y ella se movía acostumbrada a despertar ese sentimiento en los demás. Quería acercarme a ella, pero no me atreví; contemplé a mi padre haciéndoles algunas fotos y luego siguieron su camino. Y yo me acerqué al huerto, colocándome en el mismo lugar donde ella había estado momentos antes. Necesitaba ver qué era lo que tanto le había llamado la atención; yo ahí solo veía aburridas plantas. Y me sentí tonta. Di una patada al suelo y golpeé algo. Me llevé las manos a la boca para ocultar mi asombro y rápidamente recogí el broche que segundos antes prendía del abrigo de Gudrun. Tragué saliva. Era mi oportunidad y no lo pensé. Corrí hacia donde estaba ella, que se volvió para mirarme fijamente, con una mirada que no era propia de una niña, con una desconfianza que no debería existir en la infancia, y, nada más llegar a su lado, con la respiración agitada por la carrera, alargué la mano para devolverle el preciado objeto. Y sonrió... La niña a la que todos admirábamos me sonrió solo a mí.

—Muchas gracias.

Asentí en silencio con una leve sonrisa dibujada en mi rostro y noté cómo ella me observaba con detenimiento, era como si pudiera atravesarme con la mirada y descubrir todos mis secretos. Levanté la vista y choqué con sus ojos, con ese mar helado que te congelaba en un solo instante. Me sacaba varios años de edad, pero estaba claro que, mentalmente y en cuanto a experiencia, había un abismo entre nosotras.

—¿Cómo te llamas?

—Agna. Agna Weber.

Al escuchar mi apellido, se giró hacia su padre, que conversaba tranquilamente con el mío. Señalaban diferentes zonas del campo y parecían discutir (si es que con Himmler se podía hacer eso, claro) dónde sería mejor tomar las siguientes fotografías. Volvió a posar su atención en mí, mucho más relajada, y eso, inmediatamente, hizo que yo me sintiera mucho más tranquila.

—Me gusta tu padre. Cuando él es el encargado de hacerme fotos, siempre salgo perfecta.

—Gracias. —Realmente, no sabía muy bien qué decir, pero ella me observaba como si esperara que yo continuara la conversación. Con los años y la perspectiva que me daban la distancia y la experiencia, creo que ella deseaba un cumplido por mi parte, pero yo era una niña entonces y siempre la veía perfecta.

—¿Te apetece un chocolate? Iba a ir a tomarme uno... Podrías acompañarme.

Durante mucho tiempo, el recuerdo de aquella tarde había ocupado un lugar muy especial en mi mente y mi corazón; ella era la estrella que todas aspirábamos a ser, y, durante unos instantes, yo había estado con ella... No podía evitar pensar que todas las niñas de Alemania me envidiarían.

Había cambiado mucho desde aquel encuentro. Llevaba el pelo recogido y unas gafas finas que no escondían sus claros ojos. Su presencia seguía imponiendo como ninguna otra de las que había visto en ese lugar. Avanzaba por todo el local, dejando que todo el mundo la halagara, que todo el mundo se deleitara con su presencia. Y, de pronto, nuestras miradas se cruzaron; a través de la considerable distancia que nos separaba, a través de todo el mundo que se interponía entre nosotras... Y mis pulmones se detuvieron. Volvía a sentirme como aquella niña pequeña que la observaba en la distancia. Y mi cuerpo se detuvo aún más cuando vi que cambiaba el sentido de su marcha para venir hacia nosotros. Noté cómo Hans se tensaba, emocionado, y yo solo quería salir corriendo.

Se quedó quieta delante de mí. Sin decir nada durante unos instantes, que a mí se me hicieron eternos, hasta que por fin se dignó a hablar:

—Tu rostro me suena... Y no olvido una cara.

Tragué saliva. Sentí cómo todos los que estaban cerca se me quedaban observando. ¿De qué me conocería Gudrun Himmler, la princesa nazi? Ella era la realeza, y yo, una muchacha a la que muchos no habían visto nunca. Sonreí llena de inseguridad. No tenía muy claro qué era lo que ella recordaba de aquella velada que pasamos juntas; lo normal era que ni se acordara.

—Soy Agna Weber, coincidimos una vez...

—En Dachau. Eres la hija del fotógrafo. —Asentí en silencio mientras ella me sorprendía por su gran memoria. En su voz había una gran frialdad, no transmitía sus sentimientos, y eso la hacía realmente peligrosa—. El talento de tu padre siempre me maravilló. Me alegro de que esté por encima de todo. —Me miró con suspicacia, como si compartiéramos un gran secreto. Un secreto que yo desconocía. Me tensé aún más. Y, de pronto, una sonrisa—. Me devolviste mi broche. —Lo tocó con cariño, como si fuera lo más valioso del mundo.

—Sí.

—Me alegro de verte aquí. Espero que tu padre...

—Está en casa. Lo tuvieron prisionero durante mucho tiempo, pero por fin está en casa.

—Un talento como el suyo merece estar libre.

Un hombre que iba detrás de ella constantemente, marcando la distancia pero controlando cada uno de sus movimientos, se acercó y le habló al oído. Ella asintió en silencio y se giró para seguir su camino; sin embargo, se volvió unos instantes hacia mí, meditó y se despidió con una frase que llenó de ilusión a Hans e hizo que mis piernas temblaran.

—No os vayáis muy lejos, me gustaría continuar nuestra conversación.

Y luego comenzó a andar sin esperar ninguna respuesta. En ese lugar, nadie se plantearía negarle nada. A pesar de los años, seguía siendo la princesa a la que todos admiraban y adoraban

• • •

—Desnazificación lo llaman... Y con esa excusa intentan borrarnos, eliminar nuestra historia... ¡Mirad a vuestro alrededor! En Alemania ya no hay héroes, hemos perdido el derecho a tenerlos... Sin embargo, podrán eliminar nuestros libros, podrán derribar nuestras estatuas, podrán robar nuestras vidas..., pero no dejaremos que nos borren nuestro orgullo, que nos borren del mapa como si nunca hubiéramos existido... No, Alemania seguirá viva mientras haya una sola persona que la recuerde, que luche por ella.

La sala estaba en silencio. Solo se escuchaba a ese hombre que, desde la mesa principal del recinto, se dirigía a todos los presentes. Era alto y su presencia imponía. No llevaba uniforme ni ningún símbolo que lo identificara con los ideales que ahora gritaba a los cuatro vientos. No necesitaba ostentar delante de los demás, no necesitaba mostrarles a los demás con adornos su lealtad... Su discurso y la vehemencia con que lo recitaba eran la mejor demostración de sus ideales. La palabra *desnazificación* hacía que todo mi cuerpo se estremeciera y que mi mirada se volviera constantemente hacia la puerta por la que habíamos entrado, temiendo que, de un momento a otro, militares americanos irrumpieran en la reunión y nos encerraran a todos. No pude evitar percatarme de que era la única a la que todo lo que estaba pasando en ese salón la ponía nerviosa, o, al menos, el resto lo disimulaba muy bien.

Hans estaba completamente centrado en el discurso, de vez en cuando asentía o hacía algún ruido con la garganta demostrando su acuerdo con todo lo que aquel hombre decía. Y era fácil sentirse engullida por todas las emociones que dominaban la sala. Había gran parte del discurso que no se podía discutir: todas las estatuas del pasado (o al menos la gran mayoría) habían sido borradas. No solo las erigidas por los nazis. Las que rememoraban a los héroes de la Primera Guerra Mundial también habían desaparecido como si todo hubiera sido una única y gran guerra con un pequeño periodo de paz entre ellas...

Medité ese último pensamiento. A nadie se le podía escapar la realidad de que la segunda guerra había sido consecuencia de la primera, de la Gran Guerra... El castigo a Alemania tras la guerra, entre otras muchas cosas, había sido el caldo de cultivo de todo el odio, el resentimiento, la sensación de maltrato y la necesidad de venganza que nos había llevado a la segunda guerra... ¿Y si pasaba otra vez? ¿Y si todo ese proceso de desnazificación, esa necesidad de borrar todo y no hablar de nada, solo provocaba que en unos años todo volviera a empezar en una eterna y maldita rueda?

—Cobardes, eso es lo que son... Delante de los invasores, repiten que fuimos dos o tres malvados que los obligamos a hacer algo que no querían... Y quedaos bien con sus rostros y sus nombres, porque esos cobardes que hoy reniegan serán los primeros en querer subirse al barco cuando volvamos.

De pronto, todo el mundo se puso en pie y empezó a aplaudir con fuerza, no me habría extrañado que hubiera empezado a sonar el *Horst Wessel Lied*[5] y todos alzaran el brazo haciendo el saludo nazi. Me levanté y aplaudí engullida por toda la euforia que nos rodeaba. No haberlo hecho me hubiera traído problemas, y yo puede que no fuera la persona más sensata del mundo, pero lo que nunca había sido era una suicida.

El hombre que estaba dando el discurso nos miraba con complacencia y muchísimo orgullo. Luego empezó a hacer gestos para solicitarnos que paráramos de aplaudir, y yo lo agradecí, aunque no fui la primera en obedecerle. En esos casos, siempre era conveniente no ser ni la primera ni la última, ser solo una más en medio del rebaño... Yo ya había llamado mucho la atención con mi conversación con Gudrun como para seguir siendo el centro de atención. El hombre que se dirigía a nosotros y cuyo nombre no había entendido nos agradeció el apoyo, soltó un par de frases más hablando de un futuro lleno de optimismo y en el que la cruz gamada volvería a ondear en lo más alto y luego nos animó a que alzáramos las bebidas y brindáramos por el resurgimiento del Reich. Luego dio por concluida nuestra reunión, y la gente empezó a dispersarse. Hans me cogió de la mano y me dijo que quería presentarme a alguien. Wagner empezó a sonar por la sala.

La música no era solo una forma de arte para los que nacimos y crecimos bajo el ala del nazismo, la música era mucho más. Era un símbolo alemán que no se podía permitir que se degenerara con influencias extranjeras y modernas que

---

5. Himno del Partido Nacionalsocialista Obrero Alemán entre 1930 y 1945.

solo la destrozaban como otros querían destrozar nuestra nación. Goebbels había dicho: «La música afecta más al corazón y a las emociones que al intelecto. ¿Dónde, entonces, podría latir más fuerte el corazón de una nación que en las grandes multitudes, donde el corazón de la nación encuentra su verdadero hogar?». Goebbels podía ser muchas cosas negativas, pero nadie podría negar que era un genio en lo suyo y el nazismo hubiera sido mucho menos importante sin él.

Un grupo de chicos y chicas de nuestra edad charlaban alegremente mientras apuraban unas cervezas de sus jarras. Hans me indicó con la cabeza que íbamos hacia ellos; sin embargo, el hombre que había estado todo el tiempo detrás de Gudrun se interpuso en nuestro camino haciendo que paráramos. Y otra vez todo el mundo mirándonos. Gudrun se acercó a nosotros con tranquilidad.

—Agna y... —Se paralizó, pensativa, intentando recordar el nombre de Hans. El hombre que le hacía de guardaespaldas le murmuró algo en su oído—. Flirk... ¿Os podéis quedar un rato?

Asentimos en silencio. Miré al grupo de chicos al que íbamos a dirigirnos y suspiré. Quizás en otra ocasión...

• • •

Estábamos en un reservado desde donde nadie podía escuchar lo que hablábamos y lejos de miradas curiosas. Eso me relajaba, a pesar de la compañía... Aunque había ido en busca de gente que pudiera sentir lo mismo que yo... ¿Y quién mejor que Gudrun para eso? Su padre era uno de los hombres más odiados de la humanidad, ella misma había sido un símbolo del Reich... Lo lógico era que en algún momento de su vida se hubiera sentido como yo me sentía entonces, ¿no? Aunque, viendo el ambiente en el que se movía, cómo la adoraban las personas que la rodeaban..., ¿realmente se había enfrentado a una duda existencial o su vida había ido siguiendo la misma línea que cuando su padre estaba vivo y era uno de los hombres más poderosos del país? No... Ella tenía que haber sufrido. Su madre había estado también en un campo de concentración, su padre había muerto siendo ella aún demasiado joven para asumirlo y razonarlo con madurez.

—¿Cómo está tu padre? ¿Ha conseguido seguir trabajando con su arte o lo han degradado a algún otro oficio? —Gudrun miraba fijamente a los ojos. No desviaba nunca la mirada.

—Sigue con la fotografía...

—Eso es bueno... Por mucho que de cara a la galería tengan que fingir que han castigado a todos los que son como nosotros, saben que nos necesitan, que, sin nosotros, el avance comunista sería imparable...

«Son como nosotros»... Esa expresión me impidió seguir escuchando lo que me había dicho a continuación.

—Tiene toda la razón —replicó Hans, que parecía estar completamente obnubilado con nuestra compañera de mesa—. El otro día hablábamos Agna y yo sobre lo mismo —decir que yo había hablado era mucho decir, pero le agradecí el gesto con el que pretendía que Gudrun se sintiera aún mejor conmigo.

—Debemos utilizarlos y que ellos crean que son los que nos utilizan a nosotros... Pero sin olvidar todo lo que nos han hecho... La historia al final pondrá a cada uno en su lugar, porque las mentiras siempre salen a la luz. Cada vez que oigo o leo cómo hablan de mi padre...

La tristeza inundó su mirada alejando esa frialdad que había visto constantemente en ella. El amor que sentía por su progenitor emanaba por cada poro de su piel... ¿Y quién podía castigarla por ello? ¿No era parte de nuestra naturaleza? ¿Y no decía uno de los mandamientos que tanto les gustaban a los aliados «Honrarás a tu padre y a tu madre»? ¿Por qué nos insistían tanto en que los negáramos? ¿Por qué no podían comprender que un hijo nunca debería asesinar a su padre, aunque fuera de una manera metafórica?

—¿Sabes cómo supe que mi padre había muerto? —Negué con la cabeza. No sabía si realmente quería escuchar esa historia, pero tenía claro que no me quedaba otra opción—. Mi madre y yo seguíamos detenidas. No sabíamos nada de lo que había sucedido. Nunca recibimos un comunicado oficial. Estábamos en una celda, y un periodista estadounidense vino a repetir las mismas preguntas absurdas a mi madre y yo le pregunté dónde estaba mi padre. Él simplemente me dijo: «Muerto. Hace tiempo que se envenenó». Yo tenía quince años.

Me aguanté una lágrima que luchó por salir de mis ojos. No era un secreto lo unida que Gudrun estaba a su padre, y yo misma acababa de contemplar cuánto lo seguía amando. Nadie está preparado para perder a un progenitor, y mucho menos a esa edad y de ese modo. En esos momentos, no veía a la heredera del nazismo, solo veía a una niña que había perdido a su mayor referente de la noche a la mañana. Y recordé mis miedos pasados, cuando estaba separada de mi padre justo después de que la guerra se terminara. Mi madre siempre me animaba, me repetía que todo se solucionaría y que volveríamos a estar todos juntos. Y yo la creía, claro que lo hacía, solo era una cría... Pero los miedos se adueñan de cada mínima inseguridad que tengas... Y pensé en cómo hubiera reaccionado yo si hubiera estado en el lugar de Gudrun... No me extrañaba que ella continuara los ideales de su padre, que siguiera su estela... Solo era un producto de toda esa onda destructiva que la había engullido... Entre todos la habían convertido en lo que era en esos momentos, no solo su padre.

Y, sin pensarlo, sin meditarlo, avancé mi mano y le cogí la suya, apretándosela levemente, intentando insuflarle fuerza y mostrarle todo mi apoyo. Ella no retiró la mano, se quedó mirando mi gesto y una leve sonrisa se dibujó en su rostro. Luego siguió con su monólogo lleno de emoción en la voz:

—¿Envenenado? ¿En serio me lo tengo que creer? El cadáver fue, teóricamente, incinerado... ¿Y esas fotos que publicaron? En ellas parece más bien como si fuera a presidir un desfile. Siempre ponía una pose determinada y colocaba las manos de cierta manera... Esas fotos están cogidas de un desfile, cuando aún estaba vivo. Estoy segura de que, si tu padre las examina, estaría de acuerdo conmigo. —Durante unos instantes, me aterró la posibilidad de que me pidiera que hablara con mi padre sobre ese tema para que le diera su opinión. Gudrun no era una mujer que aceptara que se le llevara la contraria. Corría el rumor de que, cuando estaba encarcelada, había conseguido que se le diera el mismo menú de comida que a los responsables de la prisión en la que se encontraban ella y su madre. Por fortuna, siguió con su monólogo. Estaba claro que no quería una conversación, solo contarnos su versión de la historia—. ¿Sabéis que no se ha vuelto a saber nada de los soldados ingleses que, teóricamente, estaban con mi padre en el momento del suicidio? Curioso, ¿no?

Asentí. Yo no sabía lo que podía haber pasado, no sabía si Himmler se habría suicidado o si lo habrían asesinado... Nunca me lo había planteado.

—Y, por si fuera poco, escupen en su memoria diciendo que traicionó al partido, que solo buscaba su propio poder... Él que sacrificó todo por Alemania, que luchó hasta el final... Lo mataron porque eran conscientes de todo lo que sabía y de que podía hacer mucho daño. No querían que el mundo se enterara de la verdad...

—No deberías alterarte, Gudrun —dijo el hombre que la seguía a todos lados. Observé cómo la miraba. Era un hombre de rostro y mirada agradables. Tras unas finas gafas, su mirada era inteligente.

—Tienes razón, Wulf...

—Quizás deberíamos retirarnos.

Ella simplemente asintió, dando por terminada nuestra reunión. Se levantó, se despidió y se fue, dejándonos sentados, en silencio, asumiendo todo lo que había pasado en los últimos minutos. Noté el brazo de Hans rodeándome y, sin pensarlo, me apoyé en su cuerpo, cerré los ojos y, simplemente, suspiré. Si creía que esa reunión iba ayudarme a aclararme, estaba muy equivocada...

—Te llevo a casa, Agna.

—Gracias.

Noté cómo él me daba un leve y tímido beso en el pelo para, a continuación, ponerse de pie y darme la mano para que lo imitara. Eché un rápido vistazo al lugar donde minutos antes había estado sentada Gudrun. ¿Cómo no sentir empatía con quien había perdido a su padre a los 15 años, aunque su padre fuese el mismísimo Heinrich Himmler? ¿Eran acaso más importantes las pérdidas de unos que de otros?, ¿el dolor de los aliados era más fuerte que el de los perdedores? Gudrun había sufrido la muerte de su padre, y todo el misterio que había alrededor de su suicidio solo ayudaba a alimentar su teoría, en la que su padre no podía haberse quitado la vida. A nadie se nos pasa por la cabeza que alguien que admiramos y queremos pueda hacer eso y abandonarnos a nuestra suerte... Ojalá algún día pudiera encontrar la paz que necesitaba, aunque lo dudaba.

• • •

—Espero que te haya ayudado.

La voz de Hans parecía sincera. Estábamos en la puerta de mi casa. El viaje en coche había sido rápido y silencioso. Mi viejo amigo comprendía y respetaba los momentos en los que yo me sumergía en mis propios pensamientos y me daba tiempo para ir asumiendo todo lo que había acontecido. Descubrir que el movimiento nazi seguía aún vivo, que existía una organización que mantenía vivos todos esos ideales... ¿Cómo encajaba aquello en el supuesto proceso de desnazificación?

Y pensaba en Gudrun y en su amor puro y leal hacia su padre. No dudaba. No se sentía confundida. Ella creía en su padre, no en lo que otros le habían dicho que había hecho. ¿No era eso lo que teníamos que hacer los hijos? Pero ¿y si el amor nos cegaba? ¿Y si sí eran esos monstruos que decían que eran?

—Gracias... Ha sido una velada que no olvidaré.

Y eso era verdad. Para bien o para mal, esa tarde quedaría en mi memoria para siempre, y sabía que Hans hacía todo eso por lo que él consideraba mi bien. Él tenía muy claras sus ideas y sus sentimientos hacia nuestra infancia privilegiada, hacia sus padres, que se habían enriquecido bajo el ala del Tercer Reich, hacia lo que debía ser nuestro país, incluso la Tierra entera... Era yo la que era una estúpida insegura que me balanceaba entre dos posturas que dudaba que pudieran ser compatibles.

—Me alegro.

Hans sonrió con dulzura y, con cuidado, me retiró un mechón para colocarlo detrás de mi oreja. Tragué saliva. Mi corazón se agitó a gran velocidad. Hans había dado un paso hacia mí y me miraba con las pupilas dilatadas y con una expresión que yo nunca había visto en nadie y que, sin saber por qué, calentaba mi cuerpo de una manera desconocida pero placentera. Y, de pronto, un ruido procedente del interior de mi casa hizo que los dos diéramos un paso atrás y nos echáramos a reír por la situación. Sentí una mezcla de alivio y de decepción a la vez.

Tardamos pocos minutos en recuperar nuestro estado normal. Hans miró hacia la ventana de la que había procedido el ruido y sonrió. Estaba claro que alguien de mi familia nos estaba espiando, seguramente mi madre. Tampoco podía culparla por hacerlo. Era parte de su misión como progenitora, ¿no?

—La semana que viene es mi cumpleaños. Vamos a hacer una pequeña fiesta en casa. Me gustaría que fueras mi pareja…

Lo miré con los ojos abiertos. No me invitaba a su cumpleaños como a una amiga más, me invitaba a que lo acompañara como su pareja… Él esperaba en silencio mi respuesta, con esa mirada franca que casi siempre lo solía acompañar, y no lo dudé.

—Me encantaría.

¿Cómo decirle otra cosa? Era mi amigo, lo había sido en la infancia y lo era en esos momentos, acudiendo a intentar curar mi herida sin que yo le pidiera ayuda. Era cierto que no podía hablarle de mis dudas con sinceridad, pero era más por reparos míos que porque él hubiera insinuado en algún momento que no lo hiciera... ¿Cómo decirle que no si estar con él era volver a la época más feliz de mi vida?

Y al contemplar la sonrisa que iluminaba su rostro, supe que había acertado. Él se aproximó de nuevo a mí y, tras una rápida mirada hacia la ventana, me dio un suave y dulce beso en la mejilla que hizo que todo mi rostro se tiñera de un color rojizo.

—Gracias.

—A ti... —¿No me estaba comportando como una tonta? Al menos me sentía así.

—Creo que es hora de que me marche.

—Si quieres, puedes entrar a tomar algo. Sabes que a mis padres les encantaría. —Por alguna razón, no me apetecía que esa velada se terminara tan rápido.

—Hoy no... Prefiero que este sea mi último recuerdo de hoy... —Me volvió a mirar con intensidad, luego hizo un gesto con la cabeza y se dio la vuelta para dirigirse hacia su coche. Yo me quedé mirando cómo se alejaba. Cuando estaba a mitad de camino, se volvió de nuevo para comentarme una última cosa—: Agna, sé que no hace falta decirlo, pero... es mejor que no le comentes a nadie dónde ni con quién hemos estado esta tarde. Hay gente que no entiende lo que hacemos y hay demasiados traidores escondidos entre nosotros.

Asentí en silencio y pensé en Elba. No. Ni siquiera ella se mostraría tranquila si supiera dónde había estado. Quizás el que hubiera hablado con Gudrun no le afectara, al fin y al cabo, era una hija de un nazi, ella tampoco era responsable de lo que había hecho su padre, pero el ambiente donde nos habíamos movido... No. No lo entendería. Y entonces comprendí algo que me dolió en lo más profundo de mi alma y que había estado ahí desde el principio: Elba sabía que yo no era culpable de lo que habían hecho los nazis y comprendía que yo siguiera queriendo a mi padre, pero su actitud hacia mí seguramente cambiaría si yo abrazara la misma ideología, si no me creyera lo que nos contaban los aliados... Por eso había querido que conociera a Esther, para que pusiera un rostro a las historias que nos contaban y me costara más negarlo.

Entré en mi casa con el corazón más decaído de lo que estaba dos minutos antes, cuando Hans me había dado un beso en la mejilla. Efectivamente, era mi madre la que nos había estado espiando y no disimuló lo más mínimo. Se acercó a mí con una sonrisa y un par de tazas de caldo en las manos.

—¿Qué tal ha ido? —preguntó mientras me daba una de las tazas y me indicaba que fuéramos a sentarnos cerca de la chimenea.

—Bien. —No sabía qué más decir. ¿Incluía a mis padres la advertencia de Hans? No lo creía. La visita de Jürgen parecía indicar que seguían próximos a todo el movimiento, ¿no? O quizás solo veían más allá de las ideas y se quedaban con las personas y los recuerdos que tenían con ellos. Mi madre levantó una ceja inquisidora, y yo decidí cambiar de tema hacia uno que sabía que le haría muchísima ilusión—: Hans me ha pedido que lo acompañé en su fiesta de cumpleaños. Es la semana que viene.

Bebí de la taza de caldo que me había dado mi madre. Estaba realmente bueno. Contemplé cómo la noticia ilusionaba muchísimo a mi madre.

—¡Tengo que comprarte un vestido!

Me eché a reír. Y mi carcajada contagió a mi madre. Era

una respuesta tan típica de ella que no pude evitarlo.

—No hace falta, madre, tengo muchos que aún no me he puesto nunca.

—No digas tonterías. Necesitas uno especial. Ese día serás el centro de la fiesta y tienes que ir acorde a la situación.

—Y yo que creía que el centro de la fiesta sería Hans. —No podía parar de reír. Una risa llena de la más completa felicidad, y supe que así me debería sentir siempre, que esa era una juventud normal.

—Qué poco sabes de la vida, mi niña... —Ese «mi niña» se grabó a fuego en mi corazón y dibujó la más tierna de las sonrisas en mi rostro—. No sé muy bien qué os enseñan en esa escuela. Hans es el homenajeado, el anfitrión... Pero tú, como su acompañante, serás la que se lleve todas las miradas.

Dejé la taza ya casi vacía en la mesita más cercana y miré hacia el fuego de la chimenea. No había pensado en eso y no me hacía la menor gracia la idea de toda esa gente pendiente de mí. Y no tenía la menor duda de que habría mucha gente.

—No tienes que preocuparte de nada, Agna. Eres hermosa, inteligente... Solo tienes que ser tú misma y les gustarás a todos. Y recuerda que estarás entre amigos y que Hans estará pendiente de ti todo el rato. No tengo la menor duda.

Asentí y me levanté para irme a mi habitación. Había sido una jornada muy intensa, mucho más de lo que hubiera imaginado esa mañana al despertarme, y tenía ganas de descansar.

—Gracias, madre.

Ella solo me sonrió y luego se recostó en el sofá y se puso a tomarse el caldo de su taza mientras volvía la mirada al fuego. La observé en silencio unos segundos y luego me fui a mi habitación. Tenía muchas cosas en las que pensar.

• • •

Había estado lloviendo todo el día y eso me dio la excusa perfecta para quedarme en mi habitación leyendo, aislada de todo el mundo. Volver a ver a Gudrun había despertado en mí demasiados recuerdos que no sabía ubicar, que no sabía si eran verdad o simples fantasías. En ocasiones, cuando te cuentan mil veces una historia, acabas asumiéndolo de tal manera que crees que lo has vivido tú, aunque no sea verdad.

Y pensaba en la foto que me había dicho que le habían hecho a su padre. No la había visto, y aunque me repetí varias veces que no tenía interés alguno en ver el retrato de un difunto, existía un extraño morbo que me hacía preguntarme si sería verdad o no lo que su hija comentaba.

Recordé todo lo que nos habían contado los aliados, sabía que en los Juicios de Núremberg habían expuesto fotos y vídeos supuestamente grabados en los campos de concentración donde se detenían a los prisioneros. Y no me podía creer lo que decían que había en ellos. Yo tenía recuerdos de estar en algunos de ellos acompañando a mi padre y no se me pasaba por la cabeza que él me llevara a sitios como los que describían. Y, quitando el recuerdo del burro, que tenía mucha pinta de ser parte de alguna pesadilla infantil, no había nada en mi mente que lo indicara... Solo aquella conversación de mis padres que había espiado y que tanto se había clavado en mi mente.

Tenía que hablar con mi padre. No podía demorarlo más. Por mucho que a él no le gustara esa opción, por mucho que me evitara en cuanto veía que los fantasmas del pasado se reflejaban en mi rostro... No podía seguir dándole mil vueltas sin una respuesta. Necesitaba saberlo, necesitaba conocer si era verdad todo lo que nos decían y cuán implicado estaba. Si había algo peor que pensar que tenían razón los que me repetían que mi padre era un monstruo, era no saber si tenían o no razón, la maldita eterna duda.

Bajé con la intención de hablar con él, de enfrentarme a su mirada y no dejarlo ir hasta que me dijera la verdad. Y no encontré ni la sombra de él. Mi madre rondaba por la cocina, concentrada en los pucheros que tenía al fuego. El calor que emanaba de esa habitación me hizo pensar que, otra vez, mi madre buscaba los lugares donde el frío no tenía cabida.

Seguí avanzando por la casa y me fijé en el jardín. La lluvia nos había dado una tregua, pero todo estaba aún lleno de pequeñas gotas y de ese olor que lo llenaba todo y penetraba en mi piel. Había algo evocador en ese aroma; en mitad de una ciudad a medio construir, ese olor nos hacía viajar a otro mundo, a otro lugar en el que sentirnos libres.

Salí al jardín para deleitarme con esa sensación y entonces la vi. Sentada en el banco, había puesto una manta para protegerse de la humedad, con la vista puesta en un lugar que yo no conseguía distinguir, ajena a todo... No era la primera vez que me la encontraba en esa situación. Había bajado para buscar respuestas, y quizás no fueran las que en un principio pensé, pero eran igual de necesarias.

Me acerqué a mi tía en silencio, no quería asustarla, y también sentía que le estaba robando un momento valioso para ella, aunque yo no lo entendiera.

—¿Estás bien?

Mi tía se dio la vuelta sorprendida y luego me miró con una sonrisa. Sus ojos estaban rojos, como si hubiera estado llorando durante muchísimo tiempo. Me sentí incómoda. Mi necesidad de respuestas pasó a un segundo lugar y volví a sentirme una niña egoísta. Debería irme y dejarla a solas con su tristeza, pero no pude moverme. Tampoco dije nada. Me quedé en silencio contemplando sus ojos llorosos y su rostro modificado por el llanto.

—Perdona el espectáculo —me dijo mientras hacía un gesto con la mano para que me acercara y me sentara a su lado. Miré levemente hacia atrás para comprobar que estábamos solas y yo misma me sorprendí de ese gesto. ¿Por qué de pronto tenía la sensación de estar haciendo algo que no agradaría a mi madre?

Me senté a su lado en el banco del jardín. No me importó que estuviera aún un poco mojado. La sensación de que ahí estaba sucediendo algo me intrigaba muchísimo, y necesitaba saber el motivo de las lágrimas de una persona que siempre había contemplado calmada y sonriente, aunque fuera una sonrisa forzada.

—Pensé que habrías salido con alguna amiga.

¿Alguna amiga? Una sonrisa cínica se dibujó en mi rostro. ¿Cómo explicarle a mi tía que yo no tenía amigos y que tampoco hacía nada por tenerlos? ¿Cómo explicarle que en ningún sitio me sentía entre iguales? Hans era el que más cerca había estado de vivir mis propias experiencias, pero se movía en un mundo y en unos ideales con los que yo me había criado pero que ya no sabía si eran buenos o no. Elba era mi amiga, pero sentía que ella pensaba que yo era otra de las víctimas de decisiones ajenas; estaba segura de que, si me inclinara por las ideas de Hans, nuestra amistad terminaría, y no podía evitar preguntarme si eso era una verdadera amistad al estar tan condicionada. A Esther no la consideraba amiga, y dudaba mucho de que volviera a verla. Y Josef... No. No quería ni pensar en Josef. No estaba preparada para hacerlo.

—No me apetecía —respondí sin dar más explicaciones.

Dagna me observó con detenimiento sin decir nada, simplemente asintió y miró al frente. Seguí su mirada, pero no encontré qué era lo que llamaba tanto su atención.

—Es duro ser diferente a los demás —murmuró. Y yo, sin entender muy bien a qué se refería, simplemente le di la razón.

Yo no quería ser diferente. Solo quería ser una joven normal y corriente. Ser como todas esas chicas que veía por la calle que reían y disfrutaban de la vida como si todo lo que hubiera pasado en la década anterior no les importara, no les afectara. Aunque, quizás, como tantas otras cosas en la vida, simplemente era una pose y por dentro tuvieran las mismas dudas que yo... O, sencillamente, nadie les había hablado de eso. El silencio entre las familias estaba a la orden del día. Los mayores no querían hablar, y los jóvenes preferían vivir en la ignorancia. «Ojos que no ven, corazón que no siente», decía el refrán, y comprendía a quienes decidían seguirlo. Aunque yo no podía... Cada vez menos.

—¿Por qué no supe nada de ti hasta que nos acogiste?

Lo solté sin pensar, sin meditar el daño que mi pregunta podía hacer. Ni siquiera la miré mientras esperaba su respuesta. Ella suspiró profundamente, sin dirigir tampoco su vista hacia mí. Me pregunté cuánto dolor podrían causar mis palabras, cuantos malos recuerdos le vendrían a la memoria.

Pero yo necesitaba saber. Y estaba plenamente convencida de que el tiempo por sí solo no curaba las heridas, únicamente hacía que te acostumbraras a ellas. Se necesitaba algo más para que pudieran cicatrizar. Y ya era hora de que comenzáramos a hacerlo en esa familia tan disfuncional en la que vivíamos.

—Porque yo era diferente también.

Tras esas palabras, sí me volví hacia ella, y ella me devolvió una dulce sonrisa.

—¿No eras afín al partido? ¿O fue por el tío Erik?

—Las dos cosas...

La tía Dagna desenganchó el collar que siempre llevaba colgado del cuello y empezó a acariciar el precioso camafeo que portaba. Y a mí la curiosidad empezaba a carcomerme por dentro.

—¿Qué le pasaba al tío Erik? ¿Por qué los abuelos se opusieron al matrimonio? ¿Era más pobre? —Esa fue la primera idea que se me vino a la cabeza, aunque dudaba que eso provocara que mis padres la dieran de lado—. ¿O judío? —Eso sí hubiera traído que, con la llegada del partido, los aislaran—. ¿O de otra raza? —Mi mente viajó hasta Josef, y mi corazón se quedó encerrado en un puño que me dificultaba hasta respirar y volví a esconder todo lo que me hacía sentir y que percibí que no sería bien acogido por nadie.

—No. —Mi tía sonrió mientras miraba el camafeo—. Erik era el hijo de nuestro vecino. Nos conocíamos de toda la vida y sus padres eran muy amigos de tus abuelos...

—Entonces, ¿qué hubo de malo? —Cada vez entendía menos. Si no era por su unión con Erik, ¿significaba eso que era algo que había hecho ella? ¿Qué podría causar que una familia te diera la espalda? Esa pregunta me atormentaba mucho, me aterraba encontrarme en esa situación, perder lo único que había tenido siempre...

—Erik también era diferente... Él necesitaba casarse para ocultar ciertos escándalos que, de haberse propagado, hubieran acabado no solo con su vida, sino con todo lo que su familia había conseguido... —Cada vez entendía menos.

—¿Escándalos? ¿Qué escándalos? ¿Qué había hecho el tío? ¿Y por qué eso provocó que mi padre se alejara de ti?

—No culpo a tu padre... Nunca podría hacerlo. —Otra vez esa maldita palabra: *culpa*—. Todos somos producto de la educación de nuestros padres, y tus abuelos eran muy estrictos, muy conservadores, muy... No sé cómo definirlos... Dicen que nunca hay que hablar mal de los muertos, pero a veces...

—Eran tus padres...

No soportaba escuchar a alguien renegar así de sus propios padres cuando yo misma estaba en un debate interno por negarme a odiarlos. Ella se dio cuenta de lo que me pasaba, estoy segura.

—Unos padres nunca deberían renegar de sus hijos... Como tus padres nunca lo harían de ti. El amor es complicado a veces, no es fácil, te pone a prueba... Y no elegimos quién acelera nuestro corazón. Y en algunas ocasiones, no lo puede todo.

Mi tía seguía mirando al frente, rememorando algo, buscando en el pasado algo que le diera sentido al dolor que brotaba de su alma. Vi cómo se colgaba de nuevo el camafeo del cuello y lo apretaba con fuerza.

—Agna —mi madre me llamaba desde la puerta del

jardín. Noté la mirada que intercambiaron ella y mi tía, pero sentí que no había odio, ni temor, ni resentimiento... Simplemente había tristeza. Dos tristezas muy diferentes, pero que las unían con fuerza—. Necesito que me vayas a un recado.

—Ve. Otro día seguiremos hablando.

Y cuando las dos mujeres más importantes de tu vida se ponían de acuerdo en algo, tú solo puedes levantarte y obedecer aunque te mueras de curiosidad y ganas de seguir indagando en esa sombra en tu árbol genealógico

• • •

Me despertó un golpe en la ventana. No me molesté ni en abrir los ojos. Me tapé como pude e intenté volver a dormirme. Otro golpe. Abrí un ojo. ¿Se había levantado el viento? Suspiré. Con lo mal que había dormido en los últimos días, lo que menos necesitaba era que me distrajera el viento. Otro golpe. ¿Qué narices pasaba? Me levanté de la cama y me encaminé a la ventana pensando que la rama de algún árbol estaría golpeándola y sin saber cómo haría para detenerlo... Corrí las cortinas y me quedé paralizada. A pesar de la noche, a pesar de la oscuridad, sus enormes ojos verdes brillaban como dos grandes faros.

Sacudí la cabeza. Debía de seguir dormida. Eso era parte de mis sueños. La conversación con la tía Dagna me había afectado más de lo que creía, de eso estaba segura. Y, de pronto, él volvió a golpear el cristal de la ventana sacándome de mis absurdos pensamientos. Estaba ahí. Había ido hasta mi casa, y contuve una sonrisa estúpida que de nada me ayudaría en esos momentos. Me repetí mentalmente la frase que me había dicho días atrás para recordarme por qué debía estar enfadada con él y luego procedí a abrir con lentitud la ventana insuflándome fuerzas.

—¿Qué haces aquí? —pregunté directamente.

No esperó a que le diera permiso para entrar, se coló en mi habitación sin darme tiempo a protestar.

—Llevas varios días sin venir... —hablaba con una tranquilidad que me enfureció y me hizo recordar cómo me había sentido al ver que a él no le había importado que no hubiera acudido a verlo la noche en que había venido a cenar Jürgen. Pero no iba a sacar ese tema, no iba a mostrarle cuánto me dolía su indiferencia.

—¿Qué esperabas? Pensaba que eras diferente, pensaba que contigo era solamente yo, Agna. Sin importar el apellido... Y al final eres igual que todos. Y de esos ya tengo demasiados en mi vida y no quiero más.

—Agna, yo...

—Vete, como te escuchen mis padres... —No quería escuchar sus excusas, no quería escuchar sus palabras... Estaba convencida de que sería capaz de camelarme otra vez con sus frases y con esa mirada...

—Tus padres no están. Los he visto salir...

¿Mis padres no estaban? ¿A dónde se habían ido? ¿Y por qué no me lo habían dicho? Y, de pronto, otro pensamiento... Estaba a solas con Josef, en mi habitación, con ese camisón y esos pantalones que me iba pareciendo más pequeños por momentos... Nunca había expuesto tanta piel delante de nadie... Se me secaron la garganta y los labios de golpe, y un color rojo intenso tiñó mis mejillas al darme cuenta de la mirada que me dedicaba él. Tiré levemente de mis pantalones, como si eso pudiera hacer que crecieran mágicamente.

—Tienes que irte...

Mi voz era solo un hilo. Aún hoy dudo si lo llegué a decir en voz alta o si solo lo pensé y él leyó mi mente con esa facilidad que tenía para ver en mis ojos lo que yo no me atrevía a decir.

—¿Vendrás mañana?

—Márchate, por favor...

Josef dio un paso más hacia mí, invadiendo todo mi espacio vital, alterando toda mi respiración. Su mano se elevó hacia mi brazo desnudo y lo rozó con sus dedos. Me eché para atrás. Un extraño escalofrío me recorrió y no intenté siquiera disimularlo.

—Agna...

La voz de Josef sonó mucho más ronca que de costumbre, y sentí el calor inundándome. No. Eso no podía estar pasando. Eso no estaba bien. Pero yo solo podía perderme en esos ojos verdes que me atravesaban. Sentí mi piel ardiendo cuando Josef puso sus dos manos sobre mis brazos, recorriéndolos desde mis muñecas hasta el borde de mi camisón. Y avanzó un paso más. Y yo ya no retrocedí. Me sentía incapaz. O quizás es que no quería, solo deseaba estar ahí, con él, sintiendo su respiración fundiéndose cada vez más con la mía.

—¿Vendrás mañana?

¿Por qué me preguntaba eso? ¿Por qué rompía el ambiente que había surgido entre nosotros? Fue como despertar de un extraño encanto que me había lanzado. Retrocedí, cortando el contacto de sus manos en mi piel. Y pude volver a respirar...

—¿Para qué? ¿Por qué tienes interés en verme? ¿Por qué tienes interés en mezclarte con gente de mi sangre?

—Sabes que yo...

—¿Que tú qué? ¿Que tú eres diferente al resto? ¿Que no me miras y ves el peso de mi apellido? ¿Que soy tu obra benéfica, tu manera de demostrar que eres mejor que yo?

—Agna...

—Deja de repetir mi nombre... Que ya me lo sé. Dame solo una razón por la que tenga que volver a verte mañana.

No lo vi venir. Esperaba un discurso melodramático, esperaba que apelara a mi corazón... Y no lo vi venir. Josef rompió el espacio que había creado entre los dos y abordó mi boca sin pedir permiso, sin delicadeza, como si la necesitara para respirar. Una de sus manos se coló entre mis cabellos hasta llegar a mi nuca, la otra se deslizó por mi cintura y me apretó contra él. Mi primer instinto fue intentar separarlo..., pero, en cuanto mis manos se posaron en su pecho, estas actuaron de manera autómata y recorrieron su cuerpo hasta llegar a su cuello y colgarse de él.

Era mi primer beso real, el primero que realmente movilizaba mi mundo y me hacía comprender todo lo que decían las novelas románticas que tanto había devorado.

Su lengua se introdujo en mi boca, y yo solo pude gemir pidiendo más... Aunque no sabía qué era ese más que exigía todo mi cuerpo.

Finalizó el beso como si fuera lo más difícil de hacer, como si le doliera físicamente parar... Y apoyó su frente contra la mía sin soltarme, con la respiración agitada.

—Lo siento, Agna... —Y algo en mí se quebró al pensar que me pedía perdón por ese beso—. Me comporté como un idiota. Cuando vi que no venías aquella tarde, me pudieron los celos... No pude parar de pensar en qué estarías haciendo para no haber venido, con quién estarías... Y todo lo que otros pueden ofrecerte que yo no puedo.

—No necesito que me ofrezcas nada. Siempre me has dado todo lo que necesitaba.

Me abrazó con fuerza, y refugié mi rostro en su pecho, cerré los ojos y dejé que todos los pensamientos se fueran... No necesitaba más.

—Sabes en el lío en el que nos estamos metiendo, ¿verdad? —me preguntó en un suspiro, y yo asentí sin pronunciar una sola palabra—. Yo ya no puedo huir de esto... Lo he intentado todos estos días, sufriendo el castigo que me merecía, pensando que, si no te veía, te olvidaría... Pero no puedo...

Levanté la cabeza y, sin dudarlo, me lancé contra sus labios, que me acogieron con fiereza, con pasión y con necesidad. ¿Qué había en su boca que con un solo beso me había vuelto adicta a ella? Me separó y sonrió ante mi gesto de frustración.

—Me tengo que ir... O no podré parar.

Sabía que tenía razón. Aunque doliera física y emocionalmente. Estábamos en mi cuarto, yo solo llevaba la ropa de dormir... Me volvió a dar un beso, esta vez mucho más leve, y se fue hacia la ventana.

—Si por alguna razón no puedes venir por la tarde a mi casa... Puedo venir yo por la noche... Si quieres.

—Sí.

Estaba cometiendo una locura. Era consciente de ello, pero me daba igual. Me pasaba la vida pensando, meditando cada paso. Ahora solo quería sentir y vivir. Y estaba convencida de que me lo merecía.

5

—Ha llegado un paquete para ti.

La enigmática frase de mi madre me sorprendió mientras tomábamos el desayuno por la mañana. Había pasado una noche agitada, aunque de diferente manera que las veladas anteriores, y ni siquiera había caído en la cuenta de lo que me había dicho Josef sobre que mis padres habían salido por la noche sin comentarme nada. ¿Lo harían muy a menudo o les habría surgido un acontecimiento de última hora y por eso no me lo habían dicho? Y habían ido los dos solos... ¿Habrían tenido una cita? Quizás solo querían estar un rato a solas. En casa siempre había alguien más. O bien era yo o era mi tía... Imaginaba que ellos también tenían que volver a encontrarse a ellos mismos y su relación después de todo lo que habían pasado. ¿Cuánto tiempo habían estado sin poder ser una pareja realmente? No podía culparlos. Ni siquiera por no contármelo. Además, no había pensado en ello hasta que los vi sentados desayunando.

—¿Un paquete?

—Sí, viene de tu escuela.

Levanté una ceja, dudosa. ¿Un paquete procedente de mi escuela? No recordaba que me hubiera olvidado de nada allí, tenía pocas pertenencias... Y no tenía claro que la escuela se molestara en pagar un envío postal para devolverme algo mío.

Me encogí de hombros intentando fingir que no me inquietaba ni me llenaba de curiosidad.

—Quizás me olvidé de algo...

—Es probable.

La conversación cambió rápidamente sin darle más importancia al paquete que me esperaba en el mueble de la entrada. Hablaban del tiempo, de las noticias, de las próximas elecciones y sus candidatos. Me acordé de Rudel, al que había visto en la reunión donde coincidí con Gudrun. Miré a mis padres y me pregunté cuánto sabrían ellos de Stille Hilfe y sus largos brazos en los diferentes estatutos del poder. Y también qué inclinación política tendrían, cuál sería el partido al que iban a votar... Aunque en Alemania las mujeres podían votar desde principios de siglo, muy pocas eran partidarias de hablar de política en público... Al menos mi madre no solía hacerlo, alegando que ella no sabía de esas cosas.

Terminó el desayuno y fui a por el paquete. Reconocí la letra. Era de Elba, y el corazón me dio un vuelco. ¿Qué me mandaría? Subí directa a mi habitación con el envío sin desenvolver, tenía claro que si no había puesto su nombre en el remite era porque el contenido era importante. No fui delicada a la hora de abrirlo, me podían las ganas y no tenía por qué mostrarme contenida y reservada, estaba sola en mi habitación. No era como cuando estás rodeada de gente y te hacen un regalo y tú solo quieres quitar ese maldito papel de colorines y ver su contenido pero tienes que aguantarte y ser toda una señorita educada y refinada...

En su interior había un libro y una pequeña nota que solo decía: «Espero que te ayude en tu búsqueda personal». Miré el libro extrañada. Era *El principito*. No entendía por qué me lo mandaba. Era un libro que había sido publicado poco antes de que terminara la guerra, y aunque aparentaba ser un libro infantil, todo el mundo estaba de acuerdo en que entre sus páginas había mucho más de lo que aparentaba a simple vista. Pero a mí, y eso lo sabía Elba, no me apasionaba. Todo el mundo decía que se convertiría en un clásico (a mis compañeras de escuela les encantaba), y estaba convencida de que tendrían razón, esas historias siempre llegan al corazón de las personas... Y me planteé durante unos instantes por qué a mí no me había llegado... Luego, simplemente, me encogí de hombros mientras observaba el libro. No era muy gordo, pero lo recordaba aún más fino... ¿Sería alguna edición especial? Había algo extraño en él y que no me acababa de encajar, pero no sabía qué podía ser.

Cuando lo abrí, comprobé que ese libro no era lo que mostraba, tal y como me había parecido desde un principio. Le habían cambiado la encuadernación con mucha delicadeza para esconder otro. Reconocí la mano de Elba tras ese proceso. Pero ¿por qué? En sus primeras páginas aparecía el título: *Das Tagebuch der Anne Frank*[6]. No había oído hablar de ese libro. Cada vez entendía menos. ¿Por qué ese interés en que leyera esa historia? Me encogí de hombros, me tumbé en la cama agradeciendo la gran cantidad de cojines que mi madre siempre ponía en todas las camas... Lo abrí, leí el primer párrafo y volví a mirar la nota que me había mandado Elba. ¿Qué era eso? ¿Un diario? ¿Quién era esa chica para que alguien hubiera publicado su diario? Su nombre no me sonaba ni un poco... No se me pasó por alto la primera fecha con que comenzaba. La guerra ya estaba en pleno apogeo, los bombardeos azotaban todo el continente... Empecé a temerme los planes de Elba y dejé el libro encima de la cama durante unos instantes... Luego lo

6. Título con el que salió originalmente El diario de Ana Frank, La casa de atrás.

retomé mientras me repetía que era mi amiga y no haría nada que pudiera molestarme, al menos no aposta.

A las pocas páginas, me enfadé. Quería a Elba como no había querido a ninguna otra amiga nunca, pero estaba claro que deseaba que me inclinara hacia un lado de la balanza y cada vez estaba siendo menos sutil. Como su primera idea de que su amiga Esther y yo nos hiciéramos amigas no había funcionado, pasaba a la siguiente idea, mucho menos sutil, y me regalaba el libro cuyo argumento era el diario de una niña judía en plena Segunda Guerra Mundial, ¿no? Tendría que hablar seriamente con ella... La pregunta era: ¿me iba a atrever a hacerlo?

Miré con detenimiento el libro mientras lo balanceaba en mi mano sin saber muy bien qué hacer con él. Suspiré, me senté, abrí el cajón de mi mesilla y lo dejé en su interior para volver a cerrarlo y tumbarme en la cama. En ese momento, solo me apetecía dormirme y no despertarme en mucho tiempo, cuando los recuerdos de la guerra no fueran más que una pesadilla casi olvidada. Ojalá fuera todo así de fácil.

• • •

Estaba nerviosa. Mucho. Como nunca lo había estado y sin acabar de comprender qué eran todos esos sentimientos que me abordaban. Estaba enfrente del portal de Josef, llevaba allí plantada mucho más tiempo del que me gustaría admitir. Sostuve contra mí la bolsa donde estaba el *Apfelstrudel*[7] que le había comprado. Me sentía estúpida por hacer esas cosas y no quería que él sintiera que yo lo hacía por quedar por encima de

---

7. Postre típico de la zona de Baviera. Elaborado con capas de hojaldre, relleno de manzana con especias y espolvoreado con azúcar glas.

él, para demostrarle que yo podía permitirme esos caprichos... Yo solo quería compartirlo con él. Solo había visto algo que sabía que le gustaba y había querido regalárselo...

Suspiré mientras me llamaba a mí misma estúpida. No, él no se iba a ofender por eso. No era la primera vez que lo hacía. No se iba a cabrear conmigo por eso justo después de lo que había pasado la noche anterior. Me temblaron las piernas y me rocé los labios con los dedos recordando todo lo acontecido y me pregunté cómo me saludaría al vernos. ¿Volvería a besarme o se comportaría como si nada hubiese ocurrido? ¿Estaría ansioso como yo? Me había dicho que, si no iba yo, él iría a mi casa... Y aunque eso era tentador..., no podía correr el riesgo de que alguno de mis padres lo viera. ¿Cuál sería su reacción? Muy positiva seguro que no... Casi era tentador arriesgarse para descubrir cuáles eran realmente los objetivos y pensamientos de ellos, sus ideales... Quizás eso podría ayudarme en mi propia lucha interna para encontrarme a mí misma y aclarar todas las dudas que no paraban de rondarme.

No podía seguir allí parada, o al final alguien iba a mosquearse con mi presencia inmóvil. Avancé hacia el portal. A cada paso que daba, el corazón iba un poco más rápido. Tuve que parar un par de veces en el tramo de escaleras. ¿Qué narices me estaba pasando? Nunca había sido la persona más segura del mundo, pero... ¿hasta ese punto llegaba mi inseguridad? No había sido yo la que había ido detrás de él tras la discusión, ni la que había provocado el beso... Había sido él. Josef había dejado claro que sentía algo por mí, que me echaba de menos, que me deseaba... ¿Y por qué todo eso, en vez de darme confianza, hacía que me temblaran las piernas?

Fue Josef quien me abrió la puerta, y ese gesto me hizo preguntarme si no estaría esperándome, o si me habría visto delante de su portal dudando qué hacer. No intercambiamos una sola palabra, me cogió de la mano y me llevó directamente a su cuarto sin decir nada ni frenar un solo instante. Oí la puerta de su habitación cerrándose tras de mí y me giré para mirarlo. Estaba realmente guapo. No se había hecho nada especial. Llevaba la misma ropa que ya le había visto en varias ocasiones, pero había algo en él que me atraía aún más que nunca.

—Te he traído algo.

Le tendí la bolsa, él la recogió con una sonrisa y la depositó sobre la mesa. Me ponía histérica que no hubiera dicho nada aún. No soportaba ese silencio al que me estaba sometiendo. Y su mirada recorriendo mi cuerpo no ayudaba para nada a mis nervios. Se acercó hasta colocarse a solo unos centímetros de mi cuerpo, por lo que tenía que elevar la cabeza para mirarlo, y, sin retirar sus ojos de los míos, cogió mi bolso, que colgaba de uno de mis hombros, y lo lanzó sin muchos miramientos hacia la cama.

—Podría tener algo delicado ahí dentro —protesté, aunque con poca fuerza. Notaba mi respiración forzada y me sentía totalmente hipnotizada.

—Lo siento —murmuró él con la voz completamente grave mientras subía sus manos a mis hombros y empezaba a quitarme con muchísima suavidad el abrigo, que cayó al suelo sin que ninguno de los dos hiciera nada por impedirlo—. No he parado de pensar en ti... Temía que te arrepintieras y no vinieras... Que me odiaras por lo de ayer.

Mientras hablaba, me acariciaba con suavidad la nuca, enredando algunos de sus dedos entre mis cabellos, y con la otra mano jugueteaba con el cinturón de mi falda... Y yo sentía un calor desconocido que erizaba mi piel, aflojaba mis rodillas, secaba mis labios y provocaba un extraño cosquilleo entre mis piernas.

—¿Odiarte? —me temblaba la voz; por fortuna, estábamos tan cerca el uno del otro que no necesitaba hablar alto para que me escuchara—. Nunca.

—Entonces, ¿puedo volver a besarte?

Asentí levemente. Sentía que si hablaba saldría a la luz toda la necesidad que tenía de volver a notar sus labios contra los míos. No se hizo de rogar. No había terminado de asentir cuando él ya se había lanzado contra mi boca como un náufrago en el desierto al llegar a un oasis. La mano de Josef que segundos antes jugueteaba con el cinturón de mi falda se deslizó por toda mi cintura, rodeándome y apretándome contra él. Mis manos se posaron en su increíble espalda, acariciándola, pidiéndole algo que ni yo misma sabía qué era.

Noté que nos movíamos sin saber muy bien hacia dónde, solo me dejaba llevar. No quería frenar ese beso. Oí cómo de su garganta salía un gemido de placer cuando me aventuré a imitar con mi lengua lo mismo que él hacía con la suya, y, poco a poco, me fui volviendo más activa en el beso. Mis piernas chocaron con un mueble y rápidamente me di cuenta de que era la cama de Josef. Mi cuerpo se puso tenso de golpe. Y él lo notó. Detuvo el beso y me cogió el rostro con las dos manos mientras apoyaba su frente en la mía. Nuestras respiraciones agitadas se fusionaban en una.

—Joder, Agna... Me vuelves loco. Desde el primer momento en que te vi en esa cafetería, me pareciste tan hermosa... Cuando te toqué, sentí que me ardían las manos... Cuando nos fuimos, no podía parar de mirar hacia atrás para intentar volver a verte. Mis amigos se burlaron de mí y me advirtieron...

—¿Te advirtieron? —Las palabras de Josef me estaban trastornando casi lo mismo que sus besos. Saber que a él le había afectado tanto como a mí nuestro primer encuentro hacía que mi pecho sintiera los golpes de su corazón con más fervor que nunca.

—Uno de mis amigos trabaja en las fábricas del padre de tu amigo... No hay nadie en Múnich que no conozca la afiliación política de esa familia...

—Yo no... —No terminé la frase. Conocía perfectamente las ideas políticas de Hans, las tenía aún más presentes que nunca tras la reunión a la que había asistido... Pero si tuviera que hablar sobre mis propios ideales... No podía negar con seguridad cuáles eran o no eran. Por suerte, Josef me interrumpió dándome la oportunidad, sin él saberlo, de no mentirle a la cara.

—No te preocupes... Ya cometí el error una vez... Y casi te pierdo por eso. No me importa quién fuera tu padre, ni quiénes... —Dudó, temeroso de lo que sus palabras pudieran causarme. Nunca habíamos hablado de la relación que me unía a Hans, y, por primera vez, vi en sus ojos las dudas y la inseguridad... Corté su discurso con mis labios, y él no protestó, solo pronunció mi nombre en medio de un gemido que hizo que todo mi cuerpo ardiera.

Yo había leído en libros hablar de la pasión, de la química que estallaba entre dos personas... Pero sentirlo... Sentirlo era algo que se salía de mi cuerpo por cada poro de mi piel. Josef volvió a parar y sonrió mientras se alejaba de mí.

—Vamos a tomar un poco de té y ver qué es lo que has traído.

—Prefiero otra cosa —susurré mientras lo cogía por la

camiseta para atraerlo contra mi persona. No sabía de dónde salía esa seguridad, quizás solo estaba cegada por la pasión.

—Y yo... Pero llevo tanto tiempo aguantando las ganas de sentirte... —Josef posó su boca en mi cuello y empezó a recorrerlo, provocando tantas emociones en mi interior que eché mi cabeza para atrás, cerrando los ojos y sumergiéndome en un placer inmenso. Él me sujetaba entre sus brazos mientras subía la intensidad de sus labios sobre mi piel... Y volvió a separarse de mí—. O paro o no podré parar...

—No lo hagas... —dije sin pensar.

—No sabes lo que dices, Agna... —el tono lastimoso de Josef me hizo reaccionar.

—Tienes razón. Lo siento. Todo esto es nuevo para mí...

Hubo algo en esas palabras que encendió un nuevo fuego en los verdes ojos de Josef, que volvió a rodearme con sus brazos y a devorarme como si el mundo se fuera a acabar. Esta vez fui yo la que lo detuvo, haciendo acopio de todas las fuerzas que aún quedaban esparcidas por mi ser.

—¿Y el té?

—Joder, Agna, no puedes decirme que soy el primero que te besa y pretender que... Pero es cierto... Merendemos.

Me costó muchísimo separarme de él, pero sabía que tenía razón. Si me hacía arder con solo unos besos, si me costaba contenerme... ¿Qué pasaría si los besos iban a más? Hasta ese momento, no había comprendido cómo algunas mujeres caían bajo los delirios de la lujuria y destrozaban toda su vida con embarazos fuera del matrimonio... Tendría que echar mano de todo mi autocontrol para vencer todas las tentaciones que Josef representaba para mí

• • •

Durante mi periodo en la escuela de señoritas, había ido varias veces al cine. Había uno en la ciudad más cercana, y los fines de semana que nos dejaban horas libres, Elba y yo nos habíamos escapado en más de una ocasión. La mayoría de las películas que emitían eran alemanas, aunque empezaba a invadirnos, como en el resto de los sectores culturales, el cine estadounidense. No obstante, tenía que reconocer que había algunas que me habían gustado muchísimo, incluso a pesar de ser reacia a verlas. ¿Cómo olvidar aquel precioso musical que era *Cantando bajo la lluvia*? Me había pasado varias semanas tarareando la canción principal. Creo que el cine, las películas, eran lo único que me gustaba de los Estados Unidos de Norteamérica, lo único que hacía que no sintiera un odio irracional hacia todo lo que de allí procedía, que me reconciliaba un poco con ese país y con sus gentes.

Me hubiera gustado poder decirle a Josef que fuéramos juntos, pero sabía que aún era demasiado pronto... No tenía muy claro cuál era nuestra relación, nunca hablábamos de ello; él no hacía mención alguna, y yo no me atrevía ni a decirlo en voz alta por miedo a escuchar las palabras que temía y que no paraban de revolotear en mi cabeza: que yo solo era un mero entretenimiento, que, como había dicho aquella compañera suya de piso, solo era un recuerdo de su madre y que se le pasaría en cuanto se colara entre mis bragas...

Igualmente, aunque nuestra relación prosperaba, ¿cómo mostrarlo en público en una sociedad que no aceptaría nuestro amor? Ni siquiera había películas ni libros románticos que hablaran de amores interraciales, o al menos yo no las conocía.

Me acerqué a la marquesina del cine y contemplé las películas que había en cartel. Las miré una y otra vez. De pronto, una me llamó la atención. Era una película alemana, ambientada en Múnich, en plena posguerra... Suspiré. ¿Estaba preparada para ver esa película? No estaba hablando de una película americana llena de odio hacia nosotros; era algo propio, algo nuestro... Y eso podía doler más que nada.

Me acerqué a la taquilla. Una chica leía una vieja revista mientras fumaba completamente relajada; parecía ajena a todo lo que la rodeaba, y, mientras me aproximaba a ella, me preguntaba cómo era posible que estuviera trabajando en ese puesto. Y también, por una parte, me daba algo de envidia... Estaba trabajando, ganándose su propio salario; aunque fuera en un puesto así... Debía de tener más o menos mi edad, pero desprendía un aire de seguridad y tranquilidad que yo solo podía aspirar a tener. Parecía que estaba en un lugar muy lejano a esa taquilla, pero, un segundo antes de que yo llegara a su nivel, dejó la revista a un lado y volvió sus ojos hacia mí con una sonrisa profesional dibujada en su rostro.

—Buenos días, ¿qué desea?

—Una entrada para la sala dos.

Si le pareció raro que comprara solo una entrada, no lo mostró. Me pregunté cuántas chicas irían solas al cine. Si sería una de muchas o un bicho raro... Odiaba sentirme así en cada faceta de mi vida. Hija de un nazi, bicho raro; terminar antes de tiempo mis estudios en la escuela, bicho raro; enamorarme de un negro, bicho raro. Y aunque eso era lo menos importante de todo, ir sola al cine... Bicho raro. Y sentí la enorme tentación de preguntárselo, pero, al final, como en tantos aspectos de mi vida, me dio terror escuchar su respuesta. Y es que mi existencia era una concatenación de preguntas sin responder solo por no atreverme a enfrentarme a la respuesta que pudieran darme.

Así que me quedé quieta en la puerta, contemplando la entrada que la chica me había dado, con ese pensamiento revoloteando en mi cabeza, con una parte de mí, mucho más valiente que el resto, exigiéndome que empezara a reaccionar, que tomara las riendas de mi vida y empezara a luchar contra mis miedos... Que no había nada peor que la ignorancia, que no se podía vivir así, a medias, en una eterna cuerda floja que nunca me conduciría a ninguna parte... porque yo no me atrevería a avanzar.

Observé el *ticket*, observé la puerta de entrada al cine, noté la mirada de la chica de las entradas contemplándome, esta vez sí, con curiosidad... Debería estar dando una imagen extraña, ahí plantada, sin atreverme a dar ni un paso hacia dentro ni otro hacia atrás... Pero sabía lo que tenía que hacer... Como también sabía que al volver a casa retomaría el libro que Elba me había mandado. Necesitaba escuchar todas las versiones, aunque doliera, aunque luego no las creyera... Y necesitaba plantarme delante de mi padre y mirarlo a los ojos y preguntarle todo aquello que se me retorcía en el estómago y que no me dejaba vivir, que me borraba los sueños y el futuro.

Entré en ese viejo cine, en una sala casi vacía, con asientos más incómodos de los que estaba acostumbrada (o quizás era mi cuerpo el que no se sentía relajado y a gusto en ese lugar), y me prometí no levantarme de allí hasta que terminara la proyección, sin importar qué fuera lo que saliera. Por primera vez, no iba a salir huyendo, no iba a cortar el discurso de nadie ni iba a dejar de leer algo que no quería saber... Para bien o para mal, lo necesitaba.

Lloré. Lloré más de lo que nunca me atrevería a confesar en público. Vi mi ciudad destruida como yo recordaba en aquellos primeros meses tras el fin de la guerra, vi a mi pueblo derrotado y sin saber si podrían volver a respirar tranquilos... Y lloré al ver que tampoco habíamos cambiado tanto en esos años que nos separaban... Y lloré también al volver a escuchar los horrores que la Segunda Guerra Mundial había provocado.

Salí del cine y lancé una mirada hacia la taquilla. Ya no estaba la joven que me había atendido. Un chico con bastante menos espíritu que ella la había sustituido. Y, sin saber por qué, me sentí decepcionada; quizás necesitaba, nada más salir de ver la película, contemplar algo que seguía igual que cuando había entrado, porque, en mi interior, una emoción dolía mucho y no quería que doliera... Solo quería que todo siguiera siendo igual que antes... Pero ¿cuánto antes?

• • •

El libro dolía. Dolía como si me estuviera quemando por dentro. Y yo solo quería parar de leer, solo quería dejar de ver esas palabras y esas frases que me estaban destrozando. Y reprimí mil veces las ganas de tirar ese libro a la chimenea, de convertirlo en cenizas y que así desapareciera de mi vida... Y me pregunté por qué narices era tan masoca como para torturarme como lo estaba haciendo. ¿Por qué había decidido retrasar mi cita con Josef solo por quedarme leyendo ese maldito diario que me hacía identificarme con alguien tan diferente a mí, que me hacía sentir un miedo que, según contaban, habían sentido tantos y, a la vez, me llenaba de una esperanza que se rompía con un final que nunca debería haber sucedido?

La autora de aquel diario no vivió para ver cumplido su sueño de ser escritora... ¿Cuántas personas habrían sufrido el mismo cruel destino de ver truncada su vida, cortada de raíz, y detenido su futuro de golpe?

Dejé el libro en el cajón de mi mesilla y me acerqué al espejo de mi cuarto para poder mirarme a los ojos... Y protesté. Protesté porque no entendía por qué los sueños rotos de esa niña de 13 años eran más importantes que los de los niños que habían muerto bajo los bombardeos aliados en Dresde, una ciudad sin ningún valor militar, o de las niñas violadas por el ejército soviético, que arrasaba cada hogar que caía en su camino... ¿Estaba otra vez delante de la utilización por parte de los judíos de la historia para representarla a su manera, para hacerse las víctimas tal y como había oído tantas veces? ¿O me encontraba, simplemente, delante de una niña en los inicios de su adolescencia que había sufrido una guerra injusta y cuyo diario había tenido la suerte de sobrevivir? No. Ningún sueño de nadie era más importante que el de los demás... Daba igual que fueras una judía holandesa, una niña alemana de Dresde o de cualquier parte del mundo... Todos eran importantes, todos merecían haberse cumplido... O haber tenido la oportunidad de haber luchado por ellos.

Sentí que volvía a llorar, que las lágrimas se deslizaban por mi rostro. Me las sequé. No era momento de lágrimas. Sabía lo que necesitaba hacer para poder calmar un poco mi corazón roto, para poder volver a respirar con normalidad y que el dolor de mi cabeza se fuera o, al menos, me diera una tregua... Me lavé el rostro para borrar los restos de toda mi angustia y bajé las escaleras de camino al despacho de mi padre. No me hizo falta llegar hasta él: mi padre estaba en el salón, junto a la chimenea encendida, leyendo un periódico.

Lo observé en silencio. Recordaba una imagen similar desde que era muy pequeña... Él sentado, leyendo un periódico, y yo sentada en sus rodillas escuchando cómo me contaba noticias hermosas, alegres, incluso divertidas... Y en esos momentos no pude evitar preguntarme si esas noticias que me relataba eran verdaderas o solo sacadas de su imaginación para entretenerme, para pintarme un mundo mucho más hermoso de lo que en realidad era, para dejarme seguir disfrutando de mi inocencia y mi fantasía por más tiempo… No pude evitar quererlo aún más por eso. Y el nudo en mi garganta se hizo más grande.

—¿Padre? —la voz me tembló mientras entraba en el salón cerrando la puerta tras de mí.

—¿Qué te sucede, Agna? ¿Estás bien?

Mi padre se levantó preocupado, dejó el periódico en la mesa más cercana y se acercó hasta mí para cogerme de la mano.

—Estás helada… Siéntate al lado del fuego.

—Estoy bien —respondí mientras me sentaba a la orilla de la chimenea—. No es dolor físico lo que siento…

—¿Entonces…?

Tragué saliva. Mi padre parecía receptivo. Por primera vez desde que había vuelto a esa casa, parecía que podíamos tener una conversación real, y no quería desaprovecharla. Pero ¿cómo mostrarle todas mis dudas y mis miedos?

—Os he echado mucho de menos estos años —esa era la verdad más grande del mundo. Me había dado igual todo lo que me dijeran de él, yo necesitaba a mi padre como cualquier otra niña perdida en un mundo que no conocía.

—Y yo a ti… Pero ya estamos juntos… Y nada nos podrá separar…

Mi padre se sentó justo delante de mí y me cogió la mano para transmitirme todo su calor. Su mano ardía en comparación con la mía. Observé sus largos dedos, su piel mucho más machacada de lo que recordaba de mi infancia...

—Mi estancia en la escuela no fue fácil... Todo el mundo me señalaba, me insultaba... Si no hubiera sido por Elba, habría estado completamente sola.

—¿Por qué no nos lo dijiste en tus cartas o en tus llamadas?

—No quería preocuparos.

—¿Solo por eso? —un miedo resonó en su voz, y lo comprendí al instante: era el miedo a que yo hubiera creído a todas mis compañeras y lo que decían sobre él.

—Me daba vergüenza por no saber defenderme, por no ser capaz de plantarles cara y andar con la cabeza bien alta.

Mi padre se echó para atrás en el sofá y me observó en silencio, analizando mis palabras; quizás adivinando hacia dónde se dirigía esa conversación, y soltó la pregunta que yo tanto temía y necesitaba responder:

—¿Alguna vez las creíste?

—Yo siempre te he respetado y querido, eres el mejor padre que haya podido desear.

—No es eso lo que te he preguntado, Agna —su voz sonaba más dura, quizás con cierto reproche en su tono que me hirió. Yo solo quería ser sincera, solo quería explicarle que nada podría hacer que cambiaran mis sentimientos hacia él, pero estaba claro que mis palabras no expresaban lo que mi corazón quería gritar.

—Nunca me permití creerlas.

—¿Y ahora?

—Ahora necesito hacerte unas preguntas...

Mi padre se levantó de golpe y se puso a mirar el fuego, acaso preguntándose cómo había permitido que esa conversación llegara a ese punto, o quizás aliviado por tenerla de una vez por todas. No conseguía verle el rostro, aunque temía que tal vez ni mirándolo a los ojos podría saber qué era lo que sentía en esos momentos; me costaba analizar mis propias emociones, ¿cómo hacerlo con las de los demás?

—Padre...

—Agna, no hagas preguntas cuyas respuestas no quieres o no estás preparada para escuchar...

—¿Y si ya estoy preparada? No puedo seguir siendo una niña pequeña a la que contar hermosos cuentos de hadas... Necesito la verdad.

—¿La verdad? Curiosa palabra que en realidad no significa nada. Hay tantas verdades como personas.

—Pues cuéntame la tuya, cuéntame tu verdad.

—Agna... —durante unos segundos, la voz de mi padre sonó derrotada... Solo unos segundos.

—Necesito saberlo...

—¿¡El qué!? ¿Qué es eso que necesitas tanto saber?

Mi padre se volvió para mirarme mientras subía el tono de su voz. Durante unos instantes, me quedé callada, intentando buscar la voz que se había hundido en mi garganta. También temí que mi madre oyera los gritos y se acercara a averiguar qué era lo que sucedía en el salón. Eso hubiera provocado el fin de esa conversación, y no podía consentirlo. Quizás no fuera la conversación agradable y conciliadora que ingenuamente había imaginado en mi mente, pero era la única que tenía y no iba a desaprovechar mi oportunidad. Respiré hondo y, cerrando los ojos para no perder el valor, lo solté sin pensar:

—¿Sabías lo que sucedía en esos campos?

—Ya te lo he dicho mil veces: yo solo hacía fotos, no soy responsable de lo que sucedía.

—No te estoy preguntando si eres responsable, te estoy preguntando si lo sabías. —Abrí los ojos para contemplar su rostro, esperando poder leer la verdad en su mirada.

—No. ¿Si sabía el qué?, ¿qué moría gente? Por supuesto. ¡Estábamos en una guerra! ¿Qué crees que hacían ellos con nuestros soldados, con nuestros niños y mujeres? ¿Realmente crees que tuvieron un juicio justo, que no estaban condenados de antemano? Ten en cuenta una cosa, Agna, si ellos hubieran tenido la más mínima duda de que yo sabía eso, hoy no estaría aquí contigo, cuidándoos. Estarías llorando mi ausencia sin el derecho a visitarme en un cementerio... Mis cenizas flotarían por el Isar. Quizás no habría tenido siquiera una muerte digna; quizás te pasaras la vida sin saber cómo había muerto...

—Entonces —hable casi en un susurro, notando cómo las palabras iban arrastrándose por mi garganta y lengua—, ¿no sabías de las cámaras de gas?, ¿no sabías de...?

—No, Agna, no lo sabía —me interrumpió él mientras se ponía de rodillas delante de mí para cogerme el rostro entre sus manos y darme un beso en la frente.

Me lancé a sus brazos y las lágrimas volvieron a derramarse por mis mejillas, la tercera vez en ese día, y, en esa ocasión, había una mezcla de tristeza y felicidad que no conseguía apagar el fuego que ardía en mi interior.

• • •

Seguía abrazada a mi padre, envuelta en su aroma, mezclado con el olor del fuego de la chimenea. Un recuerdo vino a mi mente: era de noche, pero había un gran jaleo en la casa. Me desperté y bajé las escaleras, descalza y en silencio, intentando averiguar qué era lo que estaba sucediendo. Sabía que no debería estar haciendo eso, que lo mejor era quedarse metida en mi cama, refugiada debajo de las sábanas... Pero algo en mi interior me decía que lo que estaba sucediendo era importante. Vi pasar a mi padre corriendo. Él no me vio. Parecía nervioso y apurado. Se metió en la despensa y solo oí ruidos, muchos ruidos. No entendía nada. Mi padre volvió a salir cargando con una gran cantidad de latas y se fue directo al jardín. Eso sí que no me lo esperaba. Fui hasta una de las ventanas que daban a ese lugar y, poniéndome de puntillas, observé cómo empezaba a enterrar todas las latas... «¿Qué haces despierta, Agna?», me preguntó mi madre al verme. «He oído ruidos...». Y sin más, mi madre me mandó a la cama. No había vuelto a pensar en ese momento... Al día siguiente, mi padre se fue de casa, teóricamente por motivos de trabajo. Poco después, la guerra terminó. Y hasta ese mismo instante no había comprendido qué era lo que guardaba mi padre en esas viejas latas.

—Fotos... —Mi padre me observó con curiosidad, sin entender qué era lo que se me pasaba por la cabeza. Normal, estaba convencida de que él no sabía que yo lo había visto enterrarlas—. Enterraste fotos en el jardín... ¿Eran las pruebas necesarias para demostrar que sí sabías lo que pasaba?

—¿Quién te contó lo de las latas? —No parecía

asustado, ni siquiera sorprendido. Quizás la vida lo había dejado sin capacidad de asombrarse de las cosas. Se puso en pie y dio unos pasos para atrás, alejándose de mí. No parecía ofendido por la acusación que acababa de verter sobre él y que dejaba claro que no terminaba de creerme la declaración de inocencia que había pronunciado minutos antes.

—Te vi. Aquella noche me desperté por el ruido y te vi... ¿Qué había en esas fotos?

—Nuestro salvoconducto... Nuestro futuro. —Lo miré extrañada. Mi padre se sentó en el sillón delante de la chimenea, justo enfrente de donde estaba yo sentada—. ¿Sabes por qué me hice fotógrafo? Los recuerdos que atesoramos en la memoria se pueden evaporar, se pueden modificar con el tiempo... Puedes hasta dudar de lo que has vivido... Pero una foto no. Una foto capta el momento para siempre. De una manera objetiva. Sin dobles fondos. Capta la realidad y la plasma para siempre. Son pruebas irrefutables de lo que ha acontecido, desde lo mejor que puede aportar el ser humano hasta lo peor. Y nos enseña también que lo que otros nos han contado de boca no siempre es lo que podemos observar con nuestros ojos.

»Esas fotos que escondí en su momento reflejan la realidad que yo viví. En aquel entonces necesité esconderlas. Algo dentro de mí me lo gritó, y le hice caso. Hoy en día valen muchísimo. —Lo miré extrañada—. Una revista americana ofrece mucho por ellas.

—Un momento —lo detuve mientras intentaba asimilar todo lo que me estaba contando, y empecé a entender palabras sueltas que había oído durante los días anteriores pero a las que nunca había prestado atención—. ¿La misma revista que antes de la guerra hizo un reportaje fotográfico de la casa del Führer?

—¿Te acuerdas cuando te dije que en esta vida tenemos que adaptarnos? Ahora todos parecen olvidar que entramos en la misma dinámica, que nos dejamos fascinar por un hombre tan lleno de carisma que nos hizo olvidar hasta nuestros propios principios.

»Hace mucho, Agna, que no duermo en paz. Por la noche me atacan los fantasmas de un pasado que sigue estando muy presente. Y me pregunto si todo lo que nos cuentan es verdad y cómo fui incapaz de verlo a pesar de tenerlo delante de mis ojos y de mi cámara. Cuentan que Goebbels dijo: «Una mentira repetida mil veces se convierte en verdad». Y a nosotros nos repetían demasiadas cosas muchísimas veces.

—¿Y ahora? Ahora también nos repiten ciertas cosas muchas veces...

—No lo sé, Agna... No sé cuáles de todas las cosas que nos repiten una y mil veces son reales... Hay cosas que solo sabremos con el tiempo; otras, nunca.

Alcé mis piernas, flexionándolas y apoyando las plantas de los pies en el asiento. Las rodeé con mis manos y miré fijamente el fuego de la chimenea, que se estaba extinguiendo... ¿Creía a mi padre? La historia que me contaba, las reflexiones que hacía me parecían completamente contradictorias... ¿No sabía nada pero escondió las fotos? ¿Acaso había estado tan cegado por el Führer que no se había percatado hasta ese momento de lo que pasaba delante de sus narices? Yo siempre había considerado a mi padre un hombre inteligente, pero... demasiados hombres inteligentes habían caído bajo el influjo de Hitler. Y luego estaba la eterna pregunta: ¿cuánto de todo era verdad?, ¿cuánto era mentira? Y la más importante y difícil de todas: ¿algún día sabría la realidad de lo sucedido?

—Ahora necesito descansar, Agna, y creo que tú

también. Ya seguiremos hablando en otro momento.

No me atrevía a discutir con mi padre. ¿Cómo hacerlo? Me levanté y, sin decir nada más, salí del salón directa a mi cuarto. No tenía hambre ni ganas de hacer nada. Entré en mi habitación y deambulé por ella sin pensar realmente en nada, con la vista puesta en ningún sitio y los pies moviéndose por pura inercia, hasta que mi vista recayó en el bello cuadro que adornaba una de las paredes de mi cuarto. Lo recordaba de mi hogar. Un día, mi padre había llegado con él para regalármelo. Fue en la época en la que aún soñaba con no parar de bailar, y en el cuadro, hecho a pastel, se veía a cinco bailarinas; yo siempre me había quedado perdida en los trazos de esa maravillosa obra. La rocé con mis dedos. Y sentí que volvía a ser aquella niña pequeña que lo contemplaba por primera vez y se enamoraba de esa pintura, que, para mí, era la más hermosa del mundo. Sentirla ahí, a mi lado, en mi casa, me daba fuerzas para seguir teniendo fe y seguir creyendo en mi padre y en su amor hacia mi persona... Nadie que quisiera de tal manera a su hija podría mentirla de esa forma; no podía tener el corazón helado y cometer las atrocidades de las que se le acusaba... Ese cuadro era una pequeña ancla a la que amarrarme, y lo haría aunque fuera un clavo ardiendo.

Esa noche no dormí. Los viejos fantasmas de mi padre vinieron a visitarme a mí. No podía parar de darle vueltas a todo lo que me había dicho, analicé cada palabra, cada letra..., intentando averiguar el verdadero significado de las mismas, buscar entre ellas una respuesta que me tranquilizara el alma. Hay algo peor que el sentimiento de culpa por algo que no has hecho: el sentimiento de culpabilidad imprecisa era aplastante. No saber qué era lo que realmente mi padre sabía con antelación y hasta qué punto estaba implicado. El no saber siempre es la mayor de las torturas. Y entre todas esas preguntas, todas esas dudas que me atormentaban, un pensamiento se hacía presente en mi cerebro: «Aunque fuera verdad, aunque realmente mi padre conociera y ayudara a ocultar las torturas y barbaries que se cometían por toda Alemania y el resto de los territorios conquistados... ¿Iba a dejar de quererlo? Él iba a seguir siendo mi padre por encima de todo, incluso de la historia».

• • •

Llevaba dos días sin ir a ver a Josef. No tenía fuerzas para nada y temía salir a la calle y enfrentarme a la realidad. La conversación con mi padre, en vez de quitarme dudas, me había generado muchas más. Él revindicaba su inocencia a gritos, exponía argumentos que no acababan de ser firmes, y mi mente parecía querer atormentarme trayendo ante mis ojos recuerdos que había olvidado o que quizás nunca ocurrieron y eran fruto de mis pesadillas... Pero parecían tan reales.

Tampoco había bajado a comer, alegando que me encontraba enferma. Mi madre había subido preocupada. Me había besado la frente para comprobar que no tenía fiebre, y me sentí de nuevo como esa niña pequeña a la que ella cuidaba, deseaba ser esa niña pequeña que no tenía conocimiento de lo que sucedía a su alrededor... Era mucho más feliz. ¿Por qué el ser humano tenía esa necesidad de querer saber si la verdad solo nos hacía daño? ¿Por qué esas ansias de conocimiento? ¿Por qué esa naturaleza masoquista que tanto nos hería?

—Estoy bien, madre... —quise tranquilizarla—. Cogí algo de frío el otro día y no he dormido bien. No te preocupes.

—Descansa. Mañana tienes que estar perfecta. No olvides que es el cumpleaños de Hans.

Asentí en silencio y posé la vista en la ventana,

pensativa. Se me había olvidado completamente el cumpleaños de Hans. Me había pedido que fuera como su acompañante, y yo había aceptado en un momento en el que pensaba que mi relación con Josef había terminado antes de haber comenzado. Y ahora me sentía culpable. No era tan ingenua para no saber lo que mi viejo amigo esperaba de mí y no podía negar que era muy romántico que, tras tantos años, siguiera enganchado a una promesa infantil, que una amistad que empezó siendo tan pura e inocente pudiera convertirse en algo más profundo e íntimo.

—No debes estar nerviosa —habló mi madre, interpretando mi silencio de la manera que debía de creer más lógica; yo me limité a sonreírle. ¿Qué iba a hacer si no? ¿Cómo iba a explicarle que mi corazón estaba mucho más cerca de Josef, un muchacho mulato que calentaba mi cuerpo como nunca creí que podría hacer nadie? Le daría un infarto ahí mismo, estaba segura—. Ya verás el vestido que te he comprado, estarás preciosa. Hans solo tendrá ojos para ti. Ahora descansa. Todo va a salir bien.

«Todo va a salir bien», repetí mentalmente mientras veía a mi madre salir del cuarto y cerrar la puerta tras ella. «Todo va a salir bien»... ¿Y qué quería decir que todo fuera a salir bien? Sabía lo que significaba eso para mi madre: que Hans y yo acabáramos pasando por el altar, que formáramos una familia... Y sabía que ella pensaba que eso me haría feliz. Pero ¿y yo? ¿Dónde creía yo que estaba mi felicidad?

Contemplé desde mi ventana cómo anochecía, disfrutando de los hermosos colores que se dibujaban en el cielo, y pensé que a veces los finales podían ser hermosos. Si el sol, que nos daba la vida, podía abandonarnos con esa explosión de belleza, ¿cómo no íbamos a poder hacerlo nosotros? Pero ¿a qué quería ponerle yo final? ¿A Hans o a Josef? Me volví y me tumbé en mi cama con la esperanza de que Morfeo me llevara a su mundo y me dejara descansar un poco, me dejara olvidarme temporalmente de todas las preguntas que no paraban de formularse en mi cerebro. Y durante un rato debí de conseguirlo, debí de sumergirme en un sueño del que no recuerdo nada, porque, de pronto, una voz en el interior de mi cuarto me despertó de golpe.

—No deberías dejar la ventana abierta, cualquiera podría colarse.

Reconocí su rostro y sus ojos verdes en la oscuridad, igual que su sonrisa pícara.

—Josef... —mi voz fue un susurro, mitad ilusionado, mitad temeroso. Me senté en mi cama mientras observaba cómo él se acercaba hacia mí.

—Te dije que, si no venías, vendría yo.

—No me encontraba en condiciones de ir.

—¿Estás enferma?

Josef había llegado hasta mí y, sin pedir permiso, se había sentado en mi cama, justo a mi lado. Alzó una de sus manos y la puso en mi frente.

—Solo indispuesta. Ya me encuentro mejor.

Josef asintió en silencio. Su mano bajó desde mi frente a mi mejilla deslizándose con lentitud y suavidad hasta mi barbilla para sujetarme el rostro mientras sus ojos quemaban mis labios. Tragué saliva. Estábamos en mi cama; yo en camisón, y él... Él con ese poder de tentarme hasta unos límites que iban creciendo cada vez más.

—Te he echado de menos —murmuró Josef mientras

acercaba su boca a la mía.

—Y yo a ti —respondí abriendo mis labios para acogerlo con necesidad.

Cuando me besaba, todo desaparecía excepto nosotros dos. Podría helarse el mundo, que el fuego que nos consumía nos mantendría vivos. Noté sus brazos deslizarse por mi espalda para apretarme contra él, y yo simplemente me dejé llevar. Por primera vez en esos días, no pensaba, solo sentía... Y eso era liberador. Llevé mis manos a su pecho, a su espalda... Necesitaba tocarlo, sentir que era real, que no era un sueño, que no era un engaño de mi cerebro que se divertía torturándome. Josef pronunció mi nombre entre gemidos, y yo me derretí entre sus brazos al escucharlo... Noté cómo él me iba tumbando sobre el colchón, abrí los ojos para observar cómo se tumbaba encima de mí.

—Josef... —No sabía qué decirle. No debería estar haciendo eso, pero no podía evitarlo, no podía parar... Tampoco quería. El cosquilleo de placer que dominaba todo mi cuerpo era lo más increíble que había sentido nunca. ¿Qué había de malo en ello? ¿Cómo algo tan maravilloso podía ser pecado?

—No te preocupes... —Josef deslizó su boca hasta mi cuello, besándolo, mordiéndolo, lamiéndolo mientras se tumbaba encima de mí—. Necesito probarte un poco... Solo eso...

¿Probarme un poco? ¿Qué significaba eso? No era una ingenua. Sabía lo que sucedía en una cama entre un hombre y una mujer... Y sabía que, a pesar de los avances que teóricamente habíamos conseguido las mujeres, que tuviéramos relaciones antes del matrimonio seguía estando muy mal visto, seguía siendo castigado por ese Dios en el que me costaba creer.

Y, de pronto, la ingle de Josef presionó la mía produciéndome un escalofrío de placer que recorrió mi cuerpo arqueándolo y manifestándose en un gemido. Él lo acalló con un beso que no escondía la sonrisa que le producía verme completamente rendida a él.

—Eres perfecta... Me vuelves loco... —Empezó a mordisquearme la oreja mientras volvía a presionar la erección de su cuerpo contra mi entrepierna, que se humedecía por momentos. No podía ni hablar, él sí que me estaba volviendo loca a mí y no sabía ni qué hacer con mis manos, que habían caído sobre la cama y se amarraban a las sábanas como si así pudiera contener todas las sensaciones que se iban adueñando de mi cuerpo.

Noté las manos de Josef deslizarse por mi camisón, bajarme lentamente y con delicadeza los hombros y desabrochar los nudos de mi escote. No lo detuve. En esos momentos no podía negarle nada, solo deseaba más y más de ese placer que me estaba proporcionando. Solo abrí los ojos cuando el aire frío rozó mis pechos, desnudos, expuestos ante la mirada hambrienta de Josef. Mis brazos parecieron por fin reaccionar y acudieron a volver a colocarme el camisón, pero las manos de Josef me detuvieron, clavando mis brazos en la cama de nuevo, agarrándomelos con fuerza.

—Déjame probarlos... Te prometo que pararé después... Solo probarlos... Déjame demostrarte lo que puedes sentir.

Hablaba en medio de una súplica, como si yo no estuviera completamente a su merced, sin darse cuenta de que me sentía incapaz de negarle nada. Asentí con la respiración entrecortada. Una respiración que se cortó de golpe al percatarme de que no me soltaba, que no era con las manos con lo que iba a tocarme el pecho, sino con su boca. Deslizó sus labios alrededor de mis pezones, rodeándolos con su lengua, preparándome para el siguiente paso. Pero nada podía prepararme... Cuando su boca abarcó mi seno y su lengua empezó a juguetear con mi pezón completamente excitado, mi garganta soltó un jadeo tan grande que Josef tuvo que soltar uno de mis brazos para taparme la boca con sus manos. Estaba tan obnubilada que se me había olvidado que, a unos metros de nosotros, dormían mis padres y mi tía..., tal era el poder que ejercía sobre mí... Pero, lejos de asustarme, me llenaba como nada más.

Josef soltó el pecho para dirigirse al otro y, viéndome ya tan entregada a las sensaciones, soltó mi otro brazo y con su mano siguió jugueteando con el pezón que no lamía... Y yo, inconsciente, dominada por la lujuria, busqué con mi ingle la suya, necesitada de su contacto. Ese roce me consolaba y a la vez me hacía necesitar más. Josef paró de excitar mis pechos, me cogió el rostro con las manos y me miró fijamente mientras continuaba el roce de la parte inferior de nuestros cuerpos.

—Agna... Qué difícil me lo pones...

Y me besó aún con más pasión de la que había expuesto anteriormente, y mi cuerpo se tensó al notar cómo una de sus manos se deslizaba por mi pecho, mi tripa, en dirección al centro de todo el calor que sentía en esos momentos.

—No te preocupes, solo disfruta.

¿Que solo disfrutara? No me dio tiempo a preguntarle nada. Su mano se colocó encima de mi sexo y empezó a acariciarlo por encima de la ropa... Y todo lo que había sentido se multiplicó por mil... Cambiaba el ritmo, la presión... Y yo era un muñeco en sus manos... Pero divino muñeco lleno de placer. Él bebía mis gemidos sin dejar de besarme. Y de pronto me tensé y sé que le pedí que parara, aunque no era dueña de mis palabras... Pero él no paró. Todo lo contrario. Su mano presionó más, su ritmo fue aún más fuerte, y mi cuerpo explotó. En mil sensaciones, en mil placeres... Y sentí que me fundía con la cama en ese mismo instante.

Cerré los ojos y disfruté del momento. Olvidándome de todo, hasta de que Josef estaba ahí, a mi lado. Hasta que lo oí hablar:

—¿Te ha gustado?

Abrí los ojos con una mirada divertida. Él se había tumbado junto a mí y acariciaba mi rostro con delicadeza. ¿Si me había gustado? Ni siquiera sabía que se podía llegar a sentir aquello... ¿Me llevaba perdiendo eso toda mi vida? ¿Por qué ese afán por ocultarnos esas emociones?

Lo besé a modo de respuesta. Y él sonrió relajado. Era curioso. Él, que siempre se mostraba tan seguro de sí mismo, durante unos instantes había parecido realmente preocupado por... No sabía muy bien por qué.

—Voy a tener que irme.

Me senté de golpe, alarmada. Él sonrió y se sentó a mi lado.

—No pienses mal, Agna... Necesito irme... Me encantaría quedarme a dormir contigo, pero, tras haber visto la expresión de tu rostro, después de... —le costaba hablar, y eso era realmente extraño en él—. No sé si podría contenerme más.

Asentí en silencio, comprendiendo a lo que se refería. Asentí, le di un dulce beso en los labios y lo dejé marchar sin oponer resistencia. Aunque me moría por sentirlo a mi lado, sabía que era lo correcto. Y me dormí. Dormí plácidamente como no había dormido ninguno de los días anteriores.

• • •

Al día siguiente, me desperté con una sonrisa que no podía borrarme. Me levanté muy pronto, pero no me importó, tenía una energía renovada y muchas ganas de hacer cosas, aunque no tenía muy claro el qué... Quizás, pensé, podría acercarme a la universidad. Aún quedaba tiempo para que comenzara un nuevo año lectivo, pero a lo mejor era posible inscribirme en alguna asignatura o acudir de oyente... Algo tendría ganado para cuando comenzara en serio con la carrera. Además, me tendría entretenida y también conocería gente nueva, e incluso podría ver si el ambiente me gustaba, si era lo que yo esperaba.

Bajé sin contener la emoción que emanaban mis ojos y cada poro de mi piel. Mis padres ya estaban desayunando y me observaron con detenimiento. Los saludé y me fui directa a servirme una buena taza de café y coger algo para comer.

—Se te ve muy contenta esta mañana, Agna —comentó mi padre desde detrás del periódico que estaba leyendo.

—Claro —respondió mi madre adelantándose a mi contestación—, hoy tiene una velada muy especial: es el cumpleaños de Hans.

Paré unos instantes. Se me había olvidado por completo. Era el cumpleaños de Hans, celebraba una fiesta y yo había quedado en ir con él como su pareja. Lo sucedido la noche anterior con Josef en mi cama volvió a mi mente, y mis mejillas se pusieron rojas... Suceso que no pasó desapercibido para mi madre, que, como era lógico, lo malinterpretó.

—No te preocupes. Ya verás el vestido tan maravilloso que te he comprado... Tú hoy solo tienes que relajarte y no pensar en nada. Luego date un baño y lávate bien el cabello.

Moví la cabeza en señal de afirmación mientras me sentaba en la mesa para empezar el desayuno. ¿Cómo había podido olvidarme de mi cita de esa tarde? ¿Y cómo enfrentarme a la mirada pura y sincera de Hans? Él que siempre estaba ahí para mí, y yo... Yo, la noche anterior, me había comportado como una de esas chicas a las que tantas veces había criticado al oír sus historias en la voz de otros... ¿Y debía permitir que Hans siguiera cortejándome a su manera mientras entregaba mis besos y mucho más a otro chico? Pero ¿qué sentía por Hans? ¿Y por Josef?

—Había pensado acercarme a la universidad. Es posible que pueda ir adelantando alguna asignatura o acudir de oyente a alguna...

—Me parece una gran idea —respondió mi padre dejando, por fin, el periódico a un lado y mirándome con fijeza, quizás buscando las dudas que veinticuatro horas antes, poco más, había visto reflejadas en mis ojos—. Conozco al decano. Es un viejo amigo. —Y me pregunté que significaría ese «viejo amigo»—. Lo llamaré para decirle que vas a ir a hablar con él y que te oriente.

—Sería maravilloso; gracias, padre.

—Pero no hoy —atajó rápidamente mi madre—. Hoy no te quiero danzando de un lado para otro. Capaz eres de llegar tarde y luego hay muchas cosas que hacer.

No entendí por qué era necesario que me quedara todo el día en casa si la fiesta era por la tarde, pero no iba a protestar por una cosa tan poco importante. Mi reunión no tenía que ser ese mismo día. Y lo lógico era que el decano no pudiera atenderme con tan poco margen de tiempo; bastante trabajo tendría.

—No te preocupes, madre. Lo dejaremos para otro día.

—Perfecto.

Parecía realmente satisfecha con mi respuesta, y se centró en terminar su desayuno. Yo me dispuse a hacer lo mismo. Me di cuenta de que seguía teniendo una sonrisa dibujada en mi rostro. Estaba tan centrada en las cosas negativas de mi vida, en todas las cosas que me lo hacían más difícil, que no me daba cuenta de los motivos bonitos que había en ella... Y es que iba a ir a una fiesta con muchos chicos y chicas de edades similares a la mía. Había protestado tanto por sentirme sola... Y en esos momentos se presentaba ante mí una buena oportunidad. Algo que me ayudaría a sentirme como lo que era: una joven.

—¿Quieres que te enseñe el vestido?

Mi madre se había levantado de la mesa y me miraba. Me limpié la cara. No había terminado de desayunar, pero no me atrevía a pedirle que esperara a que lo hiciera. No. Ese día no quería ninguna discusión.

—Por supuesto.

La seguí hasta la entrada de la casa, donde había una enorme caja en la que estaba claro que se guardaba el vestido. Debían de haberla traído esa misma mañana. A mi madre no le gustaba guardar la ropa en cajas, y mucho menos los vestidos. La caja estaba abierta, y mi madre sacó la tela con mucho cuidado para mostrármelo en todo su esplendor.

Contemplé con los ojos abiertos el vestido que tenía ante mis ojos. Era precioso. Quizás el más bonito que había visto en mi vida. Una falda blanca con diversos dibujos negros, como si fueran ramas de un árbol, tenía un cancán debajo que le daría mucho vuelo cuando me lo pusiera y una parte de arriba negra, sencilla; tenía un escote en pico, con unos tirantes. Era mucho más atrevido que los que yo solía usar y dejaba la piel de mis brazos desnuda.

—Gracias, madre... Es precioso.

Y supe que eran las palabras más sinceras y dulces que le había dedicado a ella desde que había vuelto. Y era horrible. Ni siquiera el día anterior, cuando había acudido a mi cuarto para comprobar que estaba bien, le había respondido con el mismo cariño que acababa de mostrar en esos momentos por un vestido. ¿Necesitaba algo material para mostrarle amor a mi madre, en eso me había convertido, en eso había quedado nuestra relación?

—Tengo también estos zapatos... No son nuevos, pero eran míos; me los regaló tu padre en un aniversario.

Eran muy bonitos. Muy bonitos y muy altos. No estaba segura de no irme a caer si me subía en ellos. Pero en ese momento me sentía incapaz de negarle nada, así que simplemente los cogí y sonreí. No iba a ser yo quien comenzara una conversación que dañara las emociones de nadie.

• • •

Me contemplé en el espejo, acababa de ponerme el vestido. Faltaba subirme la cremallera de la espalda, que acababa de ajustar el escote, pero era tan perfecto que no podía parar de mirarlo. Se ceñía perfectamente a mi cuerpo y me hacía mucho más curvilínea de lo que nunca me había visto. Mi madre entró en mi cuarto y me observó con la emoción dibujada en su rostro. Le pedí si podía subirme la cremallera y acudió rápidamente. Una vez que todo estuvo en su sitio, volví a observarme con mi madre colocada detrás de mí. ¿Sería pecado mirarse durante tanto tiempo y deleitarse con el reflejo de una misma?

—¿Puedo peinarte?

Me volví hacia mi madre, sorprendida. No es que fuera algo que nunca hubiera hecho: de pequeña solía hacerlo bastante a menudo, y eran momentos que había añorado durante mucho tiempo. Yo me sentaba en silencio, disfrutando de sus manos en mi pelo, mientras ella hablaba y me contaba cosas que creía que yo debía saber para convertirme en una mujer mejor. Sonreí, me acerqué a la silla delante del tocador y me senté. No hacían falta palabras. Mi madre comenzó a peinarme en silencio, pero, a través del espejo, era capaz de intuir que algo le rondaba la cabeza. Me mordí el labio inferior. Sabía que era inútil preguntarle si le pasaba algo. Ella me lo contaría cuando estuviera preparada. Forzarla nunca había sido la mejor opción. Guardé silencio con la esperanza de que ella comenzara la conversación y liberara todo aquello que parecía atormentarla.

—Cuando estaba en Göggingen —tragué saliva, era la primera vez que mi madre me mencionaba algo de su estancia allí, y no sabía si estaba preparada para escucharlo—, nos llevaban cada día a interrogatorios. En ellos decidían, entre otras cosas, a quiénes liberaban. Judith era una bonita chica de las Juventudes Hitlerianas, era segura y tenía bien claro cómo salir de allí. Se puso un jersey ajustado, consiguió rímel y lápiz de labios... Estaba preciosa cuando salió del barracón. Solo volvió para recoger sus cosas mientras nos decía: «Estoy harta de estar aquí entre ratas, quiero un baño, quiero comer... Quiero vivir. Que os vaya bien, chicas».

—¿Dónde se fue? —pregunté con la voz más encogida

de lo que creía.

—A la villa de Strauss, el director del campo.

Intercambié una mirada con mi madre a través del espejo. No hacía falta que me dijera qué es lo que hacía la tal Judith en la villa del director del campo. Mi madre dibujó una leve sonrisa en los labios al ver mi rostro y la expresión entre asombro y rechazo que se debía de reflejar en él. No era una ingenua. Y mucho menos después de la noche anterior. Sabía que no era necesario estar casados para tener relaciones y que muchas mujeres no llegaban vírgenes al matrimonio, o que no perdían la virtud con su futuro marido... Pero venderse así... Claro, que yo no sabía por el infierno por el que estaban pasando. Nunca había tenido que enfrentarme a tener que tomar una decisión así. Quería pensar que yo nunca haría algo así... Pero juzgar desde mi cómoda habitación y mi confortable vida no era justo. Mi madre siguió con su sonrisa y continuó peinándome mientras seguía con su relato:

—Un día, mientras Strauss estaba de viaje, Judith llamó a una agencia de transportes, cargó en el camión todo el mobiliario de la villa, más muchísimas latas de conservas, validó con todo tipo de sellos su documento de identidad y nunca más se supo de ella. Strauss fue destituido inmediatamente. —Se quedó en silencio durante unos instantes. Luego volvió a hablar casi en un murmullo, como si fuera para ella—: Fue un día muy divertido.

—Madre...

Tenía la voz tomada, no entendía muy bien el motivo por el que mi madre había decidido contarme esa experiencia, pero me sentía agradecida porque por fin se hubiera decidido a abrirse a mí y relatarme algo de lo que había sucedido en el campo de concentración. Aunque fuera algo que no le había sucedido a ella, sino a otra prisionera. Era un paso...

—Nunca olvides, Agna, el poder que tenemos las mujeres. Los hombres se creen que dominan el mundo, pero hasta el más poderoso puede perderlo todo por una mujer. —Asentí en silencio mientras analizaba la historia de Judith y el director del campo—. Eres una mujer hermosa y muy inteligente... Nunca dejes que las ideas o caprichos de un hombre marquen tu destino, aprende a domarlos, a controlarlos y a hacerles creer que sus actos son suyos, aunque hayan salido de tu mente.

Miré fijamente a mi madre intentando comprender lo que me estaba diciendo. Yo sabía que mi madre era una mujer fuerte, lo había comprobado en la época en la que me había protegido como una leona, pero esa frase abría una nueva puerta ante mis ojos, me hacía verla de una manera muy diferente... Y la pregunta de cuántas veces se habría sentido ella dominada por mi padre o si ella era la que lo dominaba a él sin que se percatase, sin que nos percatáramos los demás.

Alguien llamó a la puerta principal rompiendo el momento. Mi madre dejó el cepillo en mi tocador y me observó feliz.

—Debe de ser Hans. Termina y baja. Estás preciosa.

Y con esas palabras, salió del cuarto dejándome allí... Pensando en todo lo que me había contado y en cómo utilizar esa información.

• • •

Bajé las escaleras lentamente, controlando dónde ponía cada pie y preguntándome si sería capaz de aguantar toda la noche sobre esos tacones a los que no estaba acostumbrada. No quería hacerle el feo a mi madre, y mucho menos después de que se hubiera empezado a abrir a mí. Recordé la historia que me había contado sobre la prisionera que había conseguido escapar. No hacía falta que me explicara qué le había dado a cambio al director del campo para que la sacara de los barracones y la llevara a su casa. Y no podía juzgarla. Decían que solo conocíamos a las personas al conocer el infierno en el que vivían... Y el instinto de supervivencia era el más fuerte de todos los que el ser humano tenía.

Y pensé en el consejo de mi madre y en la creencia que ella tenía sobre el poder de la mujer sobre el hombre. ¿Sería eso verdad? Pensé en Josef y lo que había sucedido en mi cuarto la noche anterior... *«Me vuelves loco»*, me había repetido varias veces. Y había ido porque me echaba de menos. Y me había llevado hasta un nivel de placer increíble. Y no era tan ingenua como para no darme cuenta de que él no había llegado a ese punto...

Una voz me sacó de mis pensamientos. En un principio pensé que sería Hans hablando con mi padre, pero, rápidamente, su acento hizo que un escalofrío recorriera toda mi espina dorsal. Solo había oído una vez su voz, pero la había odiado tanto y de una manera tan irracional que no podía olvidarla. William, el orgulloso y prepotente americano que había encontrado en otra ocasión hablando con mi padre de negocios, según él. *«Hay que saber adaptarse»*, me dijo entonces, y lo odié por eso.

Aceleré el paso intentando, a la vez, hacer el menor ruido posible, con la esperanza de no volver a encontrármelo. Ese era el día de Hans y no quería que mi mal humor le aguara la fiesta a mi mejor amigo. No tuve suerte. Mi padre salió acompañado de William de su despacho. Hablaban entre risas, y mantuve la fe en que pasaran de largo sin percatarse de mi presencia, pero noté cómo William levantaba la vista del rostro de mi padre y la posaba, en la distancia, en el mío, para, posteriormente, ir bajando lentamente y recorrer mi cuerpo. Me paré de golpe. La manera en que me miraba me hacía sentir incómoda, era como si me mostrara desnuda ante él, como si tuviera la capacidad de ver a través de mi ropa, y los nervios se adueñaron de mí.

Mi padre tardó un poco más en darse cuenta de que no estaban solos, breves segundos que se me hicieron eternos y que me torturaron sin poder controlarlo ni comprenderlo.

—Agna, hija... Estás aquí —habló mi padre, provocando que dejara de mirar a su acompañante. Se acercó a mí con una sonrisa de orgullo reflejada en su rostro—. Y estás preciosa. —Me cogió de la mano y, en contra de todos mis deseos, volvió sobre sus pasos para acercarme junto a ese maldito americano que tanta desazón me provocaba—. William, ¿te acuerdas de mi hija?

—Alex —William me cogió de la mano y la besó como aquella primera vez, sin quitarme la vista de encima—, sería imposible olvidarse de su hija. Pero he de reconocer que tiene razón su padre —ahora se dirigió directamente a mí, aprovechando para examinarme con detenimiento desde la proximidad que su gesto había provocado—. Hoy está especialmente hermosa. ¿Puedo preguntar el motivo para que haya tenido el placer de verla así?

Ahogué un insulto que se había formado en mi garganta y que, por la sonrisa diabólica que William reflejaba en su boca y en sus ojos, él había leído en los míos. Por suerte, mi padre parecía ajeno a la tensión que había entre los dos y siguió hablando como si nada:

—Es el cumpleaños de un viejo amigo de Agna y de la familia.

—Entiendo… —había algo en su tono de voz que me desconcertó, como si supiera algo que yo desconocía, aun sabiendo que no podía ser así—. Entonces es mejor que no la entretengamos más. Seguro que se muere de ganas de ir a esa fiesta.

—No lo dude —eran las primeras palabras que había dicho en esa maldita conversación y no pude disimular el odio que sentía hacia su persona. Me arrepentí al momento al percatarme de lo mucho que a él lo divertía provocar en mi ese sentimiento. Tenía que aprender a controlarme, aunque en su presencia me costara tanto. Me giré hacia mi padre para despedirme y, sin más palabras ni miradas hacia William, me dirigí a la puerta, donde mi madre y Hans debían de estar esperándome.

• • •

Yo no estaba acostumbrada a fiestas donde solo hubiera jóvenes, donde los adultos no tuvieran la menor presencia; recibirnos y poco más. La casa de Hans era aún más impresionante de lo que yo recordaba, estaba claro que ni la guerra ni todos los acontecimientos posteriores los habían afectado. Volví a recordar la frase de mi padre sobre la capacidad para adaptarse… Estaba claro que los Flirk eran un perfecto ejemplo de eso.

Cuando entré en la fiesta, cogida del brazo del cumpleañero, todos se volvieron hacia nosotros y alzaron sus copas y vasos en honor al homenajeado. Sonaba una música animada que no conocía. En casa solo sonaba música clásica; en la escuela creían que era solo un medio de distracción, y la poca que conseguían colar algunas alumnas o sintonizar en las radios provenía de los grandes éxitos del otro lado del océano... Y esa estaba segura de que no iba a sonar en aquella fiesta. La imagen de William mirándome mientras besaba mi mano me azotó y me pregunté por qué lo odiaba tanto...

—Hans, por fin has llegado.

Una chica algo más mayor que yo se acercó a nosotros con un tono de regañina en su voz. Era realmente hermosa. Tenía un rubio, largo y ondulado cabello cayendo por su espalda y enmarcando un perfecto rostro de grandes ojos azules, pequeña nariz y carnosos y rosados labios. Me sentí minúscula a su lado y no pude evitar aferrarme un poco más al brazo de mi acompañante.

—Mag —respondió Hans con el cariño destilando en su tono de voz. ¿Por qué me estaban dando celos? Yo estaba con Josef, ¿o no? Otra vez ese maldito problema de no haber definido nuestra relación... Realmente, yo no sabía siquiera si él se veía o no con otras chicas—. He ido a buscar a Agna, ¿te acuerdas de ella? —Volví al momento, no podía estar centrada en mis pensamientos. ¿Qué decía Hans, que conocía a esa chica?—. Agna, ¿recuerdas a mi hermana?

La imagen de una adolescente vino a mi mente. Mag, Margarette, era la hermana mayor de Hans, me sacaba unos cinco años y, como era lógico, no solía juntarse mucho con nosotros. No podía creerme que no la hubiera reconocido...

—Agna, estás preciosa... Ven, tenemos mucho de lo que hablar, y mi hermano ya te ha monopolizado bastante.

Mag me cogió del brazo que no estaba amarrado al de su hermano y tiró suavemente para que nos alejáramos. Yo no sabía qué hacer, pero Hans se encogió de hombros divertido, se acercó a mí y me dio un dulce beso en la mejilla para luego hablarme al oído:

—Ve. Disfruta. Te dejo en buena compañía... Pero no olvides que quiero bailar contigo. ¿Te he dicho ya lo preciosa que estás?

Mis mejillas se pusieron del color de la grana y tuve la tentación de decirle que no había parado de decírmelo desde el primer momento en que nos habíamos encontrado en mi casa, pero había un extraño hechizo que no me apetecía romper. Mag puso los ojos en blanco y volvió a tirar de mí hasta que me puse a andar con ella sin poder evitar soltar una carcajada.

—Agna, Agna... A los hombres hay que hacerles sufrir un poco. No pueden creer que te tienen comiendo de su mano —me empezó a decir Mag mientras me llevaba a uno de los rincones con sillas y mesas que había por diversas zonas del gran salón. En él había varias botellas de licores y unas copas alargadas propias de un trago.

Mag sirvió un líquido verde en dos de ellas y me tendió uno que cogí con algo de desconfianza. No sabía cuál era su contenido... Y no lo pensé. La vi bebérselo de un solo trago y la imité. Quizás eso no era lo más cuerdo, pero había algo en mí que me incitaba a no serlo, a ser simplemente una joven.

—Yo no sé cómo actuar con los chicos —me sinceré de una manera tan brutal que volví a ponerme colorada.

Mag se rio, se sentó en una silla y me invitó a acompañarla mientras hacía un gesto a un camarero que transportaba varias copas de *champagne* y aperitivos. Mag le indicó que dejara el plato de aperitivos y que estuviera pendiente de que nunca nos faltara bebida.

—Si hubiera sido por mi hermano, solo habría cerveza y salchichas —bromeó en cuanto el camarero se hubo alejado—. Hacéis buena pareja. Y tenéis la suerte de conoceros de siempre, eso no suele ocurrir, y menos en épocas como estas, donde en cualquier lugar se esconden traidores.

Un pequeño toque de amargura se reflejaba en su voz, y recordé que la última vez que la vi tenía un novio alto y guapo como ella, un novio que vestía uniforme y que la miraba con absoluta devoción. Me daba miedo preguntar. Vivíamos en una época en la que la ausencia de alguien del pasado significaba, en la mayoría de los casos, que ya no se encontraba entre nosotros.

—Me siento muy cómoda con tu hermano. —Y eso era verdad. No había ningún otro chico con el que me sintiera así, ni siquiera Josef.

—¿Solo cómoda? —preguntó con picardía, y yo volví a enrojecer. Mag se lo estaba pasando realmente bien a mi costa— . A ver, míralo... y dime qué sientes.

Mag señaló hacia mi derecha con la cabeza, y yo me volví intentando ser la más discreta del mundo. Hans estaba a varios metros de nosotras, riendo y bebiendo con amigos. A algunos los reconocí del día que quedamos con ellos, cuando había visto por primera vez a Josef. Me eché la bronca. No podía tenerlo todo el tiempo en la cabeza. No cuando intentaba examinar mis sentimientos hacia otra persona.

Hans se giró y nuestras miradas conectaron. La sonrisa de su rostro se hizo aún más intensa y, tras dudar unos instantes, comenzó a acercarse a nosotras. Las risas de su hermana se hicieron aún más potentes.

—¿Qué tramáis vosotras dos? ¿Me la quieres emborrachar, hermanita?

—Anda que has durado mucho lejos de ella —bromeó Mag.

Hans no respondió a su hermana, alzó su mano delante de mí y posó sus ojos en los míos. Sonreí y, enganchada a su mirada, tomé su mano y me levanté de la mesa. No dijimos nada, solo me dejé llevar mientras atravesábamos el salón. Por unos instantes temí que quisiera que bailáramos en el centro del mismo, bajo la atenta mirada de todos los asistentes al cumpleaños. Pero Hans siguió andando hacia uno de los laterales, donde había unas enormes puertas de cristal.

—Quiero mostrarte algo.

Abrió una de las puertas y me indicó que saliera del salón. Era una enorme y hermosa terraza adornada con flores y pequeñas luces que le daban al lugar un aspecto mágico. Y las vistas... La terraza daba al Isar, cuyas aguas reflejaban una enorme luna llena.

—Qué maravilla tener un sitio y unas vistas así.

Hans simplemente sonrió y se acercó a mí, que había avanzado hasta casi el borde para poder contemplar el paisaje que se extendía ante mis ojos. La música de la fiesta llegaba hasta nosotros, y mi amigo alzó la mano hacia mí imitando todas esas películas clásicas de bailes formales.

—He pensado que te sentirías más cómoda bailando aquí que en mitad del salón.

Me acerqué a él con una sonrisa. Hans me conocía; a pesar de los años separados, veía mis miedos e inseguridades mejor que nadie y eso era abrumador. Sentí su mano avanzando lentamente por mi cintura, bien abierta y abarcando todo el espacio que era posible, acariciándome por encima de la tela del vestido. Y, con suavidad, me aproximó a él. Yo no tenía muy claro cómo se bailaba esa música melódica que llegaba a mis oídos, pero alcé mi mano hasta el hombro de Hans dispuesta a dejarme guiar por él.

Hans bailaba muy bien y aún mejor me llevaba. No retiraba la vista de mi rostro, y yo me sentía incapaz de no devolverle la mirada. Era un momento tan perfecto, tan propio de las novelas románticas que tanto me habían hecho suspirar... Era tan intenso que, posteriormente, me pregunté si no me estaría confundiendo con mis sentimientos hacia Josef y basaba una relación en una pura atracción física hacia lo prohibido y hacia lo que era diferente... Pero eso lo pensé más tarde. Mientras me mecía en los brazos de Hans, solo sentía...

La canción terminó y la música cambió a una más animada, pero nosotros nos quedamos en la misma posición, ya detenidos. Y el aire parecía acariciarnos, la luna era nuestro foco y el aroma de las flores nos rodeaba. No podía haber una escena más idílica en el mundo.

—Agna —murmuró Hans—, sé que te está costando adaptarte a tu nueva vida fuera de la escuela... Has estado demasiado tiempo lejos de casa y de los nuestros, demasiado tiempo sola... Pero quiero que tengas claro que yo estoy aquí, que siempre lo estaré.

Las palabras de Hans me golpeaban en lo más profundo de mi ser. Era todo lo que necesitaba escuchar. Un escalofrío me recorrió el cuerpo.

—¿Tienes frio? —Hans deslizó sus manos sobre la piel desnuda de mis brazos, y yo asentí. No lo tenía, pero necesitaba volver al salón y romper el ambiente que nos rodeaba—. Vamos para dentro. Mi hermana estará deseosa de interrogarte, y espero que no me dejes mal. Y también quiero presentarte a más personas.

Sonreí y nos aproximamos a la entrada del salón para seguir la fiesta con el resto de los invitados.

• • •

La fiesta había terminado, y Hans se había empeñado, tal y como había hecho al principio de la misma, en acompañarme hasta la puerta de mi casa. Se lo agradecía, porque lo que menos me apetecía era ver a mi padre en esos momentos. No entendía por qué aquel americano volvía a entrar en mi casa, cómo mi padre podía tener negocios con alguien como él...

Hans había bebido un poco de más y sabía que no era lo mejor para coger el coche, aunque yo también había tomado alguna copita de más y no tenía la cabeza para pensar en esas cosas. Solo pensaba en lo mucho que me dolían los pies, movía los dedos de los mismos por dentro intentando reanimarlos.

—Quítatelos si quieres —dijo Hans al percatarse de cómo me miraba los zapatos.

No dudé ni un solo instante y suspiré al quitármelos. Llevaba horas deseándolo, y aunque no tenía muy claro si podría volver a ponérmelos, me daba igual; si tenía que llegar descalza hasta mi cuarto, que así fuera. Ya no volvería a enfundármelos esa noche.

—¿Te lo has pasado bien?

—Sí, mucho.

Y era verdad. La música había sido genial, la comida, la bebida... Y la compañía era perfecta. Así era como se debían de sentir los jóvenes en otra parte del mundo, estaba segura.

—He disfrutado mucho de oírte reír tanto esta noche —murmuró mientras aparcaba delante de mi casa—. Desde que éramos niños, no te escuchaba reír de esa manera, y lo echaba de menos.

—He de reconocer que sabes hacer buenas fiestas, puedes invitarme a todas las que quieras —bromeé intentando romper el ambiente que Hans parecía procurar formar—. Debería ir a casa. Seguro que mi madre está espiándonos desde una ventana, y le daría un infarto si tardamos mucho.

Hans asintió con una sonrisa. Si lo desilusionó mi respuesta, no lo mostró en ningún instante. Me incliné para recoger mis zapatos, y Hans me pidió que esperara unos segundos. Lo miré sin entender muy bien, y menos cuando salió del coche y se dirigió a mi puerta. La abrió y me tendió la mano, se la cogí con una sonrisa. Y en cuanto puse un pie en el suelo, sentí cómo él, en un movimiento rápido, me cogía en sus brazos.

—¿Qué haces? —pregunté entre risas. El movimiento había agitado mi cabeza, removiendo el alcohol que aún habitaba en ella.

—No ibas a ir descalza hasta la puerta de tu casa.

—¡Nos vamos a caer! —protesté sin mucha energía y sin poder evitar que la sonrisa siguiera perenne en mi rostro.

—¿Esa es la fe que tienes en mí y en mi fuerza? —respondió fingiendo estar ofendido.

El viaje en los brazos de Hans duró poco, y lo lamenté porque estaba disfrutando mucho de la complicidad que había entre los dos.

—Se acabó el billete —susurró él mientras dejaba que

me deslizara entre sus manos hasta que mis pies tocaron el suelo.

No me soltó. El brazo con el que antes me había sujetado la cintura aún seguía en ese mismo lugar. Había hablado en un suave murmullo, seguramente para que los habitantes de la casa no nos escucharan, pero tampoco necesitaba hacerlo más alto, de lo cerca que estábamos. En otra ocasión me hubiera alejado, y sé que subí mis manos y las apoyé en su pecho para hacerlo, pero mis brazos se quedaron sin fuerza, mis dedos se deleitaron con el calor que su cuerpo transmitía a través de la ropa y mi cabeza estaba completamente embotada por el alcohol, las risas y otras sensaciones demasiado intensas.

—Buenas noches, Hans —susurré sin separarme de él.

—¿Puedo pedirte un último regalo antes de que se acabe mi cumpleaños?

Noté el aire escapando de mi pecho. Su voz acariciaba mi rostro y su mirada me dejaba muy claro qué era lo que quería pedirme. Y no dije nada, solo me quedé allí quieta, mirándolo en silencio, con mis ojos puestos en los suyos, con mis manos aún sobre su pecho... Y no necesitó nada más. Hans se aproximó un paso más, uniendo nuestros cuerpos, y, muy lentamente, acercó su boca a la mía. Me daba tiempo para arrepentirme y echarme hacia atrás. Y estaba convencida de que él lo habría respetado si lo hubiera hecho. Pero no hice nada. Sus labios acariciaron los míos con detenimiento, sin prisa... Como si tuviera todo el tiempo del mundo, y luego, con una calma extrema, sacó su lengua y empezó a rozar con ella mi labio inferior. Y yo, que no había hecho nada hasta ese momento, abrí mi boca dándole acceso a ella. Y Hans no rechazó la invitación. Su beso era tranquilo, pausado, pero con una intensidad, con una carga emocional abrumadora. Y sin darme cuenta, deslicé mis manos hasta su cuello, colgándome de su cuerpo y disfrutando de su beso.

Cuando terminó, nos quedamos en silencio unos instantes, recuperándonos del momento que acabábamos de vivir. Hans se separó un poco de mí sin soltarme aún, recogió uno de mis mechones sueltos y contempló mis ojos como si fuera la primera vez que lo hacía.

—Definitivamente, este ha sido muchísimo mejor que nuestro primer beso —murmuró sin dejar de observar cada una de mis reacciones.

Me reí. Era imposible no hacerlo. Y le agradecí mentalmente que su broma consiguiera devolvernos al lugar donde estábamos, que no era otro que delante de la puerta de mi casa.

—Buenas noches, Agna. Gracias por hacer posible una velada perfecta.

—A ti.

Hans me soltó, y yo entré en la casa sin demorarme más. Cerré la puerta y me apoyé en ella mientras suspiraba. Oí cómo Hans se iba con su coche y me dirigí hacia mi cuarto. Mi madre estaba en la puerta del salón y me miraba con una sonrisa que yo le devolví sin detenerme y sin que ella intentase que lo hiciera. Necesitaba llegar a mi cama y descansar... Ya pensaría al día siguiente... Y tenía mucho sobre lo que pensar y analizar.

• • •

Durante unos instantes, al tumbarme en la cama, había pensado que me costaría dormir; una parte de mi cerebro me gritaba que no me estaba comportando correctamente, que las buenas chicas no se portaban como lo estaba haciendo yo... En veinticuatro horas, había tenido un encuentro muy intenso con Josef y me había besado con Hans. Debería tener la conciencia echando chispas, pero solo tenía una sonrisa en los labios y el recuerdo del placer en mi cuerpo... Y con esas hermosas sensaciones, me dormí. ¿Qué había de malo en algo que había conseguido apartar de mí las pesadillas y los miedos, que había espantado los fantasmas que cada noche solían invadir mis sueños?

¿Que así no se comportaba una joven de mi edad? Bueno, ¿no se habían empeñado unos y otros en dejarme claro que yo no era como las demás? Pues me tocaba disfrutar de no serlo.

Lo que no había cambiado era mi eterno estado en la cuerda floja, en una línea sobre la que me balanceaba sin decidirme, sin moverme ni hacia un lado ni hacia otro.

Josef me transportaba a un mundo excitante y lleno de pasión, me permitía crear una nueva Agna, lejos de todo lo que siempre me habían dibujado. Hans me conocía, leía en mí y parecía comprender el camino que estaba recorriendo. Hans era hogar, y su beso estaba lleno de emociones y sentimientos puros.

Dos caras de una sola moneda. Dos hombres completamente diferentes que me atraían de diferentes modos. Y sabía que eso no me convertía precisamente en una chica decente, pero no iba a perder la oportunidad de descubrir a dónde me llevaría cada uno, no quería que un día, en el futuro, me quedara la pregunta o la duda de lo que habría podido pasar.

Era el segundo día seguido que llegaba al desayuno con

una sonrisa puesta en la boca. En casa, o estabas malo o era de obligado cumplimiento bajar a desayunar con toda la familia. Y muy pocas veces no cumplíamos esa pequeña norma. Mi madre sonreía de una manera diferente, incluso mi tía y mi padre mostraban un extraño gesto en el rostro. ¿Qué habría visto mi madre la noche anterior y qué les habría contado?

Al instante, me di cuenta de que no hacía falta que nadie les hubiera contado nada. Un ramo de flores adornaba el sitio donde normalmente me sentaba. Me acerqué a observarlo, era sencillo y florido, tal y como me gustaban. Tenía un aire silvestre que me encantaba. Aspiré el olor que emanaba y cerré los ojos deleitándome con su aroma y con todo lo que me evocaba.

—¿No quieres leer la nota? —preguntó mi madre llena de intenciones.

Cogí la tarjeta que tenía puesta al lado del ramo mientras me preguntaba cómo era posible que mi madre hubiera aguantado la tentación de abrirlo.

«Gracias por una velada inolvidable. Hans».

—¿Se puede saber qué es lo que te dice? —preguntó mi madre cuando ya no podía aguantar más la curiosidad. Sonreí... Bastante había aguantado la pobre. Miré de reojo a mis otros dos familiares, que, aunque sabían disimular mejor, estaba claro que estaban pendientes de cada uno de mis movimientos.

—Me da las gracias por haber sido su acompañante ayer.

Me senté para comenzar el desayuno con la esperanza de que esa conversación se acabara ahí. ¡Qué ingenua! Mi madre aguantó dos minutos, tiempo que tuve para servirme el café y poco más.

—¿Qué tal te lo pasaste anoche?

—Muy bien, madre... Volví a ver a Mag, la hermana de Hans.

—Ayss... Pobre Mag... —susurró mi madre con toda la lástima posible inundando su voz.

No comprendí el motivo y así se lo pregunté. Mi madre contempló su taza de café durante unos instantes para luego mirarme directamente a los ojos, como si con su mirada quisiera decirme algo que con su voz no podía.

—Tenía un novio que parecía perfecto. —Sí, eso lo recordaba con claridad—. Por edad, fue de los últimos en ser llamados a la guerra. Mag lloró muchísimo, con el miedo a que le pasara algo. Incluso le pidió a su padre que utilizara sus influencias para que no fuera. —Empecé a temerme lo peor y el motivo de su ausencia en la fiesta del día anterior. Dejé la taza en la mesa sin percatarme de si estaba vacía o le quedaba algo de café—. Su padre le dijo que era su labor como buen alemán defender a nuestro pueblo, pero le consiguió un buen puesto en el que seguramente no tuviera que entrar en combate. ¿Y sabes qué hizo el desagradecido? Desertó. De la noche a la mañana, se fue de donde estaba su regimiento, llevándose con él documentación importante sobre planes de ataque y de defensa...

—¿Estamos seguros de eso?

—Lo encontraron camino de encontrarse con el enemigo.

—¿Y qué pasó con él?

—No volvió a ver un nuevo amanecer.

Tragué saliva. La voz de mi madre era fría y dura. No había emoción alguna ni en su rostro ni en ninguna parte de su cuerpo. Miré hacia mi padre, que seguía leyendo con tranquilidad el periódico. Me volví hacia mi tía, que estaba centrada en su desayuno, como si estuviera a miles de kilómetros de nuestra casa.

—Uno nunca debe traicionar a su gente. Nunca. No hay mayor crimen.

Asentí en silencio mientras recordaba la frase de Mag: *«En cualquier lugar se esconden traidores»*. Adquiría un nuevo significado que helaba la sangre. Me encantaría poder hablar con ella sobre sus sentimientos y si ella había sabido algo, si su novio le había escrito antes de huir y le había explicado sus motivos... O simplemente se había enterado con la horrible noticia de su muerte. Pero ¿cómo hacerlo?, ¿cómo presentarse ante alguien y hacerle esa pregunta?

Y no se me pasaba por alto el tono de mi madre. ¿Sospechaba que yo pudiera ser una traidora? Pero ¿traidora a qué o a quién? ¿Y por qué? ¿Acaso no hacía todo lo que me pedían? Había pasado mi adolescencia lejos de ellos, interna en un colegio donde no se podía hablar del pasado pero en el que me habían marcado por él... Asistía con mi mejor cara a todas las reuniones en las que ellos solicitaban mi presencia, sin tener en cuenta que pudiera tener la agenda ocupada o no. E incluso mi relación con Hans era algo que mi madre ansiaba con ganas.

Alguien llamó a la puerta de entrada y me levanté de golpe. Necesitaba salir de ahí y alejarme de la mirada de mi madre y su extraña acusación.

—Voy yo —le dije sin dejar lugar a réplica, con la sensación de que eso me hacía parecer aún más culpable y sin saber de qué se me acusaba.

Me arreglé el pelo mientras me acercaba a la puerta. Hans esperaba tras ella y me sorprendió. No eran horas de visitas.

—Hans, ¿qué haces aquí? —le pregunté mientras lo dejaba entrar en la casa—. Estábamos desayunando, ¿te apetece tomar algo?

—No, gracias... Almorcé hace un par de horas...

Parecía nervioso. Mucho más de lo que yo nunca lo había visto. Alcé una de mis manos y la puse sobre la suya para tranquilizarlo mientras le preguntaba si estaba bien.

—Sí, claro... No te preocupes. ¿Podemos ir a hablar a un sitio más privado?

Tragué saliva. ¿Más privado? ¿Qué querría decirme que no pudiera hacerlo en mitad del *hall* de nuestra casa? Asentí en silencio y me dirigí al salón. La chimenea aún no estaba encendida y estaba un poco frío, pero mi madre montaría en cólera si se me ocurriera llevarlo a mi habitación. En cuanto entramos en el salón, Hans me abrazó con fuerza y yo no supe cómo reaccionar. Noté su mano acariciando mi cabello y sus labios besando con suavidad mi frente.

—Perdona por aparecer de esta manera en tu casa.

—Sabes que aquí siempre eres bienvenido. —No tenía la menor duda de ello. Mis padres lo adoraban.

Hans se echó un paso para atrás para poder mirarme a los ojos mientras deslizaba sus manos hasta las mías, cogiéndomelas. Una sonrisa dulce se dibujó en su rostro.

—Gracias... He venido a estas horas porque quería decirte en persona que tengo que ausentarme unos días de

Múnich... No querría hacerlo, precisamente después de anoche. —Mis mejillas enrojecieron al recordar el beso que habíamos compartido, y creo que él disfruto de ese gesto mío—. Pero mi padre no ha dado más opción. Ya sabes que la empresa está creciendo y nos hemos sumergido en el mundo del automovilismo. —Recordé que algo me había comentado, aunque no solía prestar mucha atención a esos temas—. Tenemos una serie de reuniones en Berlín, y mi padre quiere que lo acompañe.

Tragué saliva. Berlín era un foco de continuas tensiones. De todos era conocido el bloqueo total al que los soviéticos habían sometido a la ciudad durante casi un año, obligando a los aliados a abastecerla mediante un puente aéreo. Por fortuna, todo eso había pasado, pero no así los enfrentamientos y la tensión reinante en la ciudad que había sido la capital del imperio. Mal futuro se le veía a esa situación, y temía por todos esos alemanes que vivían a un lado u otro de la frontera y que solo querían vivir en paz y reconstruir sus vidas.

—¿Tendrás cuidado? —le pedí en voz baja.

—Claro que sí. No te preocupes. A nosotros no nos pasará nada —hablaba con tanta seguridad que abrumaba—. Sé que es el peor momento para irme... Lo que me gustaría sería estar a tu lado, llevarte al cine, al teatro... Hacer las cosas como se tienen que hacer. Pero tendremos que esperar... Esto es positivo para nuestro futuro.

«Nuestro futuro». No hablaba en general. En su tono, dejaba claro que hablaba del suyo y del mío, juntos. Y un pinchazo cuyo nombre debía de ser *culpabilidad* golpeó mi pecho.

—Te prometo que te compensaré a mi vuelta.

Asentí en silencio mientras pensaba que ese tiempo me daba margen para analizar mis sentimientos hacia Josef y ver si lo echaba de menos. No. No era la persona más romántica del mundo, pero en mi universo eso había sido derrumbado junto a la ciudad y lo dejaba solo para los libros de ficción.

Hans volvió a acercarse a mí, cogió mi barbilla con sus manos y me miró a los ojos pidiéndome permiso. Avancé un paso para aproximarme a su cuerpo y abrí ligeramente los labios. No hacía falta decir nada en esos momentos. Creo que le sorprendió un poco mi falta de vergüenza a la hora de aceptar sus besos, pero no veía la razón de renunciar a algo que me gustaba tanto. La sorpresa le duró poco, porque, rápidamente, se volcó hacia mis labios de esa manera dulce e intensa con la que me había besado la noche anterior. Fue un beso corto; ninguno de los dos podíamos olvidar que estábamos a unos metros de mis padres, con la puerta del salón abierta... Y no sabría cómo enfrentarme a la mirada de mi madre si nos descubriera en esa situación comprometida. Además de que empezaría a organizar la boda lo antes posible... Y esa no era una opción que yo deseara en aquellos momentos.

Salimos del salón con una sonrisa y hablando de su viaje, de cuánto podía tardar, dónde se alojaría... Mi padre nos interceptó a mitad de camino.

—Hans, qué alegría verte. ¿Por qué no has pasado a tomar un café con nosotros?

—Buenos días. Perdone, pero era solo una visita rápida para comunicarle a su hija que tengo que partir a Berlín unos días por negocios.

—Muy bien, muy bien...

Mi padre pareció centrarse en sus pensamientos

durante unos instantes, sin moverse del sitio e impidiendo que nosotros siguiéramos avanzando.

—¿Me buscabas, padre?

—Sí, hija. —Pareció reaccionar y volver al mundo real—. Ya he hablado con el decano. Estará encantado de recibirte cuando quieras.

Hans nos miró extrañado, y procedí a explicarle mi idea de adelantar algunas clases o asistir como oyente si no podía matricularme.

—Me parece una gran idea. Así estarás entretenida en mi ausencia.

¿Entretenida en su ausencia? Suspiré pensando que se había expresado mal. La noche anterior había sido larga, y había tenido que madrugar mucho para preparar el viaje y venir a informarme. No iba a tomárselo en serio. Él siempre me había animado a estudiar, a aprender... Y sabía las ganas que tenía de ir a la universidad... No. No iba a juzgarlo por esa frase.

6

El decano era un hombre agradable. Algo mayor que mi padre, tenía el pelo cano y frondoso, llevaba unas pequeñas gafas y solía mirar a la gente por encima de ellas con unos ojos grises llenos de alegría. Amaba su trabajo, y eso era algo que no se podía decir de todo el mundo. Me acogió como si fuera la hija pródiga que volvía a casa, me repitió varias veces lo mucho que me parecía a mis padres y empezó a divagar contando anécdotas de noches de borrachera con mi progenitor. Era divertido escucharlo en una pose mucho más relajada de la que normalmente mostraba, haciéndome recordar que él también fue joven una vez. A menudo nos costaba entender que nuestros propios padres también lo habían sido, con sus propios miedos e inseguridades, con sus propias locuras y errores...

—Te recomiendo que vayas a varias clases como oyente y luego elijas con cuáles quieres empezar. Te haré un documento para que no tengas problemas en ninguna.

—Muchas gracias. Tengo muchas ganas de comenzar.

—No tienes que darlas. Tus notas hablan por ti misma, y no podrías tener mejores referencias.

No entendí a qué se refería. ¿Sería simplemente por la llamada de mi padre? Me asombraba su habilidad para tener amigos en todas partes y de tan diferente índole. Era una gran virtud que esperaba poder desarrollar yo en el futuro. Sonreí mientras me daba una carpeta donde constaban las diferentes clases y horarios de las mismas. Además de los nombres de cada uno de los profesores. La cogí sin borrar la sonrisa de mi boca. Tenía ganas de llegar a casa y ponerme a organizar mi agenda y elegir qué asignaturas ir a ver. Hasta ese momento, no había sido consciente de la ilusión que me hacía. Era como empezar a marcar yo mi propio camino, sin que nadie más me dijera qué era lo que tenía que hacer. Yo iba a elegir mis asignaturas. Lo dejaban a mi juicio. Y era la primera vez que me pasaba.

El decano me acompañó hasta la puerta de la facultad mientras me la enseñaba y hablaba un poco de su historia. Tenía origen medieval y era una de las universidades más valoradas, no solo a nivel estatal, sino también mundial, con muchos premios Nobel en su historial (eso sí, la mayoría en física y química, dos especialidades que no me llamaban nada la atención). Era una maravilla poder estudiar en ese lugar y formar parte del listado de estudiantes que decoraban su historia.

—Espero noticias tuyas.

Se despidió levantando su mano hacia mí, que se la agarré con energía y determinación, tal y como siempre me había dicho mi padre que se tenían que cerrar los tratos y acuerdos. Bajé la mirada para ver nuestras palmas unidas. Algo me había llamado la atención, pero no sabía muy bien qué era. Me quedé helada unos instantes, aunque intenté disimular y alcé el rostro hacia el suyo, dedicándole una sonrisa a modo de despedida. Si él se percató de mi cambio de actitud, no lo demostró, y yo me sentí aliviada de haber conseguido enmascarar mis emociones. Salí del campus de la universidad a paso ligero y firme mientras seguía dando vueltas a la imagen que había visto o que había creído ver. No lo tenía claro, no había querido detenerme a observar con detenimiento los gemelos que portaba el decano. Empezaba a sentir que veía fantasmas del pasado por todos lados. La frase de mi padre refiriéndose a él como un «viejo amigo» no paraba de revolotear a mi alrededor. ¿Había sido real?, ¿había visto unas esvásticas adornando los gemelos del decano o era solo un dibujo muy parecido? ¿Cómo era posible que un nazi que no ocultaba su afiliación estuviera al mando de una universidad tan importante? No, no podía ser... Tenía que haber sido mi imaginación.

Decidí no coger el transporte público y comencé a deambular por la ciudad. Mis pasos me llevaron hasta el Englischer Garten y entré sin dudarlo. Desde mi vuelta a Múnich no lo había visitado por miedo a verlo en ruinas, pero ante mis ojos se extendía la promesa de un futuro hermoso. Nuestro gran parque urbano parecía renacer de sus cenizas. Era nuestro pulmón. Varios chicos pasaron por mi lado en bicicleta y los contemplé en silencio pensando que debería agenciarme alguna para poder moverme con más libertad, sin depender de los autobuses.

Me senté en la hierba y observé la carpeta que me había dado el decano y pensé en él. Pensé en preguntarle a mi padre por su relación con él... Pero sabía que era inútil. Eché mi cuerpo para atrás hasta posar mi espalda en el suelo. Estaba frío. A pesar del sol que resplandecía en un azul insólitamente intenso, el frío del invierno se resistía a abandonar la ciudad, y me pregunté por unos instantes cómo sería vivir en un país al menos un poco más cálido que Alemania, donde el sol pareciera brillar con más fuerza y las ciudades no tuvieran esa aura de melancolía... O quizás eran mis ojos los que lo tenían y por eso lo veía todo lleno de tristeza.

Suspiré y me volví a poner de pie. No tenía tiempo para

vaguear. Tenía que volver a casa para la comida, y esa misma tarde me pondría con las clases antes de escaparme para ver a Josef. Si quería saber qué era exactamente lo que sentía por él durante la ausencia de Hans, no podía quedarme quieta.

• • •

Josef se alegró mucho por que pudiera empezar antes mis clases. En algún momento me había entrado algo de temor a que él se sintiera inferior por el hecho de no haber cursado estudios. Bastantes diferencias había ya entre nosotros, y en mi mente se formaba un trabalenguas emocional por temer que a él le diera miedo que mi estancia en la universidad solo sirviera para separarnos. Una vez más, me demostró que él no era así.

No le conté mis sospechas con el decano, aunque no tenía muy claros los motivos por los que guardar el secreto. Con Josef, el pasado no existía y todo lo que oliera a nazismo desaparecía al cruzar la puerta de su cuarto. La vida era mucho mejor así, o, al menos, mucho más fácil. En ese cuarto no existía nada que nos pudiera separar: ideologías, familias, el racismo impregnado en la sociedad, las desigualdades... Existían nuestros besos, nuestras caricias, sus palabras en mi oído... Y las risas, las confidencias, las bromas privadas...

Quise que me ayudara a ver todos los documentos que el decano me había dejado, pero, después de que me repitiera en dos ocasiones que él no sabía de esas cosas, decidí guardarlos y esperar a llegar a casa para hacerlo. En el trayecto de vuelta a casa, no pude evitar plantearme si no tenía demasiada tendencia a guardar las cosas que nos pudieran llevar a volver a tener un encontronazo, y si esa era realmente una buena solución a nuestros problemas. Porque los había. Estaban ahí, delante de mí. Y los veía... No era una niña tonta y ciega. Los veía, pero prefería ignorarlos, mirar hacia otro lado esperando que la solución llegara con el tiempo, al ir conociéndonos...

Llegué a mi casa y me dirigí directamente a mi cuarto, no tenía pensado hacer ninguna otra parada. Quizás más tarde podría bajar a hablar con mi padre y darle las gracias por la llamada al decano; era consciente de que él estaba ansioso por saber qué había pasado en mi reunión con aquel hombre y qué decisión había tomado. Al pasar por delante del salón, me quedé parada. Mi madre estaba allí, sola, había acercado un poco más el sofá a la chimenea y parecía absorta en la lectura. Era una hermosa imagen. El fuego calentaba sus mejillas, dándoles un hermoso tono rosado, y sus cabellos brillaban bajo la cálida luz. No tenía pensado entrar en el cuarto, pero mis pies anduvieron solos aproximándome a mi madre. Se giró al escucharme entrar y una leve sonrisa me recibió.

—¿Qué lees, madre?

Me acerqué a ella con lentitud. Como quien se acerca a un animal asustado y teme que salga corriendo. Mi madre miró el pequeño libro que tenía en sus manos, luego posó sus inmensos ojos en mí y volvió a mirar el libro, pensativa.

—Estaba leyendo un poema... ¿Quieres que te lo lea?

—Claro.

Me acerqué a ella y, sin dudarlo, me senté sobre la alfombra, a sus pies, a la orilla de la chimenea. No pude evitar sonreír. Esa imagen me había recordado a mi infancia, cuando ella me leía y releía mis cuentos favoritos. También me solía leer fragmentos de sus libros favoritos, muchos de los cuales yo no entendía, pero que escuchaba atentamente solo por oír su voz.

«No ha sido quemada, simplemente saqueada, desvalijada.
Las palabras acallan el gemido
de la madre herida que aún respira.
La hija pequeña está en el colchón.
Muerta. ¿Cuántos han estado en ella?
¿Un pelotón?, ¿quizás una compañía?
Una niña se ha convertido en mujer.
Una mujer convertida en cadáver.
Todo se reduce a frases simples:
¡No lo olvidéis! ¡No perdonéis!
¡Sangre por sangre! ¡Diente por diente![8]».

—¿Quién ha escrito eso? —mi voz temblaba. Me había dado cuenta de que mi madre no estaba leyendo del libro que tenía en las manos, sino de una pequeña hoja que guardaba en él.

—Un ruso. —La miré asombrada. No sabía qué me fascinaba más, que eso lo hubiera escrito un ruso o que mi madre estuviera leyéndolo—. Lo tienen encarcelado por decir la verdad. Por reflejar en sus poemas lo que el Ejército Rojo nos hizo.

—¿Cómo tienes eso?

—Me lo han regalado. Es importante que ayudemos a

---

8. Noches de Prusia, de Aleksandr Solzhenitsyn.

difundir lo que en realidad pasó. Agna —mi madre me miró con fijeza—, nuestra misión es no olvidar.

—Pero ¿no fue precisamente el no olvidar lo que...? —me atreví a empezar a preguntar. La mirada de mi madre acalló el resto de mi frase.

—Nuestro ejército no violaba a niñas inocentes... No, Agna, no hay que olvidar. Nunca. Ellos no lo van a hacer. No lo dudes. Te sonreirán a la cara, te llamarán amiga... Pero solo es una fachada, un intento de manipularnos para tratar de domesticarnos. No, Agna... Quizás nos toque callar, aguantar por un tiempo... Pero nunca olvidaremos.

Había tanto odio en la voz de mi madre que me ahogó. Levanté una de mis manos y agarré las suyas sin saber qué decir. No me atrevía a juzgar su odio, a juzgar su rencor... Yo misma sentía un sentimiento negativo e incontrolable contra los americanos y no había vivido ni la mitad de lo que había sufrido mi madre.

—Madre... —empecé mientras buscaba las palabras para preguntarle—. Nunca me has...

—Agna, la mente es curiosa —me volvió a cortar mientras se levantaba, dejaba el libro en la mesa más cercana y se acercaba al fuego de la chimenea en busca de un calor que calmara el frío que solo ella parecía sentir—. Nos hace creer que, si no contamos las cosas en voz alta, nunca sucedieron. Al decirlas en voz alta, se convierten en verdad y nos tenemos que enfrentar a ellas.

No me atreví a hablar. El odio que hacía unos segundos se había adueñado de su tono había sido reemplazado por una auténtica y abrumadora desesperación.

—Algún día, Agna. Te lo prometo. Algún día te lo

contaré.

Y sé que era una promesa que se hacía a sí misma más que a mí. Me levanté y me puse a su lado mirando el fuego. No la toqué, no la abracé (aunque me moría de ganas); solo me quedé ahí, a su lado, compartiendo un silencio que calmaba. No sé cuánto tiempo estuvimos así, hasta que, de pronto, noté cómo su mano agarraba la mía en busca de un contacto que yo le devolví con fuerza. Giré la cabeza hacia su rostro y, en sus ojos, en el fondo de sus pupilas, volví a ver el brillo que había iluminado mi infancia y que me guiaba en las noches de pesadillas. «Algún día», me había dicho... Y yo esperaría lo que ella necesitara.

• • •

Salí de mi primera clase con una sensación increíble recorriendo mi cuerpo. Mi primera impresión de la universidad fue tal y como me esperaba, como había soñado. Quizás seguía aún en una nube donde un velo me tapaba los ojos y por eso solo podía ver todo lo bueno que ocurría en ese lugar. Cogí mi agenda pensando en qué podía hacer en ese rato que tenía antes de la siguiente clase a la que me había apuntado cuando un grupo de cuatro chicas se me acercaron. Las reconocí al instante como compañeras de aula; no había muchas mujeres en esa clase y era difícil pasar desapercibida. Me puse tensa. Mi experiencia con compañeras de estudio, quitando a Elba, no era precisamente positiva, y el miedo a repetir esa mala experiencia me paralizó durante unos instantes. ¿Ya se habían enterado de mi procedencia? ¿Tan rápido? La sonrisa de las chicas me hizo dudar.

—Buenas, eres nueva, ¿verdad? —comenzó una de ellas. Era bajita y muy delgada, con una sonrisa que parecía sincera.

Asentí mientras notaba que el nudo de mi garganta empezaba a deshacerse—. ¡Qué alegría tener una chica nueva en clase! Somos tan pocas que tenemos que estar unidas. Íbamos a ir a tomar algo, ¿te vienes?

Aguanté el instinto de mirar la hora para ver cuándo comenzaba la siguiente clase. En ese momento, me parecía más importante hacer un grupo de amigas; nunca había tenido uno, y eso era parte de la experiencia universitaria, ¿no? Crear lazos que duraran toda una vida.

—Claro, me encantaría. Me llamo Agna.

Ellas se fueron presentando una a una mientras comenzábamos a caminar. No sabía a dónde íbamos. Tampoco me importó. Me había prometido a mí misma tener la mente abierta, dejarme llevar y no intentar controlarlo todo. Llegamos a un lugar muy cercano a la universidad y pasamos directamente al patio, donde tenían montado un pequeño *Biergarten* lleno de encanto. Me acurruqué dentro del abrigo pensando que aún no había llegado la temporada para estar tomando algo en la calle; sin embargo, en ese lugar (y no entendía muy bien el motivo) parecía haber un pequeño microclima. Nos sentamos y pronto una camarera eficaz tomó nota para traernos las cervezas.

—Me encanta cómo están dejando este lugar —comentó una de las chicas. No recordaba su nombre en esos momentos. Tenía la cara llena de pecas y un cabello pajizo que recogía en una perfecta trenza que caía cual cascada sobre su hombro.

—¿Conocías este sitio, Agna?

Negué sin dejar de mirar a todos lados. Estaba lleno de estudiantes que charlaban y reían a pleno pulmón. Era un lugar ruidoso y, sin embargo, completamente acogedor.

—Tenías que haberlo visto hace unos meses... Nadie hubiera apostado nada por que llegaran a abrir durante este curso —comenzó a hablar la chica que se había sentado justo delante de mí.

—Bueno... Lo importante es que ya está —dijo Gretchen, la chica que había tomado la palabra cuando se habían aproximado a mí. Había algo en su tono que parecía prever lo que iba a suceder a continuación.

—Lo importante es que ya está... —repitió con una sonrisa cínica la chica sentada delante de mí.

—Brigitta... —advirtió Gretchen. Yo no paraba de mirar a la una y a la otra sin saber muy bien qué estaba sucediendo.

—A los alemanes se nos prometió que ni una sola bomba caería sobre nuestros techos...

—No empecemos...

—¿No empecemos? ¿Por qué? ¿Por qué os da tanto miedo hablar de la realidad?

Observé con detenimiento a Brigitta, la chica que estaba hablando. Vestía unos pantalones negros ajustados y un jersey del mismo color y de cuello alto. Tenía el pelo muy corto y remarcaba sus ojos claros con un perfecto delineado que a mí no me saldría ni aunque practicara un millón de años. Me recordaba a una actriz, pero no conseguía localizar el nombre de la misma. Esa chica derrochaba una seguridad atrayente. Su mirada se cruzó con la mía y me devolvió el examen visual. Tragué saliva, temiendo que me hiciera algún comentario que me obligara a participar en la conversación más allá de ser una simple observadora. La noté dudar. Luego se lo debió pensar mejor, quizás no quería presionarme en mi primer día con ellas, quizás le parecí insignificante... Fuera lo que fuera, yo suspiré aliviada.

—Nadie habla de ello... Es como si creyeran que así pudieran fingir que nunca existió, que todo lo que nos llevó a esa pesadilla se pudiera borrar... Que todas esas ideas están muertas y enterradas bajo tierra de la noche a la mañana, sepultadas bajo las ruinas que nos rodean, y que nunca podrán volver a alzar la cabeza...

Asentí en silencio. Sabía que no estaba muy equivocada. El mundo del que yo provenía era la clara prueba de todo eso. Y me di cuenta de que llevaba muchísimo tiempo viviendo con un nudo en el estómago que no me dejaba casi ni respirar.

—Intentar culpar solo a unos pocos... El resto eran obligados, ¿no? Se necesitaron muchísimas personas para formar las SS, para dirigir y mantener los campos de concentración... —Por mucho que intentara que su voz sonara tranquila, me di cuenta de que era superior a ella... Y lo comprendía, ¿cómo no hacerlo? No era un tema fácil, no era un tema sobre el que la gente se atreviera a alzar la voz—. Establecerse en los territorios invadidos... Vivíamos rodeados de una cantidad incontable de fanáticos... Y no se han ido. No han desaparecido por arte de magia. Siguen ahí... Y muchos en grandes puestos, en la cima del mundo, mirándonos, y de lo único que se arrepienten es de haber perdido... —Recordé al decano de nuestra universidad, y la imagen de los gemelos con las esvásticas volvió a mi memoria—. Cuando oigo llamarlos *exnazis*, me dan ganas de romper algo... No son exnazis... Simplemente, no se atreven a decirlo en voz alta, pero se refugian en otros partidos esperando su momento... Acumulando cada vez más y más poder y codeándose con los que hace unos años eran sus enemigos y ahora los necesitan para parar a otro que consideran más peligroso.

«Codeándose con los que hace unos años eran sus

enemigos». ¿Cómo no recordar a mi padre y su amistad con William y la rabia que me producía verlo en mi casa? ¿Quién era el otro enemigo más peligroso? ¿Los comunistas que invadían la zona este de Alemania? Imaginaba que era ese... Y no podía estar más de acuerdo con esa definición. De todos eran conocidas las barbaries que el Ejército Rojo había cometido al final de la guerra y al comienzo de la posguerra. Y pensé en los ciudadanos que, por capricho de los aliados, habían acabado bajo sus garras en ese horrible reparto de nuestro país.

—Recuerdo, siendo niña, cómo, al paso de Hitler, una mujer suspiró mientras hablaba de lo guapo que era el Führer... ¿Guapo? Si era un esperpento... Hablaba de la raza aria siendo él lo más contrapuesto a ella... Y, sin embargo, tenía un carisma que no tiene ninguno de los políticos que ahora nos rodean... Convenció a todo un pueblo para unirse a una locura que nos llevó a una guerra como no ha habido otra.

—¿Y qué ganamos hablando de todas esas cosas? —protestó la chica que estaba sentada a mi derecha y cuyo nombre no recordaba—. Es mejor seguir con nuestras vidas. Somos otra generación. ¿Para qué recordarlo? ¿Qué ganamos hurgando en la herida?

—¿En serio no os importa?

—Como bien dices, no han desaparecido... ¿Qué quieres? ¿Qué encarcelemos al ochenta por ciento de Alemania? El odio y resentimiento fue la semilla que nos llevó de la Primera a la Segunda Guerra Mundial.

—Bueno... Ya... Que vamos a asustar a Agna. Mejor un brindis por nuestra nueva compañera.

Todas se relajaron de golpe, cogieron sus cervezas y, mirándonos a los ojos, alzamos nuestras jarras. Y a partir de ese momento, la conversación se centró en los profesores y en los compañeros masculinos. Hablé poco, pero, por primera vez, me sentía integrada en un grupo completamente diferente a mí y al mundo que conocía... Y era maravilloso.

La velada terminó y comencé a despedirme de todas las chicas, sintiendo que por fin podría empezar a tener amigas de verdad. Brigitta me dio un abrazo y luego me miró fijamente a los ojos, como si intentara leer en ellos.

—No olvides esto... El olvido, el empeño en silenciarnos, en decirnos que hagamos borrón y cuenta nueva, acabará volviéndose en nuestra contra.

Y luego, tras una sonrisa, se volvió para despedirse de otra de las compañeras, y yo me quedé rememorando sus palabras con plena consciencia de toda la verdad que encerraban.

• • •

—Agna —me interceptó mi madre según entraba por la puerta de casa, como si hubiera estado esperándome tras la ventana.

—Dime, madre.

Acababa de llegar de casa de Josef y había tenido que retocarme el peinado antes de salir de su cuarto. No me cansaba de sus besos ni de sus caricias. Podría pasarme la vida así, sumergida en sus brazos y enganchada a sus labios. Yo le hablaba de la universidad; él me relataba su día en la fábrica. Y entre tanto, besos y caricias llenos de pasión y de una necesidad contenida. Josef no había vuelto a llevarme a esa locura que había hecho que me deshiciera en sus manos... En su casa siempre había mucho ruido, y, a pesar de que cerrábamos bien la puerta, la sensación de no tener intimidad se apoderaba de nosotros. Y yo tenía la tentación de invitarlo a ir a mi cuarto por la noche, pero sabía que era muy descarado y toda mi educación me gritaba que eso ya sobrepasaba los más altos límites.

—Sube y arréglate. Tenemos invitado a cenar.

El tono de mi madre me indicaba que no era alguien de su agrado, por lo que, o era cosa de mi tía, o de mi padre. Me hubiera gustado que fuera la primera opción. Mi tía era una mujer tan misteriosa y desconocida para mí que conocer a alguien de su entorno hubiera sido algo realmente agradable. Pero mucho me temía que no fuera así y que fuera cosa de mi padre. ¿A quién podría invitar mi padre que no le gustara a mi madre?

Subí los escalones y decidí ponerme una falda de tubo y un top un poco más ajustado de lo que estaba acostumbrada. Empezaba a cogerle el gusto a la ropa que me había comprado mi madre y estaba segura de que verme con ella la animaría un poco. Oí cómo alguien llamaba a la puerta y terminé de arreglarme con rapidez y eficiencia mientras cogía fuerza para enfrentarme a una velada que no sabía por qué, pero me daba mala espina... Y mi presentimiento se hizo realidad en cuanto llegué a la planta inferior.

William charlaba alegremente con mis padres y mi tía. Esta vez era mi madre la que no parecía conforme con esa visita, y sí mi tía, que, sin estar del todo relajada, se adaptaba mucho más a la conversación con el americano que con el amigo nazi de mis padres. Y sonreí al percatarme de la ironía del asunto: en pocas semanas, dos rivales de guerra habían despachado y compartido risas con mi padre como si fueran íntimos. Y recordé cómo, días atrás, Brigitta, mi compañera de universidad, había hablado precisamente de eso: antiguos enemigos convertidos en aliados.

William levantó la vista y captó mi sonrisa... Y no sé por qué tuve la sensación de que sabía el motivo del gesto que dominaba mi rostro. Una sonrisa apareció también en el suyo y tuve que admitir que, si no fuera tan odioso, lo consideraría un hombre muy atractivo. Sacudí la cabeza. Estaba claro que tantos años en la escuela de señoritas, alejadas del sexo masculino, no habían hecho más que avivar las ascuas para esa revolución hormonal que sentía.

William recorrió mi cuerpo con la mirada haciendo que mi sonrisa se borrara de golpe. Y en su rostro se formó una aún más grande que no pasó desapercibida para mi madre.

—Agna, hija, ven a saludar a nuestro invitado.

Me acerqué a él sin saber dónde colocar mis manos. No deseaba otra vez ese gesto caballeroso que me ponía la piel de gallina y que empezaba a aborrecer por momentos.

—Buenas noches —lo saludé manteniéndome a distancia y haciendo una leve inclinación de cabeza.

—Buenas noches, Agna. Sus padres me han concedido el tremendo honor de invitarme a compartir su mesa.

Puse los ojos en blanco ante el lenguaje rebuscado que había utilizado. Lo había escuchado demasiadas veces como para saber que hablaba el alemán como si fuera un joven autóctono. Y no podía quitarme la sensación de que hacía todo eso para molestarme.

—No seas tan formal, William... Solo le sacas un par de años a Agna —respondió mi padre entre risas, golpeándole la espalda. Gesto que él aprovechó para avanzar un poco en mi dirección.

—Ya sabes que nunca se debe preguntar la edad a una dama, Alex. A su hija lo único que le falta es un poco de mundo.

Me sentí brutalmente ofendida. No tenía claros los motivos de aquella frase ni qué quería insinuar, pero no me gustó nada. Y lo debí de expresar demasiado con la cara, porque mi tía se me quedó observando con gesto extrañado.

—Bueno —comenté ignorando la pregunta que se reflejaba en el rostro de mi tía—, yo creo que a algunos les sobra. —A continuación, me giré hacia mi madre con una sonrisa, ¿quién me iba a decir a mí que se convertiría en mi aliada en una situación así? «*Nunca olvidaremos*», me había dicho mi madre, y en ese momento me sentí mucho más cercana a cumplir la promesa que no le había hecho—. Madre, ¿está todo listo para la cena o necesita mi ayuda?

Sé que mi madre entendió mi súplica y petición, lo vi en sus ojos. Por desgracia, o mi padre no lo vio o no quiso verlo, y se enganchó al brazo de mi madre con una sonrisa.

—¡Agna, qué poca fe en tu madre!

Y sin decir nada más, se dirigió con ella hacia el comedor, invitándonos a seguirlos. William me hizo una leve inclinación y, con esa maldita sonrisa, siguió a mis padres, dejándonos a solas a mi tía y a mí. Ella seguía muy pendiente de cada una de mis expresiones, y yo no me atrevía ni a mirarla.

—¿Sucede algo, Agna? —se atrevió a hablar mi tía. Negué con la cabeza mientras emprendía el paso hacia donde estaba el resto, pero no era tan fácil librarse de mi tía, que se enganchó a mi brazo para hablarme en voz baja, como si nos hiciéramos confidencias—: ¿Por qué no te gusta William?

—No es trigo limpio —le respondí instintivamente intentando mostrarme lo más fría y tajante que podía. Lo cierto era que no tenía motivos para decir eso, pero todo mi cuerpo me lo gritaba, y yo necesitaba una razón para ese odio irracional.

La cena transcurrió con tranquilidad. Tenía que reconocer que William era un buen conversador, aunque yo apenas intervine en la charla. Casi ni levanté la vista de mi plato para no cruzarme con la mirada de William, que estaba sentado delante de mí y cuyos ojos noté encima durante toda la velada. Él hablaba de música, de cine, de literatura... y de su país. Y de lo mucho que echaba de menos a sus padres, a los que no había visto desde hacía unos años. Me aguanté las ganas de decirle que lo que tenía que hacer era volver con ellos, ser un buen hijo y dejarnos en paz.

La cena era estupenda. A pesar de la animadversión que mi madre sentía hacia William (y hacia los americanos en general), nadie podría echarle en cara que no lo trataba como al mejor de sus invitados (aunque no pude evitar imaginarme a mi madre echándole algún tipo de veneno, o quizás algo menos fuerte como un laxante, en su plato y tuve que contener la sonrisa que luchó por formarse en mis labios). Hubiera disfrutado muchísimo de esa comida si no fuera porque estaba más pendiente de que los minutos fueran pasando y la velada se acabara que de paladear cada uno de los alimentos que había en mi plato.

Se terminó el postre, y, con los correspondientes halagos hacia toda la comida y a la velada que habíamos pasado, mi padre y William se levantaron de la mesa para dirigirse al despacho de mi padre y tomarse una copa. Suspiré aliviada pensando que toda esa pequeña tortura se había acabado... Fui una ingenua.

—Agna —William se volvió para posar su mirada en mí—, necesitaría que nos acompañaras un momento.

Toda mi familia se me quedó mirando; no sabía qué hacer. Acompañarlos era lo último que me apetecía. Solo quería que ese hombre desapareciera por la puerta y poder irme a mi cuarto tranquila. Por no hablar de lo poco ortodoxa que era esa petición. ¿Qué narices querría contarme que no pudieran escuchar mi madre y mi tía? Todas las miradas pasaron de mi persona a la de mi padre, esperando que él dijera la última palabra. Solo hizo un gesto. Un gesto de aprobación que yo sentí como una condena.

• • •

El despacho de mi padre nunca me había parecido tan frío y amenazador. No era un lugar donde soliera entrar muy a menudo, pero siempre me había transmitido cierta calidez... Hasta ese momento en el que entré seguida por los dos hombres, que no intercambiaban ni una sola palabra. Me pregunté si mi padre sería conocedor del motivo por el que William había solicitado mi presencia en una reunión a la que no quería asistir.

El americano avanzó por el despacho como si fuera el suyo propio. Sus pasos siempre eran firmes, seguros. Se quedó parado delante de una foto que me había hecho mi padre cuando aún era una niña, cuando aún vivía plena de inocencia y no era consciente de la realidad que me rodeaba. Cambié el peso de uno a otro pie intentando aguantar el nerviosismo que empezaba a dominarme. No me hizo sufrir mucho. Empezó a hablar con tranquilidad, sin ni siquiera molestarse en volver sus ojos hacia mí; seguía observando la foto.

—El fin de semana que viene hay una fiesta en la Embajada. Agna será mi acompañante.

Me quedé helada. No estaba pidiendo, ni siquiera lo planteaba. Solo daba por hecho las cosas, como si yo no tuviera ninguna opinión sobre mi vida. No había sorpresa en el rostro de mi padre, y sentí que entre los dos me habían metido en una trampa. Aclaré mi garganta para intentar mostrarme lo más firme y segura que pudiera.

—Lo siento, pero no estoy interesada en salir con usted.

Y tras esa frase, William sí se molestó en girarse hacia mí para observarme con detenimiento. No me iba a dejar amedrentar por su expresión seria y dura. Me di la vuelta dispuesta a salir de esa habitación y alejarme de los dos hombres que me miraban con fijeza. La mano de William me detuvo, agarrándome con fuerza del brazo. Me volví sorprendida. ¿Lo había golpeado en su orgullo por rechazar su oferta poco galante? ¿Estaba tan seguro de sí mismo que no entendía que alguien no quisiera pasar un rato con él?

—No hay nada romántico en lo que te digo, es trabajo. —William no se molestó ni en ocultar la sonrisa depredadora que formaban no solo sus labios, sino todo su rostro.

—¿Trabajo? Que yo sepa, no trabajo para usted.

—Agna… —comenzó mi padre. No me lo podía creer. ¿Qué narices me estaba perdiendo? ¿Por qué mi padre quería obligarme a ir a una fiesta con ese hombre?

—Alex—lo interrumpió William sin volverse para mirarlo, con su vista puesta en mí—, déjanos a solas unos momentos.

Mi padre no parpadeó siquiera. Asintió en silencio y se dirigió a la puerta para salir de su propio despacho, como si no tuviera más voluntad que obedecer a ese hombre.

—¿Padre?

Lo llamé. Lo llamé. No suplicando, sino con la furia llenando cada una de las letras de ese apelativo; sentía que estaba perdiendo el derecho a que lo llamara así.

—No te preocupes, Agna, la época en la que tu reputación se habría visto dañada por quedarte en la habitación a solas con un hombre ya pasó —comentó divertido William a mi espalda.

Me volví de nuevo hacia él, llena de furia. Si las miradas matasen, lo hubiera visto caer fulminado a mis pies. Oí la puerta del despacho cerrarse detrás de mí, y el silencio se adueñó de toda la habitación. Yo callaba porque estaba segura de que todo lo que pudiera salir por mi boca no haría más que estropear la situación en la que me había metido, y ni una sola palabra bonita o neutra saldría de mis labios. Él callaba porque disfrutaba de observar las reacciones que se podían leer claramente en cada parte de mi cuerpo. Él era un estratega; yo, solo una niña enfadada y perdida. Al final fue él quien rompió el silencio cuando consideró que me había hecho sufrir lo suficiente:

—Vas a hacerlo. Me ayudarás.

—¿Y por qué tendría que hacerlo? —me envalentoné sacando toda mi rabia contenida.

William sonrió mientras se acercaba a mí mucho más de lo que las normas del decoro permitían. Estaba claro que los americanos no solo se creían los dueños del mundo, sino que tenían un sentido de la moralidad que brillaba por su ausencia. Levantó una mano, cogió uno de mis mechones sueltos y empezó a hablar mientras no le quitaba la vista de encima a mi cabello.

—Podría decirte que es tu manera de salvar a tu padre.
—¿Salvar a mi padre? ¿Por qué? ¿A qué se refería? William avanzó un paso más pegando su cuerpo al mío y hablándome al oído, rozando mi oreja con sus labios, paralizándome de golpe—: Pero casi prefiero confesarte que conozco tu secreto.

—¿Mi secreto? —me temblaba la voz, por la incertidumbre de a qué se podía referir y por la cercanía de su piel, que parecía arder. Su mano, que antes jugueteaba con mi mechón, se había posado encima de mi pecho, a la altura del corazón, como si nada.

—¿Quieres que le cuente a tu padre quién se cuela algunas noches por la ventana de tu cuarto?

Tragué saliva mientras mis piernas empezaban a debilitarse.

—¿Cómo?

—Pequeña, saber los secretos de todo el mundo es mi trabajo... Y este es tan jugoso... que no he podido resistirme a saber su nombre, dónde vive y dónde trabaja...

—Déjalo en paz.

—Lo haré, pequeña... Será un secreto entre los dos... ¿De acuerdo? —mientras hablaba, subió su otra mano y acarició, lentamente, la piel de mi brazo.

Era una amenaza en toda regla. Y todo mi cuerpo me ordenó que lo empujara para alejarlo de mi lado y lo mandara al infierno del que debía de haber salido. Pero no lo hice. Simplemente, asentí en silencio, rindiéndome a la realidad que me rodeaba, que no era otra que saber que él me tenía cogida por donde quería. Si solo fuera por mí, incluso por mi padre, que había sido el primero en meterse en ese lodazal en el que me habían obligado a entrar, me habría reído de su amenaza... Pero Josef era el único inocente de toda aquella historia y no se merecía que lo castigaran por su relación conmigo.

—¿Llamamos a tu padre y le damos la buena noticia? —Elevó la mano que tenía en mi pecho, acariciándome la piel de cuello hasta cogerme de la barbilla para obligarme a mirarlo a los ojos. Su mirada reflejaba toda la satisfacción que sentía en esos momentos. Estaba claro que disfrutaba muchísimo de saber que me tenía bajo su control. Exudaba poder por cada poro de su piel y estaba borracho de él. Subió un par de dedos hacia mi labio inferior, los paseó por encima del mismo y luego lo pellizcó con fuerza causándome un leve dolor—. No te he oído... ¿Vas a llamar a tu padre y decirle que harás todo lo que te pida como una buena chica?

—Sí —fue solo un susurro, pero él estaba tan cerca de mí que me oyó perfectamente; su rostro debía de ser el puro reflejo del demonio en esos momentos. Me odié con toda mi alma. Me sentí débil. Me sentí como una muñeca con la que podían jugar.

Se alejó de mí, soltándome y acercándose a la puerta para volver a abrirla. Sentí mis piernas débiles y me apoyé en el mueble más cercano. Mi padre entró por la puerta y se dirigió directamente hacia William, ni siquiera me miró.

—Agna está encantada, ¿verdad?

Solo asentí en silencio, mirando hacia mi padre, que no me devolvió la mirada, como si se avergonzara de lo que estaba pasando en esa habitación. Y me aguanté las ganas de gritar y de llorar que se entremezclaban en mi interior.

—Bien, ya os daré más detalles en estos días.

William dio por terminada la conversación y volvió a

dirigirse a la puerta del despacho. Mi padre ni se molestó en invitarlo a una copa. Y yo solo deseaba perderlo de vista.

—No quiero una Audrey Hepburn —dijo en la puerta volviéndose a mirarme de arriba abajo—; quiero una Sophia Loren, una Marilyn...

No entendía a qué se refería, pero mi padre sí pareció entenderlo, porque asintió en silencio. William salió cerrando la puerta tras de sí, y yo me volví hacia mi padre esperando que me explicara qué había pasado ahí, pero él se dirigió hacia su mesa como si tuviera que ordenar los papeles que ya estaban ordenados.

—¿Quién es William?

—Cuanto menos sepas será mejor.

—¿Cómo que cuanto menos sepa? Me habéis metido en algo que no sé qué es...

—Solo vas a ir a una fiesta... Te pondrás un bonito vestido y...

—¿Y qué?

—Nada... Solo haz lo que te pida William. Y disfruta de la fiesta. Es lo que os gusta a los jóvenes, ¿no?

—¡¿Qué sabes tú de lo que me gusta?! No me gusta que me usen, no me gusta que me obliguen...

—¡Bienvenida al mundo adulto, Agna! A nadie le gusta, pero a todos nos toca. Y ahora vete, que tengo mucho trabajo acumulado.

—Por supuesto, vender a tu hija al primer cabrón que pasa por la puerta debe de quitarle mucho tiempo a la fotografía.

No esperé su respuesta. Salí del despacho dando un portazo que hizo que mi madre y mi tía salieran de la cocina, donde debían de estar recogiendo los restos de la cena. Me miraron sorprendidas. Quise decirles algo, quise tranquilizarlas, pero las palabras se ahogaron en mi garganta y mis mejillas se inundaron de lágrimas, así que, simplemente, me fui.

• • •

Las horas llorando en la cama viven en una realidad paralela; en ella, el tiempo pasa de diferente manera. No es lineal. No es continuo. No se rige por las mismas medidas. Puedes pasarte horas y horas empapando la almohada y que en tu reloj solo hayan pasado minutos, y, de pronto, cerrar los ojos agotada, unos instantes, y despertar varias horas después.

Esa noche se estaba haciendo eterna. Pensaba que, tras derramar miles de lágrimas, mi cuerpo habría quedado tan exhausto que caería en los brazos de Morfeo con rapidez, pero no fue así. Di mil y una vueltas en la cama, y en la mil dos, decidí levantarme y bajar a la cocina para prepararme alguna infusión que me calentara el cuerpo y relajara mis músculos. Y quizás engañara a mi mente para poder hacerme olvidar los últimos sucesos.

Había luz en el salón, y las voces de mis padres llegaron hasta mí con claridad. No era normal. Mi madre no solía trasnochar mucho. Estaba claro que esa noche ninguno podíamos conciliar el sueño.

—¿Cómo puedes mezclar a nuestra hija con ese hombre?

Me quedé quieta en la puerta del salón. Era un alivio escuchar a mi madre defenderme.

—Solo le ha pedido que vaya con él a una fiesta, nada más... Habrá mucha gente importante, y será una buena oportunidad para Agna.

Me aguanté las ganas de reírme, incluso de entrar en esa habitación y mandarlo a la más enorme de las mierdas. Mi madre lo hizo por mí. La carcajada resonó por toda la casa.

—Una fiesta, nada más. No me tomes por tonta. Estáis usando a Agna para uno de vuestros trabajos.

—Querida, no estoy para tonterías. ¿Qué es lo que te molesta realmente, que la use para colaborar con un americano o el qué? Quizás si fuera alguno de nuestros viejos aliados te parecería menos malo.

Aguanté la respiración a la espera de la respuesta de mi madre. Necesitaba escuchar que lo único que la movía era mi propia seguridad.

—¿Viejos aliados? ¿Acaso se te ha olvidado lo que nos hicieron tus nuevos amigos? —la voz de mi madre estaba llena de ironía y de odio.

—No. No se me ha olvidado. Como tampoco se me ha olvidado quiénes colaboran para que no te falte de nada. ¿Acaso alguno de los que defiendes con tanta vehemencia nos ha ayudado en algún momento? Cuando os encontrasteis solas, sin nada..., ¿quién de todos esos a los que ahora guardas respeto acudió en vuestra ayuda? ¿Cuál de ellos se preocupó por mi situación en la cárcel?

—Hablas de un momento muy difícil para todos.

—¡Deja de buscar excusas! —el tono de mi padre subía gradualmente, y yo iba masticando cada una de sus palabras. ¿Qué estaba diciendo mi padre? ¿Tenía una deuda con ellos y ese era el motivo de la presencia de William en nuestra casa y que mi padre no le pudiera negar nada?

—¿Qué vas a hacer cuando...?

—¿Cuando qué? —la interrumpió mi padre—. Beatrisa, asúmelo: no habrá una resurrección del partido, esos años ya no volverán.

—¡Sí lo harán! Están volviendo a organizarse; en nada, seremos lo suficientemente grandes para echar al invasor de nuestras tierras y...

—¿Eso es lo que deseas, Beatrisa? ¿Otra guerra? ¿Una guerra civil que lo termine de destruir todo?

—El pueblo...

—El pueblo solo quiere vivir en paz. La gente está pasando hambre, sigue sintiendo miedo...

—Ellos comprenderán, compartirán nuestra visión de Alemania, nuestros ideales...

—Los ideales están muy bien cuando todos los días tienes un plato caliente en la mesa, cuando no pasas frío por las noches, cuando, si se te rompen unos zapatos, puedes comprarte otros nuevos... Pero cuando todo eso falta, los ideales son solo un placebo.

—Entonces... —la voz de mi madre parecía realmente hundida y ahogada, y supe que se había rendido; que, si en algún momento había tenido la esperanza de que me salvara de William, esta se rompía a gran velocidad, desapareciendo en la inmensidad de la noche—. ¿Vas a dejar que ese hombre use a nuestra hija para sus fines?

—William tiene muchos defectos, pero nunca le haría daño; protege a los suyos.

¿«Los suyos»? ¿En serio esa descripción me incluía a mí? ¿Ahora éramos parte de los suyos? ¿Desde cuándo?

—¿Me lo prometes?

Se hizo el silencio, y mi corazón se quedó en un puño a la espera de la respuesta de mi padre.

—Si permite que Agna sufra el menor daño o si se lo hace él, yo mismo acabaré con su vida con mis propias manos.

Ahogué un grito de impresión por el tono helado de mi padre. Era la primera vez que el pensamiento de que fuera capaz de matar a alguien se hacía presente y real en mi cabeza, pero la manera en que lo había dicho había eliminado cualquier duda que pudiera tener sobre su capacidad para quitar una vida. Y no pude evitar preguntarme si sería la primera vez que lo hiciera... Nadie que no se hubiera manchado las manos con la sangre ajena podría hablar de matar con esa tranquilidad.

No quise seguir escuchando más. Volví sobre mis pasos con el corazón aún más encogido que cuando había bajado las escaleras.

7

Josef se levantó serio del suelo, alejándose de mí. Me levanté tras él sorprendida. Le acababa de contar que en unos días tendría que ir a una celebración en la Embajada americana, estaba despotricando contra esa obligación que odiaba cuando él se separó y su rostro perdió toda expresión.

—¿Qué te pasa, Josef? Te aseguro que el último sitio al que quiero ir es ahí. Prefiero mil veces estar aquí, contigo.

Temía que se pudiera sentir celoso, que se le pudiera pasar por la cabeza la estúpida idea de que había cierto interés romántico por parte de William. No era tonta, había mucha información que no le había dado. No sabía en qué estaba metido mi padre y no iba a dar un paso en falso hasta que lo supiera, y mucho menos le iba a hablar de la amenaza poco sutil que había volcado William sobre su persona. Sin esos datos, la respuesta más fácil era que William estuviera interesado en mí, y no como un mero instrumento para salirse con la suya.

—Lo sé, Agna. No es eso.

—¿Entonces...?

—Hace poco, fuiste al cumpleaños de tu viejo amigo... Ahora, a esa fiesta.

—Sabes que tengo compromisos a los que no puedo...

—No es eso... No estoy celoso... Al menos no de la manera que crees...

—No te entiendo. —Me aproximé a él y lo abracé por detrás, apoyando mi cabeza en su espalda y aspirando su profundo olor. Lo oí suspirar con fuerza, como si necesitara encontrar las palabras adecuadas. Se giró sin soltarse de mi amarre y sujetó mi barbilla para que lo mirara directamente a los ojos.

—Yo nunca podré darte todo eso... Nunca podré llevarte a grandes fiestas, presentarte a gente importante... Maldita sea, ni siquiera puedo salir contigo a pasear por la calle y cogerte de la mano como hacen el resto de las parejas.

Hubiera dado cualquier cosa por poder quitarle esa idea de su cabeza, por poder mirarlo directamente a los ojos y decirle que algún día podríamos cumplir cada una de esas fantasías, pero ninguno deseaba falsas promesas que no nos creeríamos. Y tampoco quería decirle que no necesitaba más de lo que me daba. No era tan ingenua como para pensar que eso no pasaría en el futuro. Así que, simplemente, me puse de puntillas y lo besé. Lo besé explicando con mis labios y mi lengua lo que no conseguía hacer con palabras.

—Agna... —murmuró contra mis labios mientras se debatía entre parar ese beso y seguir hablando o dejarse llevar por esa química que siempre explotaba a nuestro alrededor.

—No, Josef... No pensemos en el futuro... Si de algo nos tiene que valer nuestro pasado es para saber que todo se puede derruir de la noche a la mañana, que no podemos hacer planes, porque acaban en el cajón de los sueños rotos... Solo podemos vivir el presente. Y mi presente eres tú, es esta habitación y todo lo que me haces sentir.

Era la mayor declaración que podía hacerle, la más intensa y verdadera que le diría a alguien a lo largo de mi vida. Él no dijo nada, me rodeó con sus brazos y se sumergió en mis labios. Sus manos empezaron a recorrer mi espalda hasta llegar a mi trasero, y con un solo gesto, me aupó sin avisar. Rodeé su cintura por puro instinto y gemí al notar su sexo contra mi ingle... Empezó a moverse, y, mientras me dirigía a donde él deseaba, noté cómo con una mano empezaba a bajarme la cremallera del vestido, que, rápidamente, se había hecho un ovillo a la altura de mi cintura. Caí con delicadeza sobre la cama. El frío por la separación de nuestros cuerpos me hizo aún más presente que él me retiraba el vestido, tirándolo en el suelo. Instintivamente, elevé mis brazos para taparme, y él negó con la cabeza mientras se tumbaba encima de mí y me sujetaba los brazos con sus manos.

—No... No te tapes... Eres tan hermosa... Mi diosa...

Mientras hablaba, apoyó sus labios sobre mi cuello y comenzó a recorrerlo, bajando hasta mi clavícula y siguiendo su camino hacia mi sujetador. Mordió uno de mis pezones por encima de la ropa, y yo me estremecí. Mi piel aún recordaba cómo la había hecho vibrar semanas antes en mi habitación, y mi cuerpo empezó a demandarle que volviera a hacerlo explotar como sabía que podía hacer.

—Agna...

Me había soltado los brazos y apoyó su frente sobre la mía, su aliento se mezclaba con el mío convirtiéndose en un solo gemido de placer. Nuestras ingles se rozaban a través de la ropa, sentí cómo apretaba su erección contra mi sexo, que se estaba volviendo loco con esa presión...

—Josef...

Me costaba hablar. Tampoco quería hacerlo. Solo quería disfrutar de ese torbellino que me dominaba.

—Déjame ser el primero... Déjame amarte por completo.

No era tan ingenua para no saber de qué me hablaba. Ni lo era para decirle que quería que fuera el único... Poco a poco, la burbuja en la que me empeñaba en meternos a los dos se iba resquebrajando, y era consciente de que no quería mirar al futuro porque temía no encontrar ninguno en el que pudiéramos ser invencibles.

Asentí en silencio, incapaz de hablar, incapaz de contener todas las emociones que me gobernaban. Y él me besó. Me besó y, sin dejar de acariciarme, fue quitándome las últimas prendas de ropa que aún tenía en mi cuerpo. Me las quitó con la misma delicadeza que desde que nos conocíamos me había ido quitando todas las capas que hasta ese momento habían formado mi coraza. Y entre besos, caricias, dolor, placer..., nos hicimos todas esas promesas que nunca nos atrevíamos a decirnos.

• • •

Me miré en el espejo con detenimiento. Sentía ganas de tirar algo contra mi imagen, que parecía estar riéndose de mí. Cogí el borde del escote e intenté subírmelo un poco. Demasiada piel al aire: el escote, la espalda, debido a esos tirantes que se unían mediante un lazo por detrás de mi cuello. Iba a coger una pulmonía. Por mucho que mi madre me hubiera dejado uno de sus abrigos, en cuanto llegara a la Embajada y me lo tuviera que quitar, el frío se adueñaría de cada poro de mi cuerpo. Tenía que reconocer que el vestido me marcaba unas curvas que ni yo sabía que tenía. Una cintura ceñida, como si de una sirena se tratara, y una falda de gasa con muchísimo vuelo dotaban a mi cuerpo de una imagen propia de las actrices más sensuales del panorama. Pensé en Josef y en la expresión que tendría al verme así. Me hubiera gustado tanto que fuera él quien fuera a disfrutar de esa imagen. Él sí que lo valoraría, él sí que me haría sentirme bella... Si me tenía que disfrazar de un tipo de mujer que no era..., hubiera preferido que fuera para el disfrute de esos ojos verdes que me tenían hipnotizada, y no para los ojos de aquel maldito americano.

—Estás muy hermosa.

Mi madre estaba en la puerta observándome con detenimiento. No habíamos hablado de la conversación que había tenido con mi padre y que yo había escuchado. Sentí ganas de darle las gracias, de confesarle que sabía que había luchado por mí... Pero el agradecimiento se quedó colgando de mi lengua.

—Es un vestido precioso.

Nos quedamos en silencio unos instantes. Tantas cosas por decirnos y tan incapaces de encontrar las palabras y el valor para hacerlo.

—Agna —comenzó mi madre, la más valiente de las dos—, no tienes por qué hacerlo si no quieres.

El calor inundó mi corazón, y la tentación de decirle que no quería, que me ayudara a escapar de esa estúpida fiesta y me quitara ese maldito vestido que me hacía sentir desnuda era demasiado fuerte... Pero luego el cerebro me habló y me recordó todas las amenazas que William había proferido. Y de eso sí que no podía hablarle... Era lo malo de los secretos, que nadie te podía ayudar a protegerlos.

—No te preocupes, madre. Es solo una fiesta, ¿no?

No conseguí engañarla, mucho menos a mí misma. El tono de mi voz sonaba a tristeza y a resignación. ¿Qué me había dicho mi padre? *«Una mentira repetida mil veces se convierte en verdad»*. ¿Cuántas veces más me la tendría que repetir para creérmelo?

Mi madre iba a contestarme, abrió la boca para decirme algo, quizás para volver a alentarme a negarme a esa situación... Pero luego volvió a apretar los labios, posó su mirada en un lugar que no existía dentro de mi habitación y asintió en silencio. Me acerqué a ella y le di un leve beso en la mejilla.

—Todo irá bien —le susurré.

Sentía que ella necesitaba más que yo palabras de consuelo. Mi madre subió sus manos y las puso en mis brazos desnudos, acariciándome con suavidad. Sé que intentaba calmarme, que intentaba transmitirme fortaleza, pero lo único que conseguía era ponerme aún más nerviosa. ¿Qué temía mi madre que fuera a suceder esa noche? ¿Por qué era tan reacia a que acompañara a William a aquel evento? ¿Tendría razón mi padre y solo era por su odio a los americanos?

Suspiré y, con un simple «Vamos», decidí salir de la habitación camino al piso de abajo, donde me temía que me esperaba ya mi acompañante. Efectivamente, a unos metros de la escalera, contemplándome con una sonrisa. En esos momentos, me recordó a una película americana que había visto con Elba en una de nuestras escapadas permitidas. Era una película antigua que se desarrollaba durante la guerra civil americana, y el personaje masculino principal era presentado a los pies de la escalera mientras la cámara estaba en lo más alto, en un tremendo picado, como si fuera el mismo ángel caído observando todo con una sonrisa desde el mismísimo infierno.

Y debía reconocer que a ese maldito diablo le quedaba demasiado bien el traje que llevaba, tanto que estaba convencida de que estaba hecho a medida.

Su mirada me recorrió por completo. Si minutos antes, delante del espejo, había sentido que llevaba demasiada piel al aire, en esos momentos era como si estuviera completamente desnuda. Noté la mano de mi madre buscando la mía y agarrándomela con fuerza. Y ese pequeño gesto me dio la fuerza necesaria para alzar la cabeza y mirar fijamente a William. Quizás no tuviera más opción que seguir sus órdenes, pero no dejaría que me viera como a una persona débil.

• • •

Si la fiesta en casa de Hans me había sorprendido, el lugar escogido para la fiesta organizada por la Embajada de los Estados Unidos de América me impactó. No era un lugar elegido al azar, de eso estaba completamente segura. El Führerbau estaba en el centro de Múnich, en la Königsplatz[9], donde hacía años se celebraban desfiles y celebraciones para ensalzar al régimen nazi. En cuanto llegamos, no pude evitar girar la mirada hacia los viejos templos demolidos por los estadounidenses pocos años atrás y que habían rendido homenaje a los nazis caídos durante el *Putsch* de Múnich de 1923, el intento de golpe de Estado por el que Adolf Hitler había resultado condenado y encarcelado. Fue en esa prisión donde escribió su famoso *Mein Kampf*... Me pregunté qué habría pasado con el ejemplar que durante mi infancia había visto en la biblioteca de mi casa.

---

9. *Plaza del Rey.*

El Führerbau había sido conocido como la casa del Führer, y no pude evitar mostrar mi asombro por que siguiera en pie. Aunque los estadounidenses habían buscado la mejor venganza: en vez de derruirlo, lo habían convertido en la Casa América, y desde ese lugar se llevaba a cabo todo el proceso de desnazificación de Múnich.

Observé el edificio. Seguía teniendo rastros de la guerra y de la batalla de Múnich. Se me encogió el corazón al recordar las calles llenas de escombros, las familias buscando a sus seres queridos debajo de los escombros, el silencio que deja la muerte y los gritos desesperados que llenaban los pulmones de los que aún seguían vivos. Observé el balcón. Ahí estaba el despacho de Hitler. Todo el mundo lo sabía. El diseño había sido realizado a propósito. Era la única estancia con balcón. Todo un grito para sus enemigos. Una demostración de no tener miedo, de creerse por encima de todos. Subí un poco más la vista. Incluso desde ahí se podían distinguir los viejos anclajes que tiempo atrás sujetaban el águila imperial.

—Un edificio muy apropiado para dar una fiesta, ¿no crees?

William me sacó de mis pensamientos con un tono de diversión impregnado en su voz. Estaba claro que le encantaba ese sentimiento de venganza que solía anidar en la mayoría de los aliados. Me mordí la lengua unos instantes. Solo unos instantes...

—Siempre ha sido un lugar de fiestas... ¿No fue aquí donde vuestros aliados firmaron los acuerdos de Múnich, dándole Inglaterra y Francia permiso a Hitler para quedarse con los Sudetes?

William sonrió ante mi desvergüenza; no parecía ofendido, todo lo contrario. Puso su mano sobre mi espalda, por encima del abrigo que me había dejado mi madre. Noté el calor de su palma atravesando la ropa como si esta fuera la más leve de las telas.

—¿Entramos?

Asentí en silencio. Como si tuviera otra opción, como si pudiera darme la vuelta e irme de allí. Además, no podía negar que sentía curiosidad por cómo sería su interior, cuánto habrían dejado de los viejos tiempos y cuánto habrían modificado. El edificio estaba decorado de una manera que, en mi opinión, rozaba el exceso, pero, por lo poco que conocía a la cultura estadounidense, ese era un rasgo muy típico suyo. Todo en ellos parecía una llamada de atención, una demostración de poder, de ostentación... Tal y como años atrás lo hacían los nazis mientras su pueblo empezaba a pasar hambre y miedo... No habían cambiado mucho. Y yo volvía a estar en una situación privilegiada ante la vista de los demás.

Me repetí mentalmente la frase que le había dicho a mi madre mientras estábamos en mi cuarto: «*Todo irá bien*». Al fin y al cabo, era solo una fiesta, ¿no? Aunque yo seguía sin tener claros los motivos por los que William quería que fuera yo la elegida para ser su acompañante y no cualquier otra chica. Estaba convencida de que podría tener a cualquiera. Recordé a los soldados americanos con los que me había cruzado el día que había quedado con Elba, y que, tras ver que con nosotras no tenían mucho que hacer, habían ido directos a por otras muchachas, que se fueron con ellos tras unas breves palabras. Si ellos tenían esa capacidad, ¿qué no podría conseguir William, que era bastante más atractivo y poderoso? Lo único que yo podía aportarle era mi procedencia. Quizás estaba dándole demasiadas vueltas, y él solo quería que nos convirtiéramos en un símbolo de la nueva Alemania: un estadounidense y la hija de un nazi. ¿Había alguna publicidad mejor? Pero, si solo era eso, ¿por qué no me lo habrían dicho de esa manera?, ¿por qué recurrir a amenazas?

—Agna.

La voz de William volvió a llamar mi atención. Una chica me miraba fijamente esperando la respuesta a una pregunta que yo no había escuchado. Rápidamente, deduje que nos encontrábamos en el ropero y me estaba solicitando el abrigo. Suspiré y me lo quité. El frío abordó toda mi piel a pesar de que el lugar estaba cálido y seguro que hasta mi madre tendría calor ahí. La mano de William se posó de nuevo en mi espalda, ya sin ninguna pieza de ropa separando mi piel de la suya. No había nada sexual en su gesto, era casi protector, como si supiera de mis nervios e inseguridades y quisiera reforzar su presencia a mi lado. Si no lo odiara tanto, hasta podría haberle estado agradecida.

El salón donde se desarrollaba el baile era inmenso. Tragué saliva mientras lo contemplaba desde la puerta. Parecía que estuviéramos entrando en una película. Sonaba música en inglés que yo no conocía, pero que, rápidamente, se colaba bajo la piel. Todo el mundo iba vestido con ropajes preciosos. Los camareros se deslizaban entre los invitados como si fueran fantasmas, sin molestar a nadie, sin que casi los vieran. Todo era una gran coreografía perfectamente dirigida.

—¿Te gusta lo que ves? —me preguntó en voz baja William.

—No lo tengo aún claro —y era lo más sincero que le podía decir. Todo era demasiado excesivo para mi gusto, y, sin embargo, no desentonaba con nada.

—Ven, vamos a tomar algo… Quiero presentarte a gente.

Y entramos en aquella sala llena de gente desconocida para mí, sumergiéndonos en su exceso y su lujo mientras yo volvía a sentirme tan fuera de lugar, tan alejada de todo eso, tan lejos de casa... Y, sin embargo, no supe decirme a mí misma cuál era mi lugar.

• • •

La fiesta iba pasando, William me había ido presentando a tantas personas que ni me acordaba de sus nombres. También era cierto que no les mostraba mucho interés. No es que fueran desagradables o personas odiosas... Todo lo contrario. Todos eran educados y bastantes lucían sonrisas que parecían sinceras. Todos parecían felices por el trabajo que ellos consideraban bien hecho. Todos, o al menos la mayoría, parecían orgullosos por estar dejando atrás nuestras diferencias y porque la guerra y sus motivos fueran solo una mancha del pasado que podían ignorar. Los oías hablar y realmente parecía que en la década anterior no había sucedido nada en esa tierra que pisábamos. Volvía ese silencio que tanto parecía caracterizar a los supervivientes, de un lado y de otro. Si no se hablaba de algo, no existía, ¿verdad? Si no se hablaba, no se abrían viejas heridas y el tiempo todo lo curaba por sí solo... Ese era el mensaje que parecía llenar sus mentes... Aunque yo sabía que no era así.

Les sonreí con educación, fui todo lo amable que podía, y William parecía satisfecho con mi comportamiento. Y yo solo esperaba que con eso se conformara y después me dejara en paz. Y en el fondo no me estaba desagradando esa velada. La comida era estupenda y la música me gustaba. Y me agarraba a esos puntos positivos para sobrellevar las horas.

—Tenemos que ponernos en marcha. —Me giré hacia

William sin saber lo que quería decir. ¿Nos íbamos ya? ¿Se terminaba ya la velada? Mi rostro debió de mostrar demasiada felicidad, porque sus ojos brillaron con malicia—. No, Agna, aún no te vas a librar de mí. Te toca trabajar.

—¿Trabajar? No te entiendo.

William se acercó un paso más a mí para hablarme al oído con un leve susurro que nadie más oyó:

—Sabes perfectamente que no has venido simplemente a lucir tus encantos delante de todo el mundo.

Resistí la necesidad de subir mis brazos y tapar el escote que me hacía aquel vestido. Mis ojos echaban chispas. Me sentí tonta por haber tenido la esperanza de que todo se acabara ahí.

—Yo no trabajo para ti...

—¿Vamos a tener otra vez la misma conversación? —William volvió a dar un paso para atrás y me observó con detenimiento. No parecía contrariado ni sorprendido por mi reacción, y eso me enfurecía aún más. Volvió a ponerse a mi lado izquierdo, pasando su mano otra vez por mi espalda, un poco más baja de lo que debería, y cambió de tema—: Ven. Sé que te gustará ver un lugar.

Echó a andar empujándome levemente para que siguiera sus pasos. Su mano en mi espalda parecía cortés a los ojos de los demás, pero yo la sentía como si fuera una pistola apuntándome. Salimos del salón y atravesamos varios pasillos. Los miembros de seguridad que se apostaban cada pocos metros saludaban con respeto a William, dejándome aún más con la intriga de no saber quién era en realidad ese hombre. Y entramos en una sala que no me esperaba. Reconocí la chimenea que presidía el despacho; la lámpara también parecía ser la misma que había visto años antes en las fotografías de mi padre.

—Ya que parecías interesada en las conversaciones del 38... —comentó William mientras yo avanzaba por el que había sido el despacho del Führer. No sabía cómo sentirme. Sabía que me encontraba ante parte de nuestra historia y que en ese lugar se habían tomado tantas decisiones que cambiaron el destino de millones de personas. No entendía cómo podía estar en pie. ¿Quién tomaba la decisión de qué tenía que ser derruido y qué tenía que mantenerse como recordatorio del gran fracaso de la humanidad?

—¿Por qué me has traído aquí? —No me volví para mirarlo. Seguía absorta contemplando la chimenea. Tenía el vago recuerdo de que sobre la chimenea había un cuadro, pero no conseguía recordar cómo era. De todos era sabido que Hitler era un gran amante del arte y que quería crear la más grande pinacoteca de todos los tiempos. ¿Qué habría pasado con todos los cuadros de los que se había ido apoderando? ¿Cuántos habrían sido destruidos por la guerra?

—Como bien dijiste antes, aquí se firmaron unos pactos que dieron alas al régimen nazi. En su momento, debieron de creer que era el mal menor, que así conseguían calmar las ansias de poder de Hitler. Desconocían a su enemigo, y eso los llevó a fallar estrepitosamente.

—¿Y?

Me acerqué a la puerta que daba al balcón sin dirigir ni una sola mirada a mi acompañante. Las enormes cortinas que antiguamente tapaban los ventanales habían desaparecido, y las luces de la ciudad se colaban a través de ellas. Intenté abrir la puerta con la intención de salir al balcón y sentir el aire fresco. Estaba cerrada. Contemplé mi reflejo en su cristal. Detrás de mí podía ver perfectamente a William, que no me quitaba la mirada de encima, analizando cada una de mis reacciones. No me había dado cuenta de cuándo había cerrado la puerta que daba al despacho, seguramente para que ningún curioso pudiera entrometerse en nuestra conversación.

—¿Por qué crees que tu padre salió tan pronto de la cárcel?

Me giré de nuevo hacia él. Esa pregunta era la que menos me esperaba en aquellos momentos y me había dejado completamente descolocada. ¿Qué estaba insinuando? Él vio la pregunta en mis ojos y se acercó a mí con esa maldita sonrisa irónica dejándome atrapada entre el frío cristal de la puerta y la enorme presencia de su cuerpo.

—Estamos en guerra, pequeña... Mientras tú estudiabas en tu elitista y privilegiada escuela de señoritas, ha estallado otra guerra. Una muy diferente a la que vosotros provocasteis... Una guerra fría, pero una guerra. Y en esta lucha, la información gana aún más poder...

—¿Qué tiene eso que ver con mi padre? —Sentía que intentaba marearme con datos que no me interesaban para nada solo para embaucarme entre sus redes.

—Tu padre tiene un don... Eso lo vio muy bien vuestro querido Hitler... Es un artista tras una cámara... Eso le abre puertas... Y luego tiene muchos contactos. Tu padre sabe nadar entre dos aguas... Siempre lo ha hecho.

—No te entiendo... —la voz parecía no querer salir de mi garganta, quizás porque ella misma sabía que las palabras que pronunciaba no eran realmente verdad.

—Sí lo haces, Agna... No eres tan ingenua como intentas mostrar al mundo... Tú eres igual... Un día te vas a una reunión con tu querido Hans y sus amigos nazis y al día siguiente te arrimas a Josef, o a esa niña judía, o de cafés con las reivindicativas de tu universidad...

Di un paso para atrás mientras lo miraba fijamente a los ojos. Ni siquiera recordaba que tenía la puerta justo detrás de mí.

—No es así... Yo solo....

—No me vayas a decir ahora que te sientes perdida... Deja de buscar excusas. La única verdad es que no te atreves a afrontar la realidad de quién eres y qué sientes.

—¿Y qué es, según tú, lo que siento y lo que soy?

—Eres la hija de un nazi. Una niña que vivió entre algodones mientras medio mundo era destruido, mientras millones de personas se morían... Y no te sientes culpable por ello. Y es justo, eras una cría que no tenía conocimiento de lo que sucedía a su alrededor. No tienes la culpa de nacer donde naciste. ¿Crees que los americanos nos sentimos culpables por las bombas atómicas? —Lo miré fijamente, tragué saliva... Sus palabras se colaban por mi cuerpo y me costaba hasta respirar—. Pero también te sientes culpable por seguir adelante, por no querer saber nada de viejas ideas y eres incapaz de decirle a Hans que no te importa nada, incluso te repulsa... Y vas donde Josef para demostrarte que no eres como tus padres...

—Eso no es así...

Noté una solitaria lágrima recorriendo mi mejilla. William levantó la mano y siguió con el dedo el rastro de humedad que la lágrima había dejado en mi rostro. No intentó secarlo, no intentó detenerla... Solo siguió el rastro como si tuviera que comprobar que realmente me había hecho derramarla.

—Sí lo es, pequeña... Y por eso eres tan valiosa. —Me sujetó por la barbilla y volvió a acercar su cuerpo al mío. William sabía lo mucho que me incomodaba su cercanía, que invadiera mi espacio vital de esa manera—. Eres muy hermosa, mucho más sensual de lo que tú puedes imaginarte. —Pasó un dedo de la mano que tenía libre por el borde de mi escote, rozando mi piel, que se erizó en contra de mi voluntad—. Pero, además, tienes un cerebro demasiado espabilado para ser una mujer y una falta de moralidad...

—No —murmuré mientras me echaba para atrás, alejándome de él, volviendo a chocar con el cristal de la puerta—. Yo tengo moral... Yo no me acerco a Josef por lo que dices... Yo quiero estar con él.

—Estar con él... Qué bonito. ¿Y cómo? ¿Quién crees que te apoyará? ¿Y sabes dónde acaban los hijos de las mujeres que se juntan con ellos? En hospicios... ¿Eso es lo que quieres? ¿Y dónde viviréis? ¿Aquí, en Alemania? ¿Y de qué viviréis? ¿De su trabajo en la fábrica? Eso si lo conserva una vez salte la noticia de que ha mancillado a una chica blanca.

—Quizás podríamos irnos a Estados...

—¿A mi tierra? No me hagas reír... ¿Sabes cómo tratamos a los negros allí? ¿Sabes lo que le harían solo por osar mirarte? Deja de jugar a los cuentos de hadas o a las novelas románticas... Eres plenamente consciente de que no acabarás con él, no renunciarás a tu vida por él... Y si de verdad te importara lo más mínimo, te alejarías de él para no destrozarle la vida.

—Yo no...

—Tú no, ¿qué? —Me agarró por los hombros con fuerza, reteniéndome—. ¿Qué pasará si un día te ve Hans, o alguno de sus amigos? ¿Cómo crees que reaccionarían, qué crees que le harían? O la misma policía, una de las noches en las que se cuela por tu ventana... Imagina que lo pillan merodeando por el jardín dispuesto a encontrarse contigo.

—¿Qué es lo que quieres de mí? —Cerré los ojos mientras hablaba, intentando controlar las lágrimas que amenazaban con salir... Sentía un enorme hueco en mi interior... y odiaba la certeza de que William no había errado en nada de lo que me había dicho. Me habían repetido mil veces que la culpa no debía ser hereditaria, pero en esos momentos me daba cuenta de lo que sí había heredado de mi padre y que ese maldito americano había visto tan claramente: estaba vacía por dentro, la única persona que de verdad me importaba era yo misma y realmente no me sentía mal por ser así. Mis lágrimas no eran por ese descubrimiento, eran porque otra persona se había dado cuenta antes que yo de mi incapacidad para anteponer a los demás.

Que mi padre no hubiera sido condenado no se debía a que no hubiera habido pruebas de que conocía lo que sucedía en las cámaras de gas, lo sabía perfectamente... No había sido condenado porque sabía arrimarse al sol que más calentaba y porque lo necesitaban. Era un monstruo sin valores morales... Gobernado solo por el instinto de supervivencia. Y yo lo quería... Incluso más aún en esos momentos en los que mi parecido con él se hacía más presente.

—Bien, sécate esas lágrimas y relájate. —Sentí su beso en mi frente, como si realmente quisiera que me calmara, como si le importara lo más mínimo el daño que me acababa de hacer—. Volvamos al salón. Allí te lo explicaré.

• • •

Tardé más de lo que me hubiera gustado en tranquilizarme, tuve que ir incluso al servicio para intentar arreglar el destrozo que mis lágrimas habían provocado. No quería ni mirarme en el espejo. Me sentía tan sucia, me sentía tan mala persona que temía lo que el reflejo pudiera mostrarme. Me mojé levemente el rostro y, sin pensarlo más, salí del baño. No tenía sentido quedarme allí encerrada más tiempo. William era capaz de entrar y sacarme a la fuerza.

En el salón seguía la fiesta, y no pude evitar sentirme herida. A unos metros de allí, mi corazón se había hecho trizas y nadie se había dado cuenta, y, seguramente, a nadie le importaba. William se acercó a mí en cuanto entré y me acercó una copa de *champagne*, brindó y bebió. Lo imité sin saber qué más hacer. Y volvió a sujetarme por la espalda, otra vez esa maldita pistola apuntándome. Solo que esta vez no era para sacarme de ahí, todo lo contrario, era para llevarme hasta el centro de la sala, donde varias parejas bailaban. Sé que vio el pánico en mis ojos, porque volvió a hablar a mi oído:

—Solo vamos a bailar... Sería extraño que viniéramos juntos y no disfrutáramos de ningún baile juntos.

—A algunas mujeres no les gusta bailar —repliqué mientras me encogía de hombros.

—Solo a las que no saben —respondió divertido. No dio más opción a que siguiera protestando. Al instante, me empezó a llevar al ritmo de la música. Bailaba bien. ¿Había algo que a ese lobo no se le diera bien? ¿Por qué utilizaba sus habilidades para destrozar mi vida en vez de hacer algo realmente útil?

Bailamos en silencio, intenté concentrarme en las notas que invadían el ambiente, ignorando las conversaciones que el resto de los asistentes mantenían, ignorando cualquier ruido que no proviniera de la canción que estábamos bailando... E ignorando las leves caricias que la mano de William realizaba sobre la piel de mi espalda. Odié mi cuerpo por reaccionar a su presencia y me concentré en evitar que alguna reacción mía le hiciera percatarse de que no era indiferente a él. Aunque mucho me temía que era una labor inútil. Estaba claro que él tenía mucha más experiencia en esos temas, y, aunque yo estaba sumergida en una serie de locuras que nunca hubiera imaginado, seguía siendo una novata en esos temas.

—Creo que debo felicitarle, William. Tiene de pareja a la que debe de ser una de las más hermosas de mis compatriotas.

Una voz con fuerte acento sajón me llamó la atención. Se nos había acercado un hombre que debía de rondar los 50 años, llevaba gafas y de sus labios colgaba un puro. Tenía una sonrisa agradable, de esas que producían que alguien te cayera bien al momento. Me puse colorada por su cumplido. La mirada que me había regalado no tenía nada de perversa, se parecía más a la de un padre orgulloso.

—Sí que lo es, Erich. Y una de las más inteligentes, se lo aseguro.

William había dejado de bailar, pero su brazo seguía sujetando mi cintura sin dejar que me alejara ni un solo instante. El tal Erich me dedicó una dulce sonrisa complaciente. Luego se volvió hacia William retirando de sus labios el puro que fumaba con calma.

—Pues, si es así..., debo pedirle permiso para que la señorita... —Se volvió hacia mí para solicitar mi nombre. No dudé en presentarme. Ese hombre me había caído bien sin ni siquiera conocerlo. Había gente que producía esas sensaciones. Esperaba no confundirme—. Agna, hermoso nombre —murmuró. Si me había relacionado con mi padre, lo disimuló muy bien—. Espero que me conceda el siguiente baile.

William aceptó por mí sin darme opción a réplica. Y yo me armé del valor suficiente como para, con todo el disimulo posible, pisarle uno de sus pies con mis zapatos de tacón. Erich se alejó sin percatarse, y William me agarró con fuerza para obligarme a bailar.

—¿Satisfecha?

—¿Satisfecha? ¿Yo? ¿Quién te crees como para aceptar por mí con quién bailo o con quién dejo de bailar?

—No vamos a tener otra vez esta conversación, pequeña.

Volvió a apretarme contra él. Me separé intentando no parecer brusca. Él se rio levemente, y yo pensé si podría volver a pisarlo y que nadie se percatara de mi pequeña venganza.

—He aceptado que bailaras con él porque es a él a quien buscábamos.

Giré el rostro hacia el hombre que se había alejado de nosotros y que en esos momentos charlaba animadamente con otros hombres que parecían grandes mandatarios.

—¿Por qué ese hombre es tan importante?

—Fácil... Es el principal líder de la izquierda.

No entendía por qué eso lo hacía diferente del resto de los asistentes del baile. En ese lugar había muchas personas que yo solía ver en las primeras páginas de los periódicos. Era abrumador. William vio la duda en mis ojos y me respondió a la pregunta que yo no me atrevía a hacerle por miedo a quedar en ridículo una vez más:

—Es importante tenerlo controlado, saber por dónde se mueve y dónde podemos encontrarlo en caso de ser necesario...

—¿En caso de ser necesario?

William me apretó un poco más hacia él para hablarme al oído. Odiaba su manera de pegarse a mí con cualquier excusa, y más cuando lo hacía en un lugar tan repleto de gente como era esa sala de baile, donde el resto de los asistentes parecían disfrutar de una gran velada.

—En caso de una invasión de la Unión Soviética.

Intenté no quedarme helada y seguir moviéndome al ritmo de la música, aunque esa frase me había revuelto todo el cuerpo.

—¿Es eso posible?

—Ya te he dicho, pequeña, que estamos en guerra... Todo es posible.

—¿Y ese hombre qué tiene que ver con ellos? ¿Crees que apoyaría la invasión?

—No viviría para hacerlo —me susurró aún más cerca de mí, aprovechando que la música había cesado. Y aprovechando yo también esa circunstancia, me alejé de él y me dirigí a la mesa donde estaban las bebidas. William me siguió con su maldita sonrisa colgando de los labios.

Cogí una copa de *champagne* y él me imitó. Disfrutaba viendo cómo todas las piezas iban cuadrando en mi cabeza. Recordé un viejo artículo de un periódico que en su momento casi ni me habría llamado la atención si no fuera por lo mucho que lo habían comentado por todos lados.

—Entonces es cierto... El *Bundesdeutscherjugend*[10] existe... Queréis asesinar a los líderes de la izquierda.

—Solo para evitar un gobierno títere impuesto por el ejército soviético.

—En vez del gobierno títere que tenemos actualmente impuesto por los Estados Unidos de América, ¿verdad?

Sabía que mis palabras podrían salirme caras con ese hombre, pero él parecía completamente divertido ante mis ataques. Hablábamos casi en susurros, para impedir que el resto de las personas que nos rodeaban se enteraran, y desde fuera podíamos pasar por una pareja que comenzaba a conocerse y enamorarse.

—Mejor nosotros que ellos...

—Invasores igualmente.

Una carcajada salió de la garganta de William, llamando la atención de mucha gente. Luego me pasó el dedo por la piel del brazo provocando de nuevo que se erizara.

—Te aseguro que ellos te tratarían bastante peor que yo... ¿O no conoces el comportamiento del Ejército Rojo con las mujeres alemanas?

---

10. Grupo de extrema derecha supuestamente fundado como parte del programa de la CIA de crear guerrillas y grupos de apoyo en Alemania y Europa Occidental que lucharían contra los soviéticos en caso de que ocuparan Europa Occidental durante una futura confrontación. La CIA los estaba entrenando en la guerra de guerrillas encubierta para ser parte de este futuro movimiento de resistencia. Muchos miembros de la BDJ eran veteranos de la Wehrmacht y las Waffen-SS. Prohibido en 1953 tras descubrirse que planeaban el asesinato de más de 40 políticos alemanes, la mayoría pertenecientes al SPD.

Tragué saliva. Claro que lo conocía. Todos lo hacíamos. Bebí de un trago todo el líquido que tenía en mi copa y me giré para depositarla en la mesa y buscar algo más fuerte que meterme en el cuerpo.

—Y recuerda que ese grupo estaba armado por la OTAN y la CIA...

—Todo un alivio... Los defensores del mundo libre, ¿no? —mis palabras iban llenándose de odio según íbamos hablando. ¿No existía ni un solo país decente en este mundo? ¿No había ni un solo dirigente que realmente quisiera una paz real? Quizás fueran menos malos que los que nos habían gobernado años atrás, pero el egoísmo y las ansias de poder parecían reinar en todos esos corazones helados. Y recordé algo que había oído, casi a escondidas, en mi época en la escuela. A escondidas porque nadie quería hablar de política conmigo... Bueno, realmente, casi nadie quería hablar de nada conmigo, pero esa era otra historia—. ¿Y el tratado de paz propuesto por Stalin para una Alemania unida y neutral?

—Nadie se lo tomó muy en serio, y la historia les dará la razón. Lo único a lo que Stalin teme es a una Alemania remilitarizada. Y en eso tiene el apoyo de los franceses... Y, extraoficialmente, de los estadounidenses, que, al igual que los ciudadanos de Europa Occidental, no se sienten del todo descontentos con una Alemania dividida por tiempo indefinido.

—¿Qué futuro nos espera? —murmuré mientras sentía que empezaba a dolerme la cabeza. Demasiada información de golpe.

—Tú tendrás un gran futuro, Agna, está en tu mano conseguirlo.

Había sinceridad en la voz de William, pero eso no me

consolaba. Yo tenía futuro. ¿Y el resto? Suspiré. Contemplé a lo lejos a Erich y volví a mirar a William.

—¿Qué tengo que hacer?

• • •

William paró el coche varios metros antes de llegar a mi casa. Me giré hacia él sorprendida. No habíamos hablado nada durante el trayecto. Yo no paraba de darle vueltas y vueltas a todo lo sucedido esa noche, intentando analizar mis propios pensamientos. Y él parecía estar dándome tiempo. O quizás, simplemente, ya no tenía mucho más que decirme. Esa noche se había desahogado a gusto y también había conseguido que lo ayudara en su trabajo.

No tenía muy claro la hora que era. Las calles estaban desiertas, las luces de las casas, apagadas y varias estrellas desafiaban la oscuridad del cielo intentando destacar sobre las demás. Me giré hacia él sin decir nada. Con el corazón en un puño. Con miedo a lo que quisiera decirme para rematar una velada demasiado intensa.

—Lo has hecho bien.

No pude evitar soltar una leve carcajada llena de cinismo. Claro que lo había hecho bien. Le había hecho su trabajo sucio. Le había conseguido intercambiar uno de sus preciosos gemelos por otro falso con un micrófono en su interior. Aún esperaba despertar y descubrir que no me había sumergido en una película de espías. ¿Cómo era posible que se pudieran realizar aparatos tan pequeños para que nadie sospechara lo que eran realmente? Cuando William me lo había dado y lo había sostenido en mi mano, pensé que se estaba burlando de mí, que todo eso había sido una extraña broma pesada... En esa pequeña joya no podía haber un aparato con el que te podían escuchar a varios metros de distancia... Pero él me había mirado con esa expresión tan penetrante que usaba y me había convencido de que era real.

—Si lo he hecho bien, ¿por qué me siento tan mal?

Me mordí el labio inferior nada más decirlo. No había pensado, solo había hablado. Pero era tan real ese sentimiento. Erich me había caído bien. Mientras bailaba conmigo, me había preguntado por mi vida, se había sentido muy interesado por mis estudios en la universidad, por las clases que me apasionaban. Habíamos hablado de literatura y me había preguntado por mi impresión sobre la reconstrucción de Múnich. Escuchaba, no solo hablaba. No daba grandilocuentes discursos, parecía realmente interesado por lo que los demás le podían decir... Habría sido uno de los mejores momentos de la velada si no hubiera estado más tiempo pendiente del instante en el que tenía que conseguir que su verdadero gemelo se cayera de su manga para hacer el intercambio...

—La primera vez siempre es así.

—¿La primera vez? No quiero más veces... Nadie habló de más veces.

Había demasiada desesperación en mi voz. Lo noté hasta yo misma. No. No podía convertir eso en una rutina. Yo no estaba hecha para esa clase de vida.

—Solo si tú quieres.

William alzó su mano hasta mí y agarró la mía, que reposaba sobre mi pierna. La apretó con suavidad, y yo observé su gesto afable sorprendida. Parecía sincero. Parecía dejarme la opción de elegir, algo que no había hecho hasta ese momento.

—No quiero.

No tenía fuerzas para decirle nada más. Ni siquiera alcé la mirada para verlo. Solo quería que la velada se acabara, refugiarme en mi cama y dormir hasta que mi vida volviera a ser solo mía. William sonrió. No parecía ni sorprendido ni enfadado por mi reacción. Apretó un par de veces con fuerza mi mano y luego la soltó para inclinarse hacia la guantera, abrirla y coger de ella un sobre que me tendió. Lo miré extrañada. Lo cogí con las manos temblorosas... Me daba pánico abrirlo. ¿Qué habría en su interior? ¿Algo con lo que hacerme chantaje y seguir obligándome a trabajar para él? Suspiré dándome fuerzas. William se había vuelto a apoyar en su asiento y me miraba expectante con una sonrisa relajada. Abrí el sobre. No sé qué esperaba encontrar, pero no aquello. Dinero. Varios billetes. Los saqué para comprobar que eran de verdad, que no eran una imitación... Luego lo miré fijamente. Él se encogió de hombros.

—Como bien has dicho varias veces esta noche, esto era un trabajo. Y el trabajo se paga.

—Yo no... Esto es demasiado. —No quería aceptar esa indecente cantidad de billetes. No quería aceptar ni uno solo por algo que me había hecho sentir tan mal.

William volvió a encogerse de hombros y, sin decir nada, encendió de nuevo el coche y lo puso en marcha hasta llegar a la puerta de entrada al jardín de mi casa. Yo seguía contemplándolo sin casi pestañear. ¿Se había vuelto loco? ¿O se pensaba que dándome dinero podría cambiar de idea sobre su oferta de seguir trabajando para él?

—No quiero este dinero —le dije una vez que él hubo aparcado el coche enfrente de la fachada de mi casa, con una voz bastante más débil de lo que me hubiera gustado.

—Lo imaginaba... Pero también te he oído esta noche la tontería de que querías tener una vida con Josef... ¿Con qué dinero piensas hacerlo?

—Y tú te habías reído de mí por eso.

Se encogió de hombros. Había repetido tanto ese gesto que no pude evitar preguntarme si no sería un tic o si tendría alguna molestia en la espalda.

—No tienes por qué gastarlo. Guárdalo. Si algo nos demuestra esta vida es que siempre hay que tener un as guardado bajo la manga.

William no me dio opción a replicar. Abrió la puerta del coche y salió del mismo directo a mi puerta para abrirla. Me quedé mirando los billetes. Volví a meterlos en el sobre. Tragué saliva. Lo cierto era que ese dinero podría venirme muy bien en el futuro. Ya había vivido lo que era que te sacaran de tu casa solo con lo puesto. William abrió la puerta del copiloto y se quedó esperando en silencio a que yo me decidiera a salir del coche, hasta que decidiera qué hacer con ese sobre. Salí en silencio y metí el sobre en el pequeño bolso que llevaba colgado del hombro. Ignoré la sonrisa de William, que volvió a posar su mano en mi espalda y me acompañó a la puerta de entrada.

—Agna... —comenzó a despedirse con la voz mucho más grave de lo habitual. Me miró profundamente a los ojos, como si intentara analizar cada veta de color que hubiera en ellos. Abrió la boca para hablar y volvió a cerrarla. Eso sí que era raro. Luego se metió la mano en el bolsillo de su chaqueta y me tendió una tarjeta, cambiando de nuevo el tono al que solía usar habitualmente—. Si cambias de opinión, o si necesitas de mi ayuda...

Cogí su tarjeta sin mirarla. Mis ojos seguían posados en

los suyos. Había una extraña tensión entre los dos. No era como cuando estaba con Josef ni con Hans. No sentía como si él estuviera a punto de abalanzarse sobre mis labios... No. Era algo más profundo, más intenso. Y decidí concluirlo. Asentí, guardé la tarjeta en el bolso junto al sobre y me metí en mi casa con un simple «Adiós, William».

No me detuve a escuchar si me respondía. Tampoco me detuve a ver si él se dirigía a su coche o si se quedaba en el porche. Me daba igual. Me quité los zapatos para no hacer ruido y me dirigí con rapidez a mi cama con todo mi cuerpo gritándome frases que no llegaba a comprender.

• • •

Nadie me preguntó por la velada. Nadie mostró interés en saber qué era lo que había sucedido durante la fiesta que tantas emociones encontradas me había dejado bailando en la boca y en el resto del cuerpo, y eso me pareció tan extraño, tan inquietante, que casi ni pude desayunar. Era como si mi estómago estuviera completamente cerrado. Fue intentar meterme un pequeño trozo de pan y las náuseas volaron hasta mi garganta. Tenía la sensación de que, de un momento a otro, iban a llamar a la puerta de nuestra casa y aparecería ese político, el tal Erich, y que su rostro ya no sería amable ni agradable... Y que me acusarían de espionaje, de ir en contra de mi propio país o de colaborar en... ¿En qué exactamente había colaborado?

William me había dejado claro que sí había una especie de complot para mantener vigilados a los políticos de izquierdas o cercanos a la ideología soviética... Me había dejado claro que el hombre con el que había estado bailando no viviría si aparecía la posibilidad de que la URSS avanzara por el territorio controlado por Estados Unidos, Francia e Inglaterra. Y no es que yo sintiera afecto alguno por esa ideología, todo lo contrario. El Ejército Rojo había sembrado el terror por cada pedazo de nuestra tierra por el que había pasado. Como el caballo de Atila, por donde él pisaba no volvía a crecer la hierba. Por donde había pasado el ejército ruso, costaba que volviera a crecer la esperanza. Por supuesto que no quería que la URSS avanzara por nuestro territorio, y sí, pensándolo fríamente, los americanos parecían el mal menor... Pero de ahí a colaborar para controlarlos... Había un paso enorme que no sabía si quería dar.

No quería ni pensar en la propuesta de William. No quería plantearme la opción de trabajar para ellos. Aunque el fajo de billetes guardados en mi habitación era un anzuelo tentador, no podía negarlo.

Llamaron a la puerta y el corazón se me paró de golpe. La mano que sujetaba la taza del café comenzó a temblar tanto que tuve que depositar el recipiente sobre la mesa para que no se derramara su contenido y advirtiera a mis progenitores de que algo iba mal. En esta ocasión no me levanté, intenté fingir que ni me había percatado, centrando mi mirada en el desayuno que intentaba tomar. Fue mi tía la que se levantó, con excesiva calma para mi gusto. Si había visto algo extraño en mi comportamiento, no lo mostró en ninguno de sus gestos.

Se me hizo eterno. Agudicé el oído para poder escuchar algo, pero fue inútil. El silencio me tranquilizó. Pensé que, si alguien viniera a por mí, no sería sutil ni delicado. Todo sería rápido y sin darme opción a escaparme. Oí los pasos de mi tía volviendo al comedor, y pronto ella y su acompañante hicieron acto de presencia. Hans.

No me lo esperaba y no supe reaccionar. Me quedé mirándolo como si no me creyera que estuviera ahí, como si mis ojos me estuvieran gastando una broma pesada. Me hubiera gustado contaros que sentí un aluvión de emociones, que mi cuerpo se llenó de miles de sensaciones diferentes (incluso contradictorias), pero no pasó nada. Vi a Hans en la puerta de mi comedor, mirándome con esa sonrisa deslumbrante y esos ojos que quitaban la respiración a cada mujer con la que se cruzaba... Y no sentí nada. Mi madre, sin embargo, se levantó corriendo de su asiento para dirigirse a él, darle la bienvenida y, por supuesto, ofrecerle algo de desayunar, que él aceptó con una sonrisa mientras se acomodaba a mi lado.

—Disculpen las horas. Sé que es muy temprano...

—Nada, nada... Sabes que eres bienvenido a cualquier hora, Hans, ¿verdad, Agna?

Me mordí la lengua por no preguntarle a mi madre si, en su efusividad, lo estaba invitando a pernoctar en casa. Pero no era apropiado, ni muchísimo menos quería que mi amigo creyese que era mi deseo.

—Por supuesto, madre. —Me volví hacia Hans. Era consciente de que todos los ojos de esa habitación estaban posados en mí, y eso me ponía realmente nerviosa, pero tenía que hacer de tripas corazón y empezar una conversación con nuestro invitado—. Me alegro de ver que has vuelto. Estaba preocupada por tu viaje a Berlín. ¿Cómo están las cosas ahora mismo?

—Es muy tierno que te preocupes por mí. —Hans sonrió y se atrevió a cogerme la mano que tenía reposando encima de la mesa del comedor, apretando con suavidad pero con confianza. Me quedé mirando ese gesto, intentando analizar todas las connotaciones que conllevaba. Incluyendo el hecho de que lo hiciera con toda tranquilidad delante de mis padres y la falta de hormigueo en mi piel ante su tacto—. Pero no debes preocuparte por nada. Es cierto que has podido escuchar que hay ciertas revueltas en Berlín, pero es en la parte oriental, cosa que a nadie le extraña... Y en la parte occidental... Bueno, lo cierto es que están ansiosos con que los verdaderos alemanes los ayudemos y colaboremos con ellos.

Mi madre asentía convencida. Mi padre estaba centrado en el café, ignorando la conversación. Mi tía empezó a recoger lo que había estado usando para el desayuno. Y yo... Yo tuve que volver a contenerme. Nunca me había gustado la política, ni los tejemanejes de unos y de otros... Pero tenía claro que estábamos viviendo una época en la que todos se utilizaban unos a otros, creyéndose los que tenían la sartén bien cogida por el mango. Me llamó también la atención la falta de emoción que había en su voz al hablar de los alemanes que estaban bajo el ala de la URSS. ¿Acaso no eran tan alemanes como nosotros? ¿Acaso muchos de ellos no habían luchado mano a mano con personas que defendían los mismos ideales que él?

—Estoy satisfecho con las reuniones que hemos tenido. —Y empezó a relatarnos varias anécdotas y vivencias que, realmente, creo que solo le interesaban a él. Tampoco parecía importarle si el auditorio al que se dirigía le estaba prestando atención. Él contaba su historia, y yo me preguntaba cómo era posible que con cada palabra que decía lo sintiera más y más lejos de mí. ¿Tanto había cambiado en su ausencia, o, simplemente, estaba tan agotada y cansada de todo lo que me rodeaba que centrar esos sentimientos en él era lo más fácil?

Se hizo un leve silencio y comprendí que Hans había terminado de hablar. Lo miré con una sonrisa complacida, esa que con tanto empeño se habían obstinado en enseñarnos en la escuela de señoritas, y él pareció conforme con mi reacción. Si en algún momento sospechó que mi mente no estaba prestándole atención, no lo expresó.

—Mañana me gustaría invitarte a la inauguración de...

—Estará encantada —interrumpió mi madre antes incluso de que él terminara de hablar. Me puse roja. De vergüenza y de furia. Y no sé qué era lo que me molestaba más, que él me lo preguntara delante de todos o que mi madre contestara por mí. Ninguno de los dos pareció percatarse de mi molestia. Comenzaron a hablar entre ellos sobre la cita que yo iba a tener con Hans. Me parecía todo tan surrealista... Me tragué las ganas de levantarme de la mesa e irme a mi habitación, hasta que mis ojos se posaron en los de mi tía. Había algo en ellos que me pedía calma, que me suplicaba que me quedara ahí... Su mirada era la de una persona que estaba demasiado acostumbrada a encerrar sus impulsos en un cajón y dejarlos ahí, bien guardaditos. Cada vez tenía más claro que necesitaba conocer la historia de mi tía, tenía la sensación de que abriría mucho los ojos.

—Bueno —el tono cargado de despedida de Hans me hizo despegarme de los ojos de Dagna y volver a ese salón—, creo que ya les he robado suficiente tiempo.

Hans comenzó a levantarse mientras posaba la vista en mí, esperando una reacción por mi parte que me sentía incapaz de realizar. A mi madre no le costó.

—Agna, querida, acompaña a nuestro invitado a la puerta mientras tu tía y yo recogemos todo.

Sonreí mientras asentía, me levanté y, en silencio, comenzamos a andar hacia la puerta. No sabía muy bien qué decirle, cómo iniciar una conversación... ¿Cómo podía pasar de sentir que alguien era tan cercano a sentirlo casi como un extraño? ¿No me estaría boicoteando a mí misma?

—¿Por qué no te has ofrecido tú a acompañarme?

Las palabras de Hans una vez que habíamos llegado a la puerta de salida me sacaron de mi ensimismamiento. Me quedé mirándolo desconcertada. ¿En serio me estaba preguntando eso tan descortés? ¿Y qué pretendía que le respondiera? ¿Quería iniciar una discusión nada más volver a vernos? ¿O es que pretendía que le pidiera disculpas por no ser una perfecta anfitriona? Tomé aire para no soltar nada de lo que luego pudiera arrepentirme y medité mi respuesta.

—Este tipo de situaciones delante de mis padres y mi tía me resultan incómodas.

—Pues no entiendo por qué. No es como si yo fuera un desconocido, ni para ti ni para ellos.

Nos quedamos en silencio con una extraña y dura tensión creciendo entre nosotros. Tenía razón en algo: no era precisamente un desconocido, pero estaba cambiando las reglas del juego, queriendo pasar de amigo a novio, y estaba claro que mi opinión en ese asunto era la menos importante.

—No entiendo por qué ha tenido que ser tu madre la que te indicara que me acompañaras.

La voz dolida y acusadora de Hans me incendió, y ya no me pude morder la lengua.

—No te ha importado que fuera ella la que aceptara tu invitación a salir y no yo.

No se esperaba mi respuesta, estaba claro. Me analizó como si mirara a una selenita recién llegada a la Tierra.

—No podemos culpar a tu madre porque le haga ilusión lo nuestro.

Lo nuestro... ¿Qué era lo nuestro? Un par de besos y

varias citas como amigos. Citas en las que habíamos hecho lo que él quería: quedar con sus amigos, ir a una reunión de fanáticos pronazis, ir a su fiesta de cumpleaños… Cierto era que Hans creía (y de eso no tenía la menor duda) que sus decisiones me sentarían bien, que era lo que yo necesitaba para acomodarme a mi nueva vida.

—La próxima vez, me gustaría que las propuestas para quedar me las hicieras solo a mí.

—Bueno… —Hans se encogió de hombros quitándole importancia—. ¿Habría cambiado tu respuesta?

—¿No te gustaría que fuera yo la que te dijera que sí y no mi madre? No puedes extrañarte porque no salga de mí el acompañarte a la puerta cuando te parece normal que no sea yo y sí mi madre la que acepte una cita contigo.

Hans sonrió. Una sonrisa demasiado condescendiente para mi estado de ánimo. Me cogió por los brazos, por encima de los hombros, y se acercó a mí.

—Iremos mejorando estas cosas… Mañana te veo.

Y esta vez sin pedir permiso, me dio un leve y suave beso en los labios para luego irse sin intercambiar más palabras. Me toqué la boca como acto instintivo. No podía negar que sus besos seguían afectándome como el primer día. ¿Estaba viendo fantasmas donde no los había? ¿Me habían golpeado tanto los sucesos de la noche anterior que me estaba boicoteando a mí misma?

8

¿Era posible que empezara a odiar los fines de semana? Los sábados y domingos no tenía tantas excusas para salir de casa y empezaba a añorar las clases en la universidad... No había asistido a muchas, pero la emoción que me embargaba al saber que empezaba a recorrer mi propio camino era increíble... Y hacerme un nuevo grupo de amigas, personas ajenas a todo lo que siempre me había rodeado: a Hans y mi pasado, a la escuela para señoritas donde me metieron mis padres sin tomar en cuenta mis deseos... Ellas, junto con Josef, eran solo mías... Y aunque me daba miedo el momento en que supieran de dónde venía, tenía la sensación de que estaba encontrando mi lugar.

Ese día se me hizo eterno... No vi casi a mis padres. Ya no sabía si era yo la que huía de ellos o ellos de mí. Me refugié en mi cuarto y empecé a leer alguno de los libros de estudio que tenía, pero no conseguía concentrarme... Mi mente viajaba a los discursos que William me había soltado. Fui a la mesilla y contemplé allí el libro que Elba me había regalado. Dentro de él había guardado el sobre con el dinero que me había dado por ayudarlo. Cerré de nuevo la mesilla, esta vez con llave, y bajé muy despacio hacia el despacho de mi padre.

—¿Buscas algo, Agna?

La voz de mi padre a mis espaldas me sobresaltó, el corazón comenzó a latir con una fuerza que parecía querer romperme las costillas y salirse del pecho. Subí las manos como si colocándolas a su altura no fuera a pasarme nada.

—Padre, no te esperaba... Solo quería el periódico.

—¿El periódico?

Le sonó extraño, y no podía ofenderme por eso. Nunca había mostrado ningún interés por leerlo. En la escuela tenía su punto de diversión, porque algunos artículos nos estaban prohibidos, y cuando entraban de contrabando, te sentías una rebelde incumpliendo las normas.

—En la universidad nos han recomendado que lo leamos, al menos una vez a la semana. Insisten en que es importante que tengamos información sobre los acontecimientos que nos rodean.

Mi voz sonó tan calmada y convincente que a mí misma me sorprendió. Mi padre posó su mirada en mí durante un rato que se me hizo eterno. No tenía claro si se había creído mi farol o si había leído en mis ojos algo que le hiciera sospechar. Se encogió de hombros e hizo una seña con la cabeza indicándome con ella la dirección en la que se encontraba el periódico.

—Está encima de mi mesa. Y, si quieres, en la encimera podrás encontrar algunos más antiguos...

—Gracias, padre.

Me giré para dirigirme hacia ellos con la esperanza de que esa conversación se terminara ahí. Necesitaba más información, necesitaba más datos para poder enfrentarme a mi padre y hacerle las preguntas que necesitaban respuestas cada vez con más urgencia. Cogí todos los periódicos que vi a simple vista, el de ese día y todos los anteriores que tenía mi padre.

—Agna, solo recuerda... —la voz de mi padre me llegó

cuando yo ya estaba a punto de subir el primer escalón que me dirigía de nuevo a mi cuarto. Me volví hacia él, que no se había movido del sitio y me miraba con calma y una leve sonrisa en sus labios—. Todos contamos la historia según nos convenga... Todos: nosotros, tus amigos, tus profesores, los periodistas... La objetividad completa no existe, y no hay mayor método para manipular a la gente que los medios de información.

—De eso nosotros sabemos mucho, ¿no?

No me arrepentí de habérselo dicho, ni él pareció sorprendido por ese arranque de cruel sinceridad... Su sonrisa se hizo aún más extensa y la acompañó con un gesto de asentimiento, como si hubiera estado esperando que yo reaccionara de esa manera que ni yo misma esperaba.

—Exacto.

Y con esa simple palabra me dedicó una última mirada y se dirigió hacia su despacho para encerrarse en él. No se volvió ni una sola vez más. Y lo supe porque tardé bastante en volver a moverme, tan concentrada como estaba en la frase que le había soltado a mi padre y que conllevaba algo que me estaba costando admitir y que, poco a poco, se estaba instalando en mi mente. Luego apreté los periódicos contra mi pecho y subí corriendo a mi cuarto con el corazón otra vez latiendo como si se fuera a desbocar. Me senté en la cama, cogí una pluma y, con ella, como si fuera una espada, empecé a buscar las noticias que me interesaban. Primero busqué en las que salía el hombre al que había señalado William; necesitaba saber más sobre él, como si así me fuera a quitar el sentimiento de culpa que me agobiaba. Luego decidí que necesitaba saber más cosas sobre aquella famosa guerra fría de la que tanto hablaba el americano y a la que mi entorno parecía no hacer caso (bastante teníamos los alemanes con seguir curando nuestras propias heridas, imagino). Al cabo de un buen rato, me dejé caer de espaldas sobre la cama, con todos los periódicos a mi alrededor. ¿Cómo era posible que, después de todo lo que había sucedido, el mundo volviera a sumergirse en otra guerra, en varias, según ese periódico? ¿Por qué narices no aprendíamos de nuestros errores? La Segunda Guerra Mundial había sido una consecuencia directa de la Primera, de no saber cerrar bien las heridas, de la falta de empatía... ¿Eran en realidad dos guerras mundiales o, simplemente, una con un periodo de paz entre ambas? Y seguíamos por el mismo camino. Guerras y más guerras en diferentes lugares del planeta. El mundo era un tablero de ajedrez en el que los que dirigían las piezas lo hacían desde sus cómodos despachos, muy alejados del dolor y el sufrimiento que sus actos conllevaban... Por eso no aprendían la lección, porque su estómago estaba lleno y su conciencia se debió de quedar en algún lugar de su infancia.

Y al pensar en la infancia de esos hombres, no pude evitar pensar en la mía y en Hans... Y en cómo él y su familia no eran muy diferentes. Dirigían su empresa como si nada hubiera pasado. Se hicieron ricos con Hitler y seguían haciéndose ricos con los aliados. ¿Cómo aprender del pasado si no habían sufrido las consecuencias del mismo?

¿Y yo? ¿Cómo iba a aprender si seguía escuchando versiones muy diferentes de todo lo sucedido? Recordé la frase de mi padre: *«Todos contamos la historia según nos convenga»*. Y esa era la única verdad que hay: que la verdad absoluta no existe.

• • •

Mi madre volvió a elegirme el vestido para mi cita con Hans, como si fuera una niña pequeña que no supiera combinar colores; pero yo no me quejaba, tenía la sensación de que esa necesidad de controlar era importante para ella, e incluso una manera de compensar por los años que nos había tocado vivir separadas. Hans llegó puntual, como siempre, y yo lo recibí decidida a darle la oportunidad que se merecía y a juzgarlo solo por quien era, por lo que me hacía sentir, y olvidar todo lo que nos rodeaba y el mundo en el que nos había tocado vivir.

En el trayecto en coche, me habló de su viaje y me preguntó por lo que había hecho en su ausencia. Le hablé de la universidad, de las clases y de mis nuevas amigas (eludiendo cualquier comentario político que pudiera hacerle saltar la alarma). Y, sí, fui plenamente consciente de que evitaba hablar de la fiesta a la que había acudido con William. No solo por mí, también por mis padres... Nadie había mencionado nada, pero estaba segura de que no era algo que quisieran que se aireara, y menos en ciertos círculos. Hans detuvo el coche justo delante del local. Miré hacia todos lados asombrada de no ver ningún otro vehículo cerca.

—¿Se puede aparcar aquí? —le pregunté mientras salíamos del coche.

—No te preocupes.

Hans sonrió con suficiencia mientras me cogía de la mano para indicarme que avanzáramos hacia la entrada del recinto.

—Señor —un empleado del local se acercó a nosotros con timidez—, no puede dejar ahí el vehículo.

Hans se paró y lo miró de arriba abajo con rabia. Acaricié su brazo para calmarlo. Tenía que comprender que el chico no tenía la culpa y tenía toda la razón del mundo. Yo misma le había preguntado si habíamos aparcado correctamente.

—Voy a dejar a mi acompañante cómoda, así es como se trata a las señoritas. Si tanto le molesta, llame al encargado.

—Hans, no pasa nada.

—Sí pasa, Agna, porque yo ya hablé con el dueño del recinto para dejar el coche aquí y que uno de sus mozos lo recogiera... y todo solucionado.

—Perdone, señor Flirk —una voz nos habló desde atrás—. Yo mismo le aparcaré el coche.

Nos volvimos y yo me quedé de piedra; no por el servicial chico que había acudido a solucionar el malentendido, sino porque, a unos metros de nosotros, estaba el grupo de amigos de Josef, y él entre ellos. Múnich parecía no ser lo suficientemente grande... Josef me había dicho que no podía quedar, yo no le había preguntado porque había creído que sería por motivos laborales. No era la primera vez que tenía que quedarse más horas trabajando. No me había imaginado que fuera para quedar con sus amigos. ¿Por qué no me lo había dicho? Yo lo hubiera comprendido.

Debió de notar mi mirada, porque se giró hasta posar sus ojos en mí, y vi la sorpresa dibujada también en su rostro. El destino a veces era muy juguetón y le gustaba llenarnos de casualidades. Se percató de la presencia de Hans y su gesto se endureció. Yo me irrité por ese cambio. Yo sí le había dicho que había quedado con él y con unos amigos, no como él, que se había limitado a decirme: *«Por la noche no podré ir a tu casa, estoy ocupado»*. Yo me había arriesgado la tarde anterior a escaparme con una mala excusa para ir a verlo cinco minutos, y él...

—¿Te pasa algo, Agna? —la voz de Hans me hizo reaccionar y salir del embrujo de los ojos de Josef. Lo que menos me apetecía era que Hans se diera cuenta del intercambio de miradas que tenía con Josef. Tarde—. ¿Y tú qué miras, negro?

—Déjalo, Hans... —le pedí cogiendo su brazo con intención de que reemprendiéramos el paso y evitar algún enfrentamiento. Josef no ayudó. Vi cómo daba un paso hacia nosotros mirando con odio a Hans y sin poder evitar mirarme de reojo, gesto del que Hans se percató y no hizo más que avivar el problema.

—¿Qué pasa, negro, te gusta mi chica? ¿No te conformas con las de tu clase?

—Hans... —le supliqué viendo el fuego arder en los ojos de Josef.

—Tienes razón, no merece la pena —me respondió Hans volviéndose hacia mí, y yo suspiré con la esperanza de que esa maldita escena se terminara ahí.

No fue así. No vi venir la reacción de Hans, no la esperaba de ninguna de las maneras. En un rápido movimiento, me cogió por la cintura y me besó. Y lo odié. Hasta ese momento, había adorado su manera de besarme, pero... ¿eso? No. Me retiré, echándome varios pasos para atrás y con el rostro lleno de decepción. No quería montar un escándalo en público, notaba los ojos de demasiadas personas sobre nosotros, pero me daba absolutamente igual. Que la primera vez que me besaba en público fuera para darle celos a un hombre que ni conocía... Y, por primera vez, él no supo leer mi expresión, tan centrado como estaba en el odio que sentía en esos momentos... Me cogió con fuerza por la muñeca y, con un solo «Vamos», me introdujo en el local. No pude oponerme, me arrastró con tanta fuerza que solo pude ver de pasada cómo Josef seguía quieto en el mismo lugar, mirándome con esa expresión despreocupada que tanto odiaba.

No vi hacia dónde andábamos hasta que, de pronto, Hans se paró, y yo con él. Nos habíamos detenido en el pasillo que llevaba a los servicios. Seguramente, Hans había pensado que era el sitio con más intimidad que podía encontrar. Lo observé en silencio; parecía estar conteniéndose, y yo no acababa de comprender por qué se mostraba tan ofendido cuando había sido él el primero en ofenderme a mí. Decidí ser yo la primera en mostrar mi disgusto:

—¿Así es como querías que fuera nuestro primer beso en público?

—¿Cómo te has atrevido a rechazarme delante de...? —Hans ni me escuchó. Su voz destilaba odio y rabia como nunca había visto en él. Era una parte desconocida para mí y que, definitivamente, no me gustaba nada; es más..., me asustaba.

—¿Qué te importan las personas que ni conoces?

—Ese negro aspiraba a algo mío.

—¿Algo tuyo? ¿Ahora soy una cosa? Y, que yo sepa, no soy de nadie; como mucho, de mis padres, ya que ellos me dieron la vida.

Hans se aproximó a mí, y yo retrocedí, asustada, hasta chocar con la pared. Y supliqué mentalmente que volviera mi amigo, no ese hombre de mirada fría que era un auténtico desconocido para mí.

—Estoy teniendo mucha paciencia, Agna, no hagas que se me acabe más rápido.

Había una amenaza implícita que yo no comprendía y que me atemorizaba más que nada.

—Hans...

Supliqué, y algo en mi voz pareció hacerlo reaccionar. Se echó para atrás, dando unos pasos, como si se encontrara perdido. Luego me miró, y parecía haber verdadero arrepentimiento en sus ojos.

—Agna... Lo siento... Le he dado una importancia que no tiene y te he hecho daño. —Volvió a acercarse a mí para acariciarme el rostro mientras hablaba; yo ni me moví—. Me parecen tan increíbles los momentos que paso a tu lado que...

—Quiero irme a casa —le pedí sin mirarlo a la cara.

—Agna... Por favor, perdóname y olvida lo que ha pasado. Disfrutemos de esta noche.

—Hans, te perdono... Pero quiero irme a casa.

No insistió más. Asintió en silencio y me concedió mi deseo conocedor de que, si quería que pudiera olvidar sus gritos y esa amenaza que tanto me había afectado, era su mejor baza.

• • •

Cuando Hans me dejó en casa, me quedé un rato quieta en la puerta sin atreverme a entrar. Si avanzaba y me encontraba con mi madre, me preguntaría por qué había llegado tan pronto y si había sucedido algo. ¿Y qué le iba a decir? ¿Que Hans se había comportado de una manera que no me esperaba? Pero ¿realmente no me lo esperaba? Podía intentar centrarme en las virtudes de Hans, pero él nunca me había mentido sobre cómo era y cuáles eran sus ideales. ¿Esperaba de pronto que no fuera un racista? En el fondo, tenía que agradecer que Josef no hubiera hecho nada más que mirarme y mirarlo a él con los ojos furiosos... Y también que entre los amigos con los que estaba no fuera ninguno de sus compañeros de piso. Sobre todo, esa chica que tanto me odiaba... La situación podía haber sido peor.

Di la vuelta a la casa y me dirigí al jardín. Me llamó la atención que las luces de la casa estuvieran apagadas, quitando la luz de la habitación de mi tía. ¿Habrían vuelto a salir mis padres? ¿A dónde irían? Me gustaría tanto que me hicieran partícipe de esos pequeños detalles... Si estaban intentando revivir su relación, me parecía tan hermoso... Y me daba envidia. Me dolía como no debería dolerme. Y no debería sentirme así... Yo quería que ellos fueran felices, se merecían serlo. Todos nos lo merecíamos... Y merecían ser un matrimonio como los demás. Pero me sentía excluida. ¿Por qué sí dedicaban un tiempo para ellos dos solos y, sin embargo, no conmigo? «Porque ellos saben todo lo que el otro hizo durante la guerra y los años anteriores», me dijo en un susurro seco ese demonio que todos tenemos sobre el hombro izquierdo. Y ese maldito diablo tenía razón: no querían estar conmigo por miedo a las preguntas que yo les pudiera hacer.

Me senté en el banco del jardín y miré hacia la casa. Tenía que tomar una decisión. No podía seguir así. En esa ocasión me había librado, pero no podía seguir jugando a dos bandas con dos hombres tan diferentes. Quizás, incluso, lo mejor sería alejarme de los dos. Darme un tiempo sin ninguno de ellos para ver a quién echaba más de menos... Lo que no podía era acostarme un día con Josef y otro día tener una cita con Hans. ¿En qué me convertía eso? Las mujeres se habían pasado siglos sufriendo ese tipo de actitudes en los hombres, yo no quería convertirme en alguien así. Si seguía así, dejaría de reconocerme a mí misma. Ya no era el daño que pudiera hacerles a ellos. No iba a dejar que se enteraran de mi doble vida. No. Yo también iba a salir dañada. Ya estaba sucediendo.

¿Y si hacía una lista de pros y contras de cada uno? Elevé las piernas, apoyando los pies en el asiento, y rodeé mis rodillas con los brazos, apoyando mi cabeza en ellas. No debería ser tan difícil. Y una lista no me iba a solucionar nada. El amor no era así. Al menos no era así en los libros y las películas a los que estaba acostumbrada. Y eché de menos a Elba, pero no podía llamarla. ¿Qué le iba a contar? No. En mi vida había demasiados secretos que no podía compartir con nadie.

¿Les pasaría eso mismo a mis padres? ¿Cuántos secretos guardaría mi progenitor? ¿Qué cosas habría hecho o habría visto que no pudiera contar por miedo a la reacción de los demás? Yo no sabía cómo contar que había asistido a una reunión de adeptos al antiguo régimen, ni que salía sin que ellos lo supieran con dos hombres completamente distintos, ni que, días antes, había ejercido de una especie de espía para el Gobierno de los Estados Unidos de América... Lo que no podía negar era que mi vida era de todo menos monótona y aburrida. ¡Y yo que pensaba que no tendría nada que hacer hasta que Elba terminara sus estudios en la escuela y volviera a Múnich!

Sacudí la cabeza y volví a ponerme de pie. Lo que necesitaba era un té calentito que me reconfortara el cuerpo, ponerme mi pijama más ancho y cómodo, colarme debajo de la manta de mi cama y leer un poco. Una novela romántica que me calentara el alma y me inspirara en la decisión que tenía que tomar y me hiciera olvidarme de todas esas cosas que me agarraban por dentro y no me dejaban ni respirar.

• • •

—Madre... ¿Tú cómo supiste que padre era el hombre con el que querías casarte?

Se giró y me miró fijamente, quitó el café del fuego y lo sirvió lentamente; no dije nada, no le metí prisa, expectante. Había bajado pronto a la cocina esa mañana y me la había encontrado delante de los fogones mirando la cafetera, sumergida en sus propios pensamientos. Sin embargo, se giró hacia mí cuando notó mi presencia. Me sonrió con dulzura y me preguntó si quería café. Se la notaba muy relajada, como si empezara a estar en paz con ella misma, como si empezara a dejar atrás esa losa que llevaba desde hacía mucho tiempo sobre sus hombros. Por eso me atreví a hacerle esa pregunta. Mi madre y mi padre eran mis únicos referentes sobre el amor. La gran parte de las personas que conocía habían perdido al menos a uno de sus progenitores en la guerra; me sentía afortunada de formar parte de ese pequeño porcentaje que aún conservaba a los dos. No debía olvidarlo nunca. Los tenía y seguían juntos. Si no le preguntaba a ella, ¿a quién iba a hacerlo?

—¿Esto tiene algo que ver con Hans?

Sé que me puse colorada, por mucho que lo intentara evitar y, posteriormente, disimular cogiendo la taza de café que mi madre me había servido. No quería mentirle, aunque sabía que tampoco podía ser sincera del todo. Me mordí una uña, un gesto que hacía mucho que había conseguido desterrar, pero que ahora necesitaba para calmar mis nervios.

—Más o menos… —una respuesta ambigua, que nada decía, pero que era lo mejor que podía ofrecerle en esos momentos.

—Tu padre y yo somos muy diferentes… Siempre lo hemos sido. Por eso tenemos muchas discusiones, y a veces me han dado ganas de tirarle algo a la cabeza. —La sonrisa dulce que iluminó el rostro de mi madre mientras hablaba sobre su relación con mi padre me enterneció sobremanera—. Pero siempre he tenido claro que él estaría a mi lado cuando lo necesitara y que teníamos el mismo objetivo en la vida... Aunque, a veces, nuestro modo de llegar pudiera diferir.

Le di un trago al café. Aún estaba demasiado caliente para mi gusto y lo volví a depositar en la mesa sin atreverme a levantar la mirada hacia mi madre; la sensación de que ella podía leer mi mente era apabullante.

—Agna... —me llamó, obligándome a subir la cabeza. Lo hice con temor, y ella debió de notarlo, porque alargó su brazo hasta rodear mi mano con la suya—. Sé que he insistido mucho con el tema de Hans, y no voy a negar que me gustaría que os enamorarais... —Me removí incómoda en mi asiento, aunque deseaba con fuerza que hubiera un pero en esa frase, algo a lo que agarrarme y que me quitara ese horrible peso que tenía agarrado al estómago. Y llegó—: Pero no soy yo la que se va a pasar la vida con él, no soy yo la que le daría hijos... Siempre me he aferrado a esa idea porque te vi perdida cuando volviste de la escuela y él era un ancla firme, él era alguien con el que siempre te habías sentido feliz...

—Éramos unos niños... —me atreví a murmurar, y ella asintió.

—Sí. Lo erais... Unos niños a los que obligamos a crecer muy rápido. Pero eso era algo que también os unía, teníais vivencias parecidas... Y no podemos negar que, con su situación económica, nunca te faltaría de nada. Da igual el gobierno que esté en el poder, ellos siempre serán necesarios, siempre tendrán la sartén bien cogida por el mango... ¿Y qué madre no quiere estar segura de que su hija nunca volverá a pasar hambre?

Alargué la mano que tenía libre y la puse encima de la de mi madre. Tragué saliva mientras asimilaba todo lo que me decía y contenía las lágrimas. Necesitaba encontrar las palabras adecuadas para ese momento, y no era nada fácil. Nunca había querido decepcionarlos, ni llevarles la contraria en sus planes de futuro, pero, como me había dicho mi madre, era mi vida y mi futuro.

—Yo... quiero a Hans, pero quiero al compañero de juegos infantiles, al que me recuerda los momentos felices que vivíamos... Tenías razón cuando me has dicho que llegué completamente perdida... Fue mucho tiempo lejos de vosotros... Y sin saber cuál era mi camino. —Me tomé unos segundos de silencio para seguir hablando, para encontrar las palabras perfectas; nunca me había sincerado de esa manera con mi madre, ni ella lo había hecho conmigo—. Y sigo sin saberlo realmente. Pero me gusta la universidad, me gusta cómo me siento cuando estoy allí...

—¿Y Hans no lo entiende?

—Al principio tenía la sensación de que sí...

—Es muy difícil que los hombres entiendan que las mujeres tengamos aspiraciones más allá de ser buenas esposas y madres.

—Yo... No sé si está bien o no, si es lo adecuado o no..., pero quiero ser algo más que la hija de Alexander Weber y la esposa de alguien...

—Está bien, es adecuado y tienes todo mi apoyo, Agna.

—Creo que solo necesito tiempo...

—Si necesitas tiempo, no es él.

Miré a mi madre sorprendida. Nunca hubiera esperado una respuesta con tanto romanticismo implícito.

—Decidas lo que decidas, tu padre y yo lo respetaremos;

no dejaré que nada de ese estilo vuelva a separar a nuestra familia.

Mi madre se había terminado el café, se levantó y, depositando su taza en el fregadero, se fue de la cocina tras darme un leve beso en el cabello. Y yo me quedé mirando los restos de mi propio café mientras le daba vueltas a todo lo que ella me había dicho.

Era un alivio saber que mi madre no me obligaría a tener más citas con Hans, ni se enojaría conmigo si lo rechazaba... Aunque sabía que en aquel «decidas lo que decidas» no estaba incluido Josef... y sabía que no podía tensar más la cuerda. Mi madre no iba a cambiar de un día para otro; es más, estaba convencida de que en ese sentido nunca cambiaría. Quería verme feliz, sí, pero nunca creería que alguien como Josef pudiera hacerme feliz. Y lo peor de todo era que Josef parecía estar bastante de acuerdo con ese pensamiento.

Pero había algo más en esa frase que se había quedado revoloteando en mi mente: «... vuelva a separar...». ¿A qué se refería? ¿A su relación con mi padre o a lo que había sucedido con mi tía al casarse con el tío Erik? Tenía una conversación pendiente con ella y no podía seguir demorándola por mucho tiempo.

¿Y con Hans? ¿Me limitaba a esperar que él volviera a llamar a mi puerta con la esperanza de que mi falta de acción lo desmotivara o cogía el toro por los cuernos y era sincera con él? ¿Realmente iba a serlo? Quizás podría seguir con lo que le había dicho a mi madre: que necesitaba tiempo, que quería cursar mis estudios en la universidad y que comprendía que él no quisiera esperarme. *«Estoy teniendo mucha paciencia contigo»*, me había dicho. Y que se le estaba acabando. No. Definitivamente, yo no quería estar con alguien que me dijera cosas así. Pero tampoco quería terminar con una amistad que me trasladaba a un pasado feliz. Apoyé los codos en la mesa y mi cabeza sobre las manos mientras cerraba los ojos y respiraba profundamente varias veces. ¿La vida era siempre así de complicada o era yo la que la liaba con mis indecisiones? Pero ¿cómo no tener indecisiones si la vida se empeñaba en venir sin un manual de instrucciones y nuestro camino no solo lo marcaban nuestros pasos, sino también los de los demás?

• • •

Pasé dos días sin casi salir de mi habitación, en especial de mi cama. No por motivos emocionales, que tampoco es que ayudara precisamente, sino porque mi cuerpo parecía no querer darme tregua. Yo ya no sabía si habían sido los nervios o si había cogido algo en alguna parte. Lo único que sabía es que no paraba de ir al baño llena de náuseas, hasta el punto de que mi madre me había colocado un barreño al lado de la cama para que pudiera vomitar con tranquilidad. Mi madre estaba muy nerviosa, quería llamar al médico y que vinieran a verme. Yo solo quería decirle que era una exageración, que lo único que me pasaba era que los nervios de los días anteriores me habían dejado destrozada... Pero ¿cómo iba a explicarle los motivos de mis nervios? Me mordí la lengua y esperé la visita del doctor.

Era más joven de lo que esperaba, creo que hasta mi madre se sorprendió al verlo, porque, desde que entró en mi habitación hasta que se fue, no salió de la estancia, vigilando cada paso que el doctor daba. Él parecía muy tranquilo, quizás estaba acostumbrado a esa reacción. Yo no. Me sentía como si volviera a ser una niña pequeña. Pero me quedé en silencio mientras el doctor me hacía un reconocimiento médico. Hasta que soltó la pregunta que no me esperaba y que paralizó mi mundo por completo y me hizo preguntarme cómo no me había dado cuenta de nada:

—¿Hay alguna posibilidad de que esté embarazada?

Tosí, me atraganté con mi propia saliva, me quedé blanca y estaba a punto de soltar una exclamación de espanto cuando las imágenes de mis encuentros con Josef volvieron a mi mente como si fueran una bomba. Mi madre no se dio cuenta de mi reacción y fue ella la que exclamó espantada por la pregunta:

—Pero ¿cómo se le ocurre pensar eso? Es solo una niña, ni siquiera tiene novio.

—¿Cuándo te vino tu último periodo?

Me puse colorada. No estaba acostumbrada a hablar con un hombre sobre mi regla, y mucho menos delante de mi madre. El doctor no reaccionó a su comentario, seguía con su mirada puesta en mí, taladrándome con los ojos como si pudiera leer en ellos la verdad que yo no quería confesar delante de mi madre. Estaba convencida de que él tenía bastante experiencia en casos así, que no era la primera joven que se encontraba con la duda de golpe. Recordé cuando tuve que acercarme al político alemán y mentirle a la cara para seguir con el plan de William. Puse mi sonrisa más inocente y guardé todos mis miedos e inseguridades en lo más profundo de mi ser.

—Como bien le ha dicho mi madre, no tengo pareja. Mis reglas siempre han sido muy irregulares y nunca he llevado control sobre ellas.

—Precisamente si son irregulares es cuando más control debes tener.

—Eso haré... —Lo miré directamente a los ojos,

evaluando si me había creído o no. Él parecía seguir dudando de mi testimonio.

—Entonces, ¿qué cree que puede tener? —mi madre interrumpió nuestro intercambio de miradas con ese tono autoritario y severo que solía intimidar a todo el mundo. Y el joven doctor, aunque se le notaba que quería fingir que no le sucedía, también se sintió intimidado.

—Seguramente solo sea algo que le ha sentado mal, y, como me ha dicho que su hija ha pasado por varios cambios en su vida —me pregunté en qué momento mi madre había hablado de mi vida con el doctor y qué le habría dicho—, estaría con las defensas bajas. En unos días estará recuperada. Solo tiene que descansar, beber mucho líquido y que tome esto. —El hombre apuntó algo en una hoja y se la dio a mi madre. Si no estuviera tan cansada y con tantas ganas de que todos me dejaran en paz, hubiera protestado diciéndoles que ya era mayor para saber qué quería que me tomara—. También sería recomendable que tomara algo antes de ir a dormir. Tiene pinta de no descansar adecuadamente por las noches.

Las noches... Llevaba varias noches en las que Josef no había acudido a visitarme y yo no había podido ir a verlo. Desde nuestro encuentro en la puerta del local... Tras ese intercambio de miradas con Hans... Contuve el gesto de llevarme la mano a la tripa. No. No podía estar embarazada de él. ¿Verdad? Me tumbé de lado en la cama, dando la espalda al médico y a mi madre. Si ellos me ignoraban en su conversación, ¿por qué no hacer yo lo mismo? Yo tenía la excusa de estar enferma... Oí cómo cerraban la puerta de la habitación dejándome sola. Me giré para mirar sobre mi hombro, comprobando que se habían ido. Me levanté lentamente y me acerqué al espejo. Me subí lentamente la camiseta despejando la piel de mi abdomen y lo rocé. Retiré la mano como si quemara. No. No podía estar embarazada. ¿Cómo había podido ser tan insensata? ¿Cómo era posible que me hubiese arriesgado a que eso pudiera pasar? Ya no era tener una relación con alguien con el que no sabía si tenía futuro, es que estaba jugándome el mío propio. ¿Y si realmente estaba embarazada? ¿Qué iba a hacer? Sabía que existían medios, más o menos dudosos, para interrumpirlo, pero... ¿sería capaz?

Sentí que mis piernas se debilitaban y me volví a la cama. El discurso que días atrás me había soltado William volvió a mi mente: *«Estar con él... Qué bonito. ¿Y cómo? ¿Quién crees que te apoyara? ¿Y sabes dónde acaban los hijos de las mujeres que se juntan con ellos? En hospicios... ¿Eso es lo que quieres? ¿Y dónde viviréis? ¿Aquí, en Alemania? ¿Y de qué viviréis? ¿De su trabajo en la fábrica? Eso si lo conserva una vez salte la noticia de que ha mancillado a una chica blanca»*. Golpeé la almohada con mis puños, frustrada. En aquel momento lo había odiado por esa frase, había negado todo lo horrible que se escapaba de entre sus palabras... Pero en esos momentos, enfrentándome a una posibilidad que me destrozaba por dentro, tenía que admitir que había demasiada verdad.

Una nueva arcada volvió a invadirme y la contuve como pude. Abrí la mesilla, cogí el libro que me había regalado Elba y en cuyo interior estaban los billetes que William me había dado por mi trabajo. Ese que había hecho a disgusto y que empezaba a dibujarse de una manera algo diferente en mi mente. Volví a dejarlo en su sitio. Había demasiadas cosas en mi cabeza en esos momentos y no podía tomar ninguna decisión. Pero sí era cierto que había algunas ideas que empezaban a inclinar con fuerza la balanza.

• • •

Dos días después, mi estómago pareció volver a la normalidad. Por el camino había perdido un par de kilos, y mi piel estaba aún más pálida de lo normal. Me di un largo baño sin poder evitar rozar mi tripa cada dos por tres. Siempre había escuchado que cuando una mujer estaba embarazada lo sabía, que era algo que sentía en su interior... Pero yo, quitando la gastroenteritis que había sufrido, no me sentía diferente. Eso querría decir algo, ¿no?

Y la respuesta vino a mí en forma de un pequeño rastro rojo. Suspiré aliviada. Y sé que mi madre también lo hizo cuando se percató de que estaba con el periodo. Por mucho que hubiera protestado delante del médico, las dudas se habían adueñado de ella, si bien no se atrevía a preguntarme nada. No teníamos una relación que la hiciera sentirse cómoda sentándose a mi lado y preguntándome por mi vida sexual. Una vida sexual que, por otro lado, se suponía que era inexistente. Que debía ser inexistente.

Me pregunté si mis padres habrían esperado al matrimonio para consumar. Rápidamente, borré ese pensamiento de mi cabeza. Todos sabemos que nuestros padres tienen sexo (y no solo para tenernos a nosotros, o al menos no debería ser así), pero nadie quiere imaginárselo. Y suponía que pasaba lo mismo en el sentido contrario: yo siempre sería su niña pequeña.

No, ya no era una niña pequeña, y tenía que asumir las consecuencias de mis actos. En esa ocasión me había librado, pero en otro momento podría no hacerlo. No podía correr el riesgo de quedarme embarazada de Josef. Tener que enfrentarme a una posible realidad había conseguido que me parara realmente a pensar si alguna de mis relaciones tenía futuro. Y aunque la respuesta me venía rápidamente a la cabeza, mi corazón se quejaba, protestaba y se amarraba a una esperanza que ni yo misma tenía. Por mucho que yo me quedaba dormida todas las noches con la vista puesta en la ventana de mi habitación, Josef no apareció en ella ninguna de las veladas en las que estuve enferma... Él parecía haber tomado su propia decisión, ¿o pensaba que yo me había decantado por Hans? La escena del beso justo delante de sus narices debía de haber sido dolorosa para él, a pesar de que había visto cómo claramente yo había rehusado ese beso...

No podía seguir encerrada en la habitación. Acabaría volviéndome loca. Me vestí y salí de mi cuarto. Estaba cansada. Tantos días sin poder casi ni comer ni dormir me habían dejado el cuerpo sin energía, pero había que empezar a ejercitarlo un poco o cada vez estaría peor.

La voz de mi madre a la orilla de la escalera llamó mi atención. No se dirigía a mí, sino a una tercera persona que rápidamente pude identificar. La voz de Hans llegó hasta mis oídos, y yo me quedé paralizada sin saber qué hacer. Quizás podría volver hasta mi habitación y seguir escondida un poco más. Nadie se daría cuenta. Nadie me había visto... Pero la curiosidad de saber de qué hablaban me pudo. Me acerqué en silencio y, siendo plenamente consciente de que no debía hacerlo, me quedé escuchando.

—Hans, sabes que soy la primera a la que le encantaría que tú y Agna estuvierais juntos, que formarais una gran familia... —El tema de conversación me golpeó. ¿Por qué estaba hablando mi madre con Hans sobre nuestra relación? ¿Cómo había salido ese asunto? ¿O directamente ella lo había sacado? ¿Querría ayudarme tras la conversación que habíamos tenido unos días antes en la cocina?

—¿Pero? —la voz de Hans sonó dura, aunque más como respuesta al miedo que al enojo.

—Agna acaba de volver de la escuela de señoritas; allí todo era muy distinto. No ha visto las cosas que tú has podido ver. Y ahora está empezando a ir a la universidad...

—¿Qué es lo que quiere decirme? Yo nunca he estado en contra de que vaya a la universidad...

—Lo sé. Sé que nunca lo harías... —Yo no estaba tan segura de eso; una cosa era lo que decía, pero no sentía un apoyo real que no fuera más allá de que yo estuviera entretenida mientras él hacía sus negocios—. Pero ahora necesita tiempo.

¿Tiempo? Sonreí desde lo alto de la escalera. Ella misma había sido la que días antes me había soltado que si necesitaba tiempo es que no era él... Pero imaginaba que eran frases hechas para aliviar el dolor de un rechazo. Un rechazo que tendría que estar dándole yo y no mi madre. Como buena leona, me estaba protegiendo.

—¿Tiempo?

—Acaba de estar cuatro días enferma... Los médicos dicen que parte de su debilidad es culpa de los nervios que sufre.

—¿Nervios? ¿Y usted cree que los nervios se los causo yo?

—Creo que se los hemos causado entre todos.

Pensé que Hans no estaba entendiendo lo que le decía mi madre. No podía culparlo. Las enfermedades, o estaban causadas por algún virus, o no existían. ¿Enferma por nervios? Agradecía lo que mi madre estaba haciendo por mí, pero era mi batalla, ella tenía bastante con las suyas. Suspiré para insuflarme toda la fuerza necesaria para afrontar un momento que sabía que podía ser muy incómodo. Me daba miedo hacerle daño a Hans, me daba miedo perder a mi amigo de la infancia, que mis actos tuvieran consecuencias sobre la amistad de nuestros respectivos padres...

Empecé a bajar lentamente las escaleras para darme tiempo a pensar qué quería decirle, aunque me costaba encontrar las palabras más adecuadas para aquella situación.

—Buenos días, Hans.

Los dos se volvieron hacia mí. Miré con agradecimiento a mi madre, y ella me sonrió tranquilizadora. Hans se alejó de mi madre para venir a mi encuentro y me cogió de la mano con delicadeza.

—¿Cómo te encuentras?

—Algo mejor. Aunque sigo muy cansada.

Hans asintió sin mucha convicción. Intercambié una rápida mirada con mi madre. Entendí perfectamente lo que me decía con los ojos. Yo le sonreí para tranquilizarla.

—Hans, me apetece un poco que me dé el aire... ¿Me acompañas al jardín?

Asintió en silencio y me tendió el brazo para que me apoyara en él. Lo agradecí de verdad. Sentía mis piernas perdiendo fuerza según iba avanzando. Fuimos al jardín y me dirigí directamente al banco. Al mismo banco donde nos habíamos sentado el primer día que nos habíamos reencontrado. Recordé los nervios de aquella vez, por no saber cómo sería volver a ver a mi amigo de la infancia, si nuestras almas, tanto tiempo separadas, se reconocerían... Y luego los nervios por quedarme a solas con un chico. Ahogué una sonrisa que Hans pudiera malinterpretar. Habían pasado tantas cosas. Yo había cambiado, física, emocional y psicológicamente..., pero sentía que aún tenía un camino muy largo por delante. Un camino que me temía que no podía compartir con Hans... Por mucho que lo quisiera, que lo hacía; por mucho que me gustara, que lo hacía; por mucho que tranquilizara a una parte de mí, que lo hacía..., no sería justa conmigo ni con él. Yo nunca sería la mujer que él buscaba, nunca podría apoyarlo en sus ideas y su manera de ver el mundo... Y ojalá tuviera la oportunidad de poder cambiarlo, de poder abrirle los ojos... Pero el fanatismo está ciego frente a la realidad y corrompe buenas almas en pro de un pensamiento destructivo. Sabía que no podía salvarlo y que lo único que podía hacer era salvarme a mí misma y tenderle un salvavidas por si algún día decidía amarrarse a él.

—Hans, creo que tenemos que hablar... —No lo miré mientras hablaba; me centré en mis manos, que reposaban encima del vestido que me había puesto. Tenía frío, pero no tenía claro si era real o si procedía de mi propio interior. Sentí la mirada de Hans sobre mí. Aguardaba en silencio. No me lo esperaba. Él, que siempre parecía tener la palabra perfecta y adecuada para cada momento, no encontraba las palabras en esa ocasión, y en contra de lo que me hubiera podido creer segundos antes, el silencio se convertía en un enemigo contra el que no sabía bien cómo luchar—. Creo que sabes lo importante que siempre has sido para mí... —Más silencio por su parte. Suspiré—. Fuiste mi mejor amigo, mi compañero de juegos y quien me mantenía a salvo del mundo que nos rodeaba... —Ni una sola palabra salió de su boca, y tuve que tragar saliva—. Y, a mi vuelta de la escuela, has vuelto a estar ahí, has intentado comprender el torbellino en que se ha convertido mi mente y me has hecho sentir tan querida...

—¿Y eso no es suficiente para ti?

Hubiera preferido seguir con el silencio con el que me estaba castigando. Sus palabras escupían veneno. Un veneno que yo comprendía y que dolía muchísimo. Me giré hacia él mientras la primera de mis lágrimas salió a la luz y recorrió mi mejilla sin que nada se lo impidiera.

—No es eso, Hans... La que no es suficiente soy yo...

—Eso es una tontería. Eso tendría que juzgarlo yo.

Hans se puso de pie. Su cuerpo estaba tenso, y, aunque sentir cómo se alejaba de mí rasgó mi alma, comprendí que él lo necesitaba para controlar todas las emociones que recorrían su cuerpo y que no podía ocultar.

—Hans, he estado muchos años lejos de mi familia, lejos de todo lo que conocía, rodeada de gente que me ha juzgado, que me señalaba, me insultaba, me hacía la vida imposible... Todo por venir de donde venía. Y yo me agarraba al recuerdo de todo lo que amaba... Pero era difícil. Mucho... Y ahora... Ahora he vuelto y... No sé si me entenderás, no sé si sé explicarme, o si ni siquiera me comprendo yo misma... Pero, antes de poder comprometerme con nadie, necesito tiempo para olvidar todo lo que me ha pasado en los últimos años.

Hans me miraba como si fuera un bicho raro. Y seguramente lo fuera. Su mundo era fácil. En su mundo no había grises, y lo tenía todo tan claro. Lo curioso era que, por primera vez en mucho tiempo, no me dio envidia, todo lo contrario. Él lo tenía todo bien atado, su camino estaba ya marcado, por él y por todos los que lo habían antecedido... Yo no. Yo estaba perdida en mitad de un bosque y de mí sola dependía decidir por dónde salir del mismo.

—Agna, creo que deberías descansar. La fiebre y la enfermedad de estos días no te dejan pensar con claridad. Dices cosas sin sentido. Ven, te acompaño otra vez dentro.

Sonreí con algo de tristeza y, a la vez, cierto cinismo.

¿Realmente creía que me iba a entender?

—Gracias, Hans... Pero creo que ahora mismo necesito estar aquí, tomando el aire... Muchos días encerrada.

—Vendré a verte cuando estés recuperada del todo. Ya me ha dicho tu madre que necesitas tiempo para estar completamente sana.

Asentí en silencio. ¿Qué más decirle? No quería que me odiara. No quería hacerle sufrir. Pero acababa de comprobar que realmente no me entendía, que nunca lo haría. Hans se aproximó a mí y me dio un tierno beso en la frente. No me retiré. No se lo impedí. Cerré los ojos e intenté disfrutar de ese pequeño gesto, sabiendo que era posible que nunca más volviera a sentirlo. En esos momentos, Hans no comprendía que no tendríamos un futuro juntos, pero, antes o después, tendría que asumirlo, y mucho me temía que nuestra amistad se terminaría... Lo vi marchar hacia la casa. No se volvió ni un solo momento, no hizo el menor amago de hacerlo, y yo sentí que mi infancia se iba con él.

• • •

Necesitaba salir de casa. Necesitaba huir de entre esas cuatro paredes que cada día parecían hacerse más y más pequeñas. Comprendía la preocupación de mi madre por si mi periodo enferma ocultaba algo más. Me daba cuenta de cómo observaba las ojeras de mi rostro y mi cuerpo, que aún denotaba la pérdida de peso. Y veía un miedo que no entendía. Y me rebelaba. Yo tenía que ir a la universidad. Las clases seguían adelante y me las estaba perdiendo. Y todavía no tenía la suficiente confianza con ninguna de mis compañeras como para pedirles que me dejaran las notas que habían cogido... Así que leía los libros de las diferentes asignaturas anotando todas las dudas que me iban surgiendo.

Mi madre se resistía a la idea de dejarme salir; tampoco había sido nunca muy partidaria de que fuera a la universidad. Nunca me quedó claro si era porque creía que para una mujer era inútil seguir estudiando y que mi lugar era en un hogar o si le daba miedo. Creo que, desde el momento en que vio cómo unos soldados me apuntaban siendo solo una niña, el miedo se apoderó de su vida y temía perderme. Hay miedos que solo puedes sentir cuando eres madre, que son tan difíciles de explicar y que solo puedes comprender cuando tú misma los sufres...

Mi madre se resistía, pero por fin un día se acercó a mí mientras yo leía en el jardín. Se me quedó mirando y sonrió negando con la cabeza.

—Vas a coger frío. Deberías leer en el salón, al lado de la chimenea.

—Madre, no hace tiempo para chimenea... Y necesito el aire —le dije mientras cerraba el libro y lo depositaba a mi lado en el banco.

—Te vas a poner morena. —No pude evitar reírme, y ella me miró circunspecta—. Lo digo en serio, Agna. No puedes pasar de parecer enferma a parecer...

Cerró sus labios sin terminar la frase. No encontraba las palabras que pudieran expresar sus sentimientos sin caer en lo que todos querían ocultar ante la opinión pública. Y era cierto que estábamos a solas, pero nos habíamos acostumbrado a guardar todo aquello para nosotros mismos por miedo a soltarlo un día cuando estuviéramos entre más gente.

—Un poco de aire no me va a hacer mal... —No quería

entrar en ese juego. La vi suspirar frustrada—. ¿Cuándo voy a poder ir otra vez a la universidad?

—Por eso venía. Tu padre y yo hemos estado hablando. Yo sigo pensando que es demasiado pronto, pero tu padre, cómo no, ha insistido en que ya es hora. Mañana podrás volver... —Tuve ganas de levantarme y abrazarla, aunque, rápidamente, añadió un pero... Y todo el mundo sabía que esa pequeña palabra nunca acarreaba nada bueno—. Pero no quiero que te entretengas por el camino. Irás a la universidad y, cuando se te acaben las clases, vendrás directamente a casa.

Quise protestar, pero asumí que mi madre estaba cediendo (a la fuerza) a los deseos míos y de mi padre... No quería seguir tensando la cuerda. Me levanté del banco y me acerqué a ella muy despacio, como si temiera que saliera huyendo, como si fuera un animal asustado o un fantasma a punto de desvanecerse.

—Gracias, madre. Sé que no es fácil para ti. Pero estaré bien... Te lo prometo.

—Sé que lo estarás. Eres una mujer fuerte. —Mi madre elevó una mano y me retiró un mechón de la frente. Aguanté la respiración, atesorando ese gesto como si fuese lo más valioso de mi mundo.

—Tú me enseñaste a serlo —mi voz sonaba ahogada. La sonrisa triste de mi madre volvió a aparecer. Me había acostumbrado tanto a ella, a verla con esa expresión, que ya ni dolía.

—No deberías haber aprendido así... Eras solo una niña inocente, y esos cerdos te metieron el miedo en el cuerpo... Aún recuerdo cómo se reían cuando te oían llorar preguntando por tu padre... —Mi boca se abrió, pero ninguna palabra salió de ella. Recuerdos que creía olvidados, encerrados en alguna parte de mi subconsciente, volvieron a mi mente, y regresaba a aquella vieja mansión sin luz, sin agua, sin nada más que unas mantas sobre las que tumbarnos en el suelo y esas malditas armas enormes apuntándonos y tantos soldados sin rostro llenos de odio y un rencor que no comprendía—. Sin embargo, siempre estuviste segura de que él volvería a por nosotras, que regresaría a buscarnos... Y tu creencia mantuvo mi fe viva. Era como si algo me dijera que si lo hubieran matado tú lo sabrías, lo sentirías...

Nos quedamos en silencio. Compartiendo el momento, sumergidas en los recuerdos... Y sabía que no era bueno vivir en ellos, que solo alimentaban odio y rencor, que solo nos comían por dentro y nos vaciaban por completo... Pero eran el punto de partida para llegar a ella. Mi madre seguía encerrada en aquellos momentos, y aunque había momentos en los que parecía haber encontrado el camino para volver al presente y a nosotros, en cuanto nos despistábamos, volvía a naufragar en los terrores de su mente.

—Tengo muchas cosas que hacer —cambió el tema de golpe, como si hubiera leído mi mente, como si se avergonzara de mostrarme un trozo de sus miedos—. ¿Puedes ir a decirle a tu tía que voy a ir a comprar, por si necesita algo? Creo que está en su habitación.

Y se fue. Rompió el contacto físico y visual y se fue. Y yo tardé en reaccionar. Me cosquilleaban las manos por la necesidad de abrazarla, de acariciarle el cabello y decirle en voz baja que aquella vida pasada había terminado, que teníamos un futuro por delante y que teníamos que luchar por él, sin viejos rencores, sin olvidar lo sucedido, pero aprendiendo de los errores... No obstante, mucho me temía que, cuando te crean heridas tan profundas, nunca acabas de sanar... Daba igual quién tuviera razón, daba igual quién golpeara primero, quién hiciera la mayor barbaridad... Los heridos nunca se creerían los culpables y nunca olvidarían.

• • •

—¿Tía? —pregunté mientras entraba en su cuarto.

El silencio me respondió. Avancé un paso más mientras volvía a llamarla. Nada. ¿Dónde estaría? Me encogí de hombros y giré sobre mis pasos para poder salir de su habitación. Nunca había estado en ella y me sentía una intrusa en la intimidad de otra persona. Mi vista recayó en la pequeña y hermosa cómoda que había justo al lado de la mesa, y sobre ella, el camafeo que mi tía siempre llevaba colgado al cuello.

Me sentí atraída hacia él como una polilla hacia la luz. Nunca había visto a mi tía sin aquel objeto. ¿Por qué se lo habría dejado ahí? Lo rocé con mis dedos sin atreverme a cogerlo. Era sencillo y muy bonito.

—Puedes abrirlo si quieres.

La voz de mi tía hizo que separara de golpe los dedos, e incluso anduve un par de pasos hacia atrás alejándome del objeto como si quemara. Me contemplaba desde la puerta de su habitación. Hubiera salido corriendo de no haber sido porque ella estaba justo en medio.

—Lo siento, yo no... Mi madre me pidió que te informara de... —creo que hasta tartamudeaba de los nervios por haberme pillado en un acto que se podría considerar como cotilleo, aunque mi intención desde un principio había sido completamente diferente.

—No te preocupes. Lo sé. Me he encontrado con tu

madre y me lo ha dicho.

Nos quedamos en silencio. No sabía muy bien qué decir ni qué hacer. Volví a mirar el camafeo, y mi tía se percató de mi gesto.

—¿Quieres abrirlo?

—Es tuyo...

—Seguirá siendo mío —bromeó ella, seguramente consciente de mis nervios, que no sabía muy bien a qué venían—. ¿Quieres saber por qué no supiste de mí durante tanto tiempo? —Asentí—. Cógelo.

Hice lo que me pedía con aún más curiosidad que antes. No tenía muy claro lo que esperaba encontrar dentro, pero mi corazón latía a una velocidad increíble. Sentía como si estuviera abriendo la caja de Pandora y estuviera a punto de dejar salir todos los males del mundo. Si ahí iba a encontrar la razón por la que durante gran parte de mi vida ni siquiera había oído hablar de ella... Temía enfrentarme a algo a lo que no supiera reaccionar. Pasaron mil y un motivos por mi mente que hicieron que mis manos temblaran. Mi tía me cogió de la mano tranquilizándome. Debía de estar pareciéndole una estúpida.

—Son solo dos fotos... No va a explotar ni vas a desatar el infierno en la Tierra.

Sonreí, suspiré y abrí el pequeño camafeo. Había dos fotos, como bien me había dicho Dagna. En un lado, un joven que me resultaba familiar, y que comprendí que era mi tío Erik, sonreía a la cámara como si pudiera contener el mundo en una mano. En la otra, una mujer muy hermosa me miraba desafiante y orgullosa.

—¿Quién es?

—Emma. Emma Klein.

Había algo en el tono de mi tía que me hizo devolverle el camafeo mientras la miraba fijamente, esperando una historia que yo deseaba escuchar pero ella necesitaba contar. La vi observar el retrato, y se dirigió a sentarse en una de las sillas que tenía al lado de su escritorio. Con la mano, me pidió que la imitara.

—Conocí a Emma en la escuela y me fascinó desde el primer día en el que nuestras miradas se cruzaron. ¿Qué otra cosa podía sucederme? Era una chica alegre, extrovertida, llena de fuerza y muy segura de sí misma.

—¿Os hicisteis amigas?

—Fue mucho más que eso, Agna… —La miré sorprendida, no acababa de entender a qué se refería. Su tono de voz me indicaba un dolor y un secreto que iban más allá del hecho de tener una mejor amiga. La vi contemplar el camafeo una vez más como si necesitara infundirse valor—. ¿Te acuerdas cuando te dije que no elegimos de quién nos enamoramos? —Asentí, aún desconcertada—. Emma fue mi mejor amiga y también la única persona de la que me he enamorado. El amor de mi vida.

Sé que no reaccioné. Me quedé mirándola fijamente sin saber cómo asimilar la respuesta que me había dado. ¿Mi tía, viuda de mi tío Erik, al que yo no conocí, me estaba diciendo que estaba enamorada de una mujer? ¿Era eso acaso posible?

—¿Y el tío Erik?

Hice la pregunta más estúpida que podía haber hecho, pero necesitaba tiempo para digerir la declaración. Había oído casos de hombres movidos por la lujuria, degenerados que solo pretendían dañar a la raza aria… Pero mi tía no era así. No era el monstruo degenerado que me habían pintado siendo una niña cuando me hablaban de los homosexuales.

—¿Te acuerdas de cuando te dije que Erik tenía que tapar ciertos escándalos?

Asentí en silencio. Tenía un extraño nudo en la garganta que se aferraba con fuerza.

—Erik comprendía que yo era diferente porque él también lo era.

—¿Al tío Erik le gustaban los hombres?

—Sí, creo que esa fue una de las razones por las que congeniamos desde pequeños... Nos reconocimos en un mundo completamente adverso a nuestros sentimientos. Nos hicimos muy amigos porque nos entendíamos, porque nos apoyábamos, porque nos hacíamos sentir un poco menos raros...

Seguí en silencio. No era fácil para mí en esos momentos asimilar todo lo que me estaba contando. Posé la vista en el camafeo que ella aún sujetaba entre las manos, y Dagna se percató de ese detalle.

—Comprendo que te cueste asimilar lo que te estoy contando...

—No, es simplemente que no... —No encontraba las palabras que se ajustaran a todo lo que invadía mi mente. El concepto de una relación amorosa entre dos mujeres o entre dos hombres se salía de lo que siempre había visto, pero... ¿quién era yo para decir si era raro o no cuando realmente no sabía lo que era el amor, cuando era incapaz de valorar qué era lo que sentía por Josef? Mi tía me había dicho que Emma era el amor de su vida, y yo no sabía si era capaz de amar de esa manera—. Yo nunca había conocido a nadie que estuviera enamorado de alguien de su mismo sexo.

—¿Te da asco?

—¿Asco? ¿Por qué? Es amor. Dicen que es lo más hermoso del mundo... Enamorarse locamente de alguien y que ese alguien se enamore de ti... Porque ella te amaba, ¿no?

—Sí... Ella me enseñó lo que era amar de verdad, amar sin ponerle freno a los sentimientos, amar como si nada más importara... Aunque, por desgracia, sí importaba.

—¿A qué te refieres?

—No todo el mundo reacciona como tú cuando descubren que alguien está enamorado de otra persona de su mismo sexo... Y ella fue una pionera, una líder... Alguien que no iba a permitir que la hicieran sentir rara o inferior, o que estaba enferma por sentir lo que sentía.

Tragué saliva. Temía tanto a lo que ella me estaba diciendo... Pero si había decidido enfrentarme a la verdad, fuera la que fuera, tenía que hacerlo de una maldita vez.

—¿Qué le pasó?

—Cuando los nazis llegaron al poder, no solo fueron a por los políticos contrarios y a por los judíos...; también a por los homosexuales. En su mayoría eran hombres. A las mujeres pensaban que podrían borrarles la «enfermedad» con otros medios... —No hizo falta que mi tía me explicara cuáles eran esos otros medios, su tono fue bastante específico, y un escalofrío me recorrió el cuerpo al recordar el ataque que había sufrido yo misma y cómo podría haber acabado si Josef no hubiera intervenido—. Pero Emma era demasiado rebelde para ellos... Y acabó en uno de esos malditos campos...

Cerró los ojos con fuerza mientras yo sentía las arcadas invadir mi garganta. «Esos malditos campos»..., algunos de los cuales yo había visitado siendo una niña sin ser consciente de lo que sucedía en ellos... Ya no era un documental de la televisión, ni una chica judía que acababa de conocer y que posteriormente me había decepcionado... No. Ya no era una compañera estúpida del colegio que me acosaba e insultaba por lo que decía que había hecho mi padre (sin ni siquiera saber ella realmente de qué lo acusaba). No. Ahora era mi tía, a la que me sentía unida de una manera que ni yo comprendía, la que me hablaba de los campos y del horror que sucedía en su interior.

—¿Por esto mi padre dejó de hablarte?, ¿por esto estuve tanto tiempo sin saber de ti?

La irritación se apoderó de mí. Mi tía se acercó y se arrodilló mientras me cogía con fuerza las manos. Me parecía completamente ridículo que fuera ella la que estuviera consolándome a mí cuando había sido la víctima de todo aquel asunto.

—Agna, no... Tu padre tiene muchos defectos, como todos..., pero lo que hizo fue protegerme. Siempre lo hizo. Cuando estás tan cerca de alguien poderoso como lo estaba él del Führer, te salen enemigos de todas partes. Y esos enemigos hacen cualquier cosa por derribar a quien creen que les impide trepar. A veces, la mejor solución es la que más duele.

—Pero... —Todo eso sonaba muy bien, pero no eliminaba mi enfado ante la sociedad que nos rodeaba.

—Agna... Mira tu nombre... ¿De dónde crees que viene? ¿Realmente nunca habías caído?

Me puse colorada. No, lo cierto era que nunca había pensado en eso. Volví a mirar la foto de Emma. Era la primera vez que conocía a una persona que estaba enamorada de alguien de su mismo sexo. Realmente, nunca me había planteado ni su mera existencia. Era otro maldito tabú. Y me pregunté si tendría la misma opinión si no hubiera sido mi tía, si hubiera sido una desconocida la que me hablara de sus sentimientos... Y quería pensar que hubiera sido igual, que habría abierto mi corazón a lo único que importaba: el amor.

Miré a mi tía. En sus ojos había tanta sinceridad... Verdaderamente se creía lo que decía de mi padre, pero mi enfado iba creciendo más y más en mi interior.

—¿Cómo pudo mi padre aliarse con gente que defendía el exterminio de quienes sentían como su propia hermana?

Mi tía suspiró. Parecía estar pensando detenidamente cada palabra. Intentando buscar la manera de hacerme entender algo que se escapaba completamente a mi razonamiento y comprensión.

—Tu padre siempre fue muy ambicioso. Siempre tuvo claro que quería ser alguien. Tus abuelos alimentaron esa idea. No creo que se diera realmente cuenta de los monstruos que lo rodeaban hasta que ya no podía salir de ese círculo; hacerlo hubiera significado su muerte, y quizás la tuya y la de tu madre.

—¿Cómo pudo tardar tanto en darse cuenta? Estoy convencida de que tú sí lo viste venir.

—No hay mayor ceguera que la que nos impone el orgullo, la locura del genio y ser conocedor del gran talento que tienes.

—¡Deja de justificarlo! Mi padre fue cómplice de los mayores monstruos que han pisado, no solo nuestro país, sino toda la Tierra.

—¿Y eso hace que lo dejes de querer?

La pregunta de mi tía fue directa al corazón, y solo pude llorar.

—La vida no es blanco o negro, Agna... Es muy fácil decir *a posteriori* lo que hubiéramos hecho, pero, en esos momentos..., hay tantas cosas que nos ciegan, que nos acobardan... Yo misma me fustigo cada día por no haberme atrevido a...

—¿A ponerte en peligro tú también? —No hizo falta que concluyera la frase. Reconocí la culpa y el dolor que inflige no saber si podías haber hecho algo para cambiar la realidad de tu mundo. Era un sentimiento que formaba ya parte del país en el que vivía—. Solo intentaste sobrevivir. Es el instinto más natural.

Dagna suspiró y perdió su mirada en el infinito, sumergida de nuevo en esos recuerdos que vivían en su cabeza y que la hacían viajar lejos del lugar físico en el que se encontraba para ir, seguramente, a una época mejor. Tragué saliva e hice la pregunta cuya respuesta no quería escuchar:

—¿Murió en los campos?

—No... Aún está viva.

La miré extrañada. Si estaba viva, ¿por qué no estaban juntas?

—¿Y dónde está ahora?

—Encarcelada —la voz se le quebró al decirlo. Se levantó de la silla y se acercó a la ventana para mirar por ella, dándome la espalda.

—¿Encarcelada? ¿Por qué? ¿No había sido liberada?

—Lo fue... Cuando los aliados llegaron a los campos de concentración, liberaron a todos los prisioneros que allí estaban... Hasta que se dieron cuenta de lo que significaba cada una de las estrellas y sus colores.

—¿Quieres decir...?

—Que da igual el país, da igual la ideología de unos u otros... Seguía siendo delito... Seguía yendo en contra de lo que unos y otros consideraban que era decente, o normal, o... No sé.

—Pero ¿qué daño le puede hacer a alguien que dos personas se amen?

—Ojalá algún día nadie tenga que hacer esa pregunta porque todo ese odio haya desaparecido.

—¿Y no se puede hacer nada?

El dolor en el rostro de mi tía me indicó que ella había hecho todo lo que estaba en su mano para salvar al amor de su vida. No quise pensar en cuánto tiempo llevaba sin verla, sin estar a su lado, sin sentirla, sin poder compartir una simple taza de café y una buena conversación... Un nombre cruzó por mi cabeza, y lo arrastré hasta lo más profundo de mi cerebro, sin expulsarlo del todo, pero con un extraño miedo a que se hiciera fuerte en mi interior.

—Vamos, Agna —dijo mi tía cambiando la expresión de su rostro y borrando de él cualquier rastro de sufrimiento—, tu madre nos está esperando.

Asentí en silencio. Me pregunté cuánto de aquella historia conocería mi madre y de qué lado se decantaría. Y no supe responderme.

• • •

No fui a la universidad. Les dije a mis padres que iba a ir y salí de casa con la carpeta lista como si fuera a asistir a mis clases. No es que no quisiera ir, todo lo contrario, me moría de ganas por ir, ver a mis compañeras, sumergirme en las clases y sentirme una veinteañera normal, pero tenía algo que hacer antes de comenzar a andar mi propio camino.

Quizás estuviera siendo una tonta, quizás solo fuera a su casa para que me rompiera el corazón, para descubrir que él ya me había reemplazado por otra (quizás la chica que vivía en su mismo piso y que tanto me odiaba) y que yo realmente nunca le había importado como él a mí. Mi cerebro me gritaba que me diera la vuelta, que dejara de andar hacia su casa, que si él había decidido no venir a verme y yo tenía claro que nuestra relación no podía durar..., ¿por qué regodearme en la herida, por qué meter el dedo en la llaga, por qué no pasar página y seguir con nuestras vidas? ¿De dónde me venía esa necesidad de querer hablarlo todo, cuando mis padres nunca se habían comportado así conmigo? Quizás por eso mismo.

Llamé a su puerta con miedo. Ni siquiera sabía si estaría o no. Podía estar haciendo horas extras en el trabajo o podía haber salido con sus amigos (o con una chica que no tuviera que ocultar... El pinchazo en mi corazón volvió a reproducirse con más fuerza aún). Llamé con el terror asomándose por la punta de mis dedos. Un terror que se incrementó cuando la madera se abrió y él apareció ante ella.

Sus ojos verdes se abrieron como platos. El silencio se adueñó del momento y, durante unos instantes, ninguno de los dos nos movimos. Yo no sabía cómo reaccionar, no sabía identificar su reacción ni conseguía leer en la expresión de sus ojos... Y, de pronto, una de sus manos se movió hacia mí, rodeándome la cintura de golpe, atrayéndome contra él, y su boca comenzó a devorarme... Sentí que me metía en el interior de su casa y cerraba la puerta detrás de mí... Fui consciente de ese gesto cuando noté que Josef apoyaba mi espalda contra la madera sin dejar de besarme como si no hubiera un mañana, como un náufrago... Si siempre había sentido la pasión inundando sus besos y sus caricias, en ese momento era un maremoto que me invadió, que me hizo perder la noción de todo..., hasta de las palabras que yo había ensayado mil veces delante del espejo y durante todo el camino que había entre nuestras casas.

Nos separamos unos instantes y, sin intercambiar una palabra, Josef empezó a guiarme hasta su cuarto. Mientras atravesábamos el corto espacio, mi mente empezó a volver del rincón en el que se había ocultado al sentir de nuevo sus labios contra los míos y sus manos recorriendo mi cuerpo por encima de la ropa. En cuanto entramos en la habitación, me alejé levemente de él sin romper el contacto de nuestras manos unidas.

—¿Por qué no has venido a verme? Me dijiste que si yo no podía acudir...

Sabía que esa pregunta le haría recordar haberme visto con Hans, pero necesitaba una respuesta. En el fondo de mi corazón, necesitaba una excusa para no terminar con esa relación.

—Creí que lo habías elegido...

—¿Elegirlo? Lo rechacé delante de ti, delante de toda la gente que nos rodeaba...

—Pero te fuiste con él.

—¡Como si hubiera sido voluntario! Me arrastró con él. ¿Qué querías que hiciera? ¿Y qué crees que pasó cuando dejó de arrastrarme?

—No lo sé. —Josef no parecía arrepentido de sus actos... ¿Realmente no había visto que yo no deseaba que Hans me besara en aquellos momentos ni que no me había ido por iniciativa propia?

—Le pedí que me llevara a mi casa. Y me quedé dormida esperando que vinieras...

—¿Y por qué no has venido en este tiempo?

—No he salido de casa desde entonces. Caí enferma. —Noté cómo él me miraba fijamente todo el cuerpo por primera vez desde que había entrado en su casa, buscando las pruebas de lo que le estaba diciendo. Temblé ante su inspección y también ante lo que estaba a punto de soltarle—: El médico estaba convencido de que estaba embarazada.

No reaccionó. Siguió mirándome fijamente.

—¿Lo estás?

No había sentimiento en su voz. Y dolió. Dolió mucho porque en ese momento me di cuenta de que hubiera deseado que él se sintiera emocionado por tener un bebe conmigo... Y sabía que no era justo, porque yo no me había sentido feliz cuando había sospechado que la creencia del doctor podría ser cierta.

—No. Pero hemos sido unos insensatos...

—No te preocupes... —Josef volvió a romper el espacio entre nosotros y, sin darme tiempo de volver a decir nada, comenzó a besarme—. Tendré más cuidado...

Tenía que pararlo, tenía que decirle que no había venido a eso, que lo nuestro no podía ser... Pero mi corazón me gritó que por qué no podía disfrutar un poco más de todas las emociones que me hacía sentir, que, si tenía cuidado, podría volver a sentirlo una última vez... y quedarme con ese hermoso recuerdo toda la vida. Y aunque mi cerebro me gritó que no, perdió la batalla y yo me sumergí en los brazos de Josef con más pasión que nunca.

• • •

Terminé de vestirme mientras mi mente me preguntaba qué maldito paso iba a dar en esos momentos, si iba ser tan bruja como para decirle que no podíamos volver a vernos, que lo nuestro no tenía futuro, que llevaba mucho tiempo pensando en el camino que quería tomar y no podía estar cayendo una y otra vez en sus brazos, cediendo a la lujuria que incendiaba mi piel al estar cerca de él.

Contemplé la tetera que Josef siempre tenía. ¿Tendría agua caliente? Necesitaba algo que templara mi cuerpo, que me centrara.

—No puedo estar mucho tiempo. Teóricamente, estoy en la universidad. Mi madre solo me deja salir el tiempo justo para asistir a clase.

¿Por qué le daba esa información? ¿Por qué remarcaba que me iba a tener que ir pronto? No podía marcharme sin hablar con él... Él simplemente se encogió de hombros, y yo seguí enfrascada en mi monólogo.

—Me trata como si aún fuera la niña pequeña que era cuando me fui a la escuela.

Me levanté de la cama para dirigirme a la mesa donde reposaba la tetera. La toqué para comprobar si aún seguía lo suficientemente caliente como para poder tomar una taza. Sí. El agua todavía permitía que sirviera un par de tazas decentes, y aún quedaría un poco más. Josef no me respondió. Me giré para mirarlo. Estaba tumbado boca arriba mirando al techo. Sumergido en su mundo. Me eché la bronca. Siempre estaba con el mismo tema. Normal que acabara desconectando sin querer. Lo contemplé en silencio unos instantes. ¿Realmente quería romper aquella relación? ¿No me estaba dejando llevar por los mismos prejuicios que tanto criticaba? Vale que me había asustado mucho cuando creí que me podía haber quedado embarazada, pero... Teniendo cuidado, no tendría por qué volver a suceder. Y sí, éramos de mundos diferentes, pero toda la sociedad iba cambiando a gran velocidad... ¿Por qué no iba a cambiar también en ese sentido y dejarnos un hueco para poder ser felices?

—Lo siento, siempre estoy hablando de mí.

Me acerqué a él con las dos tazas y le tendí una de ellas. Se sentó para cogerla y puso sus dos manos alrededor de la taza. Fijé mi mirada en ese gesto. Me encantaba el contraste de color que reflejaba.

—No te preocupes... Quizás deberías dejarlo estar. —Mientras hablaba, seguía mirando el humo que salía del té.

—¿Dejarlo estar?

—Sí. ¿De qué te vale remover el pasado? El pasado, pasado es... Lo mejor que puedes hacer es pasar página y seguir con tu vida...

—¿Cómo puedo seguir con mi vida sin saber la verdad de una parte de ella?

—¿Puedes cambiarla? No. Pues ya está.

Centré mi vista en el té que sostenía entre mis dedos.

Seguro que lo que me decía tenía su lógica para muchas personas, pero yo sentía que la única manera de poder pasar página, como bien decía él, era sabiendo realmente todo lo que había sido mi infancia, quiénes eran mis padres, y no los retazos que unos y otros me iban dando de ellos. Yo tenía la necesidad de hablar las cosas, aunque, como me pasaba con él, no supiera cómo abordarlas.

—La verdad os hará libres... —murmuré. Elevé la mirada y la posé en Josef, que parecía completamente indiferente a lo que yo quería expresarle. No dijo nada. Terminó de beber su taza de té y me la pasó. Y aunque había hecho ese gesto mil veces, en ese momento me enojó sin saber muy bien el motivo—. Es necesario saber la verdad. No podemos cambiarla, pero... —Intentaba buscar algo que defendiera mi tesis, algo que le hiciera comprender todos mis pensamientos y sentimientos—. Imagínate dentro de unos años, hay muchos documentos donde aparece el nombre de mi padre como fotógrafo del régimen... Imagina que mis hijos se encuentran uno de esos documentos... ¿Qué puedo decirles?

—¿Y por qué decirles algo? Vives con una culpa continua... ¿No crees que sería muy egoísta pasársela también a tus hijos?

Me quedé helada. No sabía cuál de todas las cosas que me había dicho me había dolido más. Cuando yo había mencionado a mis hijos, lo había hecho con la incertidumbre reflejada en mi voz, sin querer decir «nuestros hijos» por temor a su reacción, para que él no se sintiera presionado y por el miedo a que él me dijera algo demoledor. Pero mientras hablaba de mis posibles y futuros hijos, había tal despreocupación, tal distancia... Y luego acusarme de egoísta...

—¿Y qué es lo que tendría que hacer, según tú? ¿Mentirles, ocultarles el pasado de su familia, negar de dónde vengo?

—¿Por qué no? ¿No es acaso lo que hacen todos?

Me levanté de la cama y me fui a llevar las tazas de te vacías a la mesa, dándole la espalda. Tragué saliva, inspiré bien hondo y les rogué a mis lágrimas que se contuvieran y no salieran de allí. Miré la tetera. Ya sí se había enfriado completamente. La toqué levemente y me sentí ridícula. Durante unos instantes, me había sentido como ese objeto inanimado y que mi relación con Josef era como el agua que contenía. Sí, podría servir el agua fría y hacerme un té, pero no sabría igual, no cumpliría con su misión, solo sería una vulgar imitación de algo que anteriormente era delicioso. Yo no pedía una relación que mantuviera las mismas emociones que en un principio, sabía perfectamente que todo evolucionaba..., pero pensaba en mi tía y en todo lo que amaba a Emma a pesar de los años, la distancia, el sufrimiento y la seguridad de que nunca más volvería a verla. Eso era lo que yo quería...

—¿Sabes? —comencé sin volverme hacia él, con la voz afectada, con la emoción colgando de mi garganta—. El otro día, mi tía Dagna me estuvo hablando de por qué sus padres la habían dado de lado. Me habló del gran amor de su vida.

—¿Tu tío?

La voz de Josef parecía más relajada, y eso me llenó de fuerzas para volverme hacia él con una sonrisa. Si había alguien que pudiera comprender un amor prohibido tenía que ser él.

—No... Se llama Emma y era la hija de la modista de mi familia. Lucharon tanto contra ese amor... Se la ve tan enamorada a pesar de los años sin verla. Emma sigue encerrada. La mayoría de los prisioneros que llevaban la estrella rosa siguen en esos campos...

Me quedé sin voz mientras hablaba. No quería ni imaginarme lo que esa pobre mujer estaría pasando ni el dolor de mi tía por la incertidumbre. Yo sufría por no conocer mi pasado; ella, por el presente y por el destino de la persona que amaba... En eso sí era egoísta. No paraba de darle vueltas a mi propia incertidumbre sin darme cuenta de que había muchas peores.

Josef se había levantado de la cama y me miraba serio. Tardó en volver a hablar. Parecía estar meditando todo lo que le estaba contando.

—¿Tu tía está enamorada de una mujer? ¿Y su marido?

Había algo en su tono que tenía que haberme advertido que era mejor que cambiara de nuevo la conversación, que no podía salir nada bueno de ahí. Pero yo seguía aún con la mente completamente absorbida por lo que habíamos estado hablando minutos antes y se me pasó por alto, dándome cuenta demasiado tarde.

—Parece ser que eran muy amigos y se cubrían mutuamente.

—¿Cómo que se cubrían mutuamente?

La mirada de Josef mostraba un asco y una repugnancia que nunca hubiera imaginado ver en sus ojos. No los reconocía.

—¿Qué pasa? —le pregunté directamente.

—¿Cómo que qué pasa, Agna? ¿Te parece normal? Eso es... Agna, eso es sodomía.

Lo odié. Nunca pensé que pudiera llegar a odiarlo, y menos por una sola palabra... Pero lo odié. No podía creerme que él se atreviera a pronunciar ese horrible insulto en alto, y, muchísimo peor, que realmente lo pensara, lo sintiera.

—¿Sodomía? Es amor... ¿Qué más da a quién ames? Lo que importa es la persona... ¿Qué más da si es de tu mismo género o de diferente raza? —alargué las últimas palabras para hacerlo razonar, para que dejara los prejuicios y se diera cuenta de lo ilógico de su planteamiento.

—No es lo mismo.

—¿Por qué? ¿No es amor, al fin y al cabo?

—Agna, el sentido de las relaciones humanas es tener hijos... ¿Qué hijos van a tener ellos?

—¡¿Y tú para qué quieres tener hijos si pretendes que me esconda de ellos?!

—No saques las cosas de quicio, no he dicho eso. He dicho que es una tontería hacerlos cargar con esa losa que tú misma te empeñas en cargar.

—¿Que yo me empeño en cargar?

—A ver, Agna... Siempre me andas diciendo que quieres que solo te vea a ti. Pero luego no paras de recordarme de dónde vienes... ¿Y ahora también quieres que vea normal algo tan antinatural?

—¿Antinatural? Pensé que precisamente tú serías quien menos prejuicios tendría. Pero ya veo que ser objeto de una discriminación no te hace mejor.

—Son cosas diferentes.

—¿Por qué? También hay gente que podría decir que lo nuestro es antinatural.

La discusión hacía demasiado que se había desviado, que no la controlábamos... Y se arremolinaban demasiadas cosas como para que pudiéramos encontrar la luz que nos indicara el camino de salida de ese profundo bosque en el que estábamos sumergidos. En el que siempre habíamos estado, pero que, alumbrados solo con la vela de la emoción de los primeros encuentros, no habíamos podido ver.

—¿Eso es lo que crees? —la voz de Josef parecía realmente dolida. ¿Él estaba dolido? ¿En serio?

—No des la vuelta a las cosas. No he dicho eso. He dicho que hay gente con prejuicios que puede pensar que tú y yo no deberíamos estar juntos.

—¿Y tú? ¿Qué piensas tú?

Había sucedido algo muy extraño. El aire que nos rodeaba había cambiado. Ya no hablábamos en voz alta, solo en susurros, y, sin embargo, parecía que herían más que el más afilado de los cuchillos. Las palabras se me atragantaron en la garganta. Era quizás uno de los momentos más importantes en nuestra relación y no sabía qué decir. No me podía creer que él dudara de algo tan básico como eso.

—Pues está claro... —el despecho retumbaba en las palabras de Josef—. Creo que deberías irte.

Abrí la boca para replicar, pero, al ver como él se acercaba a la puerta de su habitación para abrirla y mostrarme el camino sin ni siquiera mirarme a los ojos, volví a cerrarla y fui directamente a por mis cosas. Volví a sentir las lágrimas rondando mis ojos, pero apreté los dientes con fuerza y elevé la cabeza. No. No iba a dejar que él me viera llorar por su culpa. Había muchas cosas que podía perdonar, pero que se atreviera a juzgar de una manera tan cruel a alguien solo por amar... Pasé por su lado sin casi mirarlo. Necesitaba fuerzas para decirle las últimas palabras que imaginaba que pudiera decirle en mi vida.

—La gente no elige de quién se enamora. Llega y punto. Y no puedes luchar contra ello. Puedes enamorarte de la hija de tu modista o del hombre que se choca contigo en una cafetería. Pero está claro que no todas las historias merecen que se luche por ellas.

Subí la vista para perderme una última vez en esos ojos verdes que tanto me habían cautivado desde aquel primer encuentro y vi que había comprendido perfectamente mi declaración. Y vi que abría la boca para hablar, pero no podía permitírselo. Si lo hacía, seguiríamos alargando una historia que solo nos haría daño... Los dos lo sabíamos, pero era tan duro aceptar que a veces el amor no lo podía todo.

—Adiós, Josef, espero que seas muy feliz.

Desee besarlo. Un último beso que llevar en mi memoria para siempre, pero sabía que si lo hacía no tendría fuerzas para irme de esa habitación. Y con el alma destrozada, con los pies moviéndose de manera mecánica y todas mis fuerzas concentradas en no derramar ni una sola lágrima hasta que saliera de ese piso, me alejé de Josef sabiendo que mi corazón no volvería a estar al cien por cien sano nunca más.

9

No sé cómo había conseguido memorizar su dirección, ni en qué momento mis pies decidieron que era una buena idea ir a su casa. Tras marcharme de casa de Josef, me había ocultado en un parque para poder llorar con tranquilidad. Tenía que soltarlo todo lo antes posible y conseguir relajarme. No podía llegar a casa con los ojos rojos e hinchados por haber estado llorando. No supe cuánto tiempo estuve allí, y tenía la certeza de que me debía de quedar poco tiempo antes de tener que reemprender la marcha hacia mi casa para que mi madre no sospechara nada. Sin embargo, mis pies y mi mente tenían un plan mejor. Por primera vez en mucho tiempo, no me tembló el cuerpo por estar tomando una decisión que sabía que no iba a ser fácil, que me podía poner en peligro, pero que se me antojaba la mejor opción para poder encontrar el camino para ser yo misma.

William abrió la puerta sin mostrar asombro ni sorpresa, solo esa maldita chulería que tuve ganas de quitarle de un bofetón... La tentación vibró en mi mano. Poder desahogar todas las emociones que me invadían era algo que me atraía sobremanera. No dijo nada. Solo me dejó entrar en su casa, y, con decisión, avancé hasta lo que parecía el salón. Llevaba un buen rato analizando cada uno de los pasos y gestos que iba a hacer en cuanto me lo encontrara frente a frente. Sonreí en mi interior. Las dos veces anteriores que había decidido y medio planificado la conversación que quería tener con los dos hombres que invadían mi vida, había acabado todo mal. Hans había ignorado completamente todo lo que le había dicho, y con Josef... Con Josef había cometido el error de volver a acostarme con él, aunque, si quería ser sincera conmigo misma, no lo consideraba un verdadero error... Al menos me quedaría ese recuerdo cuando el dolor hubiera pasado.

—¿A qué debo el honor de tu visita?

Tardé en responderle. Observé con detenimiento la habitación que hacía de salón. En ningún momento me había planteado cómo sería la casa de William, y me llamaba mucho la atención. Acostumbrada a la casa donde vivía, ese lugar parecía estar lleno de luz y de color. Me pregunté si habría comprado esos muebles de un suave azul en Alemania o los habría traído de su tierra, descartando esa segunda opción por todo lo que conllevaría.

—Vengo de casa de Josef, de despedirme de él.

No quise darle más detalles. Ni él los necesitaba ni yo se los iba a dar. Vi cómo William se acercaba a un mueble y sacaba del mismo dos vasos anchos en los que depositó, mientras hablaba, un buen chorro de *whisky*.

—¿Al final te decantaste por Hans?

No retiró su mirada de la mía mientras me daba un vaso. No era lo que más me apetecía y no estaba muy segura de que me fuera a sentar bien, pero lo cogí con una leve sonrisa y le di un trago para seguir infundiéndome valor.

—No. A él lo dejé el otro día... Aunque no acaba de entenderlo —la última frase la dije para mí misma, pero él la escuchó atento como estaba a cada una de mis palabras.

—¿Has acabado con los dos? ¿Y qué va a pasar con tu

final feliz?

Mientras me soltaba esa frase llena de ironía y sorna, me dio la espalda para seguir echándose más alcohol en su vaso. ¿Cómo podía ingerir ese líquido que quemaba por dentro a esa velocidad y seguir con la cabeza en su sitio? Dejé el vaso con un golpe en la mesilla que tenía más cerca. Sobre todo, por no tirárselo encima.

—Yo no quiero un final feliz...

Se volvió hacia mí y me miró con estupor. Por primera vez desde que lo conocí, vi verdadera sorpresa en su mirada, y eso me hizo sentir mucho más segura que cualquier otro gesto o frase.

—Yo quiero una vida feliz... Los finales son eso: finales. Yo quiero una vida feliz como tienen otros y que a mí se me ha negado solo por quiénes son mis padres.

—No podemos elegir la vida que nos ha tocado. Las cartas se reparten en el momento en el que nacemos... Y tú tuviste unas muy buenas en tu infancia, y ahora...

—¡Ahora nada! Mi vida no está en unas cartas, mi vida no está predeterminada por lo que algunos deciden. ¡Estoy harta! Harta de sentirme utilizada por unos y por otros.

—¿Y qué vas a hacer al respecto? —William me miraba serio, con la vista puesta en mis ojos y examinando cada una de mis reacciones. Parecía realmente interesado en esa conversación, no había ni una pizca de su irónica expresión—. ¿Te estás planteando irte de Alemania?

Dudé unos instantes ante su pregunta, pero sabía la respuesta desde el primer momento en que me la hizo.

—No puedo.

—¿Por qué?

—Mis padres nunca aceptarían irse.

—Tus padres... ¿Acaso todos tus problemas no empezaron precisamente por culpa de tus padres?

Sonreí. Era normal que no me comprendiera. A mí me había costado mucho entender mis sentimientos y contradicciones como para que alguien ajeno a toda mi batalla interior lo asumiera con rapidez.

—Sí. Sí lo son. Mi madre sigue siendo una fanática del Reich, rememorando un pasado en el que fue feliz y marcada por una estancia en un campo de concentración que solo reforzó su odio hacia el extranjero. Y mi padre... A mi padre le da igual si el mundo a su alrededor se derrumba mientras él tenga una cámara en las manos para captar el momento.

—Y, sin embargo, no los dejarías atrás.

—No.

Me encogí de hombros. Haberlo dicho en voz alta me había llenado de una paz que no podía explicar. Y comprendía que William, o cualquier otro, no entendiera mi decisión, pero, dentro de mí, por fin empezaba a estar todo bien compartimentado.

—Y, entonces, ¿cuál es tu plan, Agna?

Miré uno de los sofás que parecían de piel pero que mostraban ese curioso color azul que me tenía fascinada; aún no había decidido si lo odiaba o me encantaba... Era como su dueño. No tenía claro si era un lobo, una oveja o una mezcla de ambos animales.

—¿Aún sigue en pie el trabajo que me ofreciste?

William recorrió mi cuerpo con su mirada, analizando todo mi lenguaje verbal, examinando si lo estaba preguntando en serio o si había algo más detrás de mi pregunta.

—¿Todo esto es porque tienes un desengaño amoroso?

Me reí. No pude evitarlo. Él, que siempre parecía analizar perfectamente cada situación, que parecía saberlo todo de todos, erraba estrepitosamente.

—Todo lo contrario... El desengaño amoroso, como tú lo llamas, viene a raíz de mi decisión.

—Pues, si es así..., no te voy a mentir y decir que no me alegro. Ninguno de los dos te merecía ni te hacía bien. —Negué con la cabeza mientras ponía los ojos en blanco; su discurso como si fuera más mayor que yo siempre me desquiciaba un poco—. El trabajo está disponible. Pero ten en cuenta una cosa, Agna: esto no va a ser fácil. La guerra se va a ir poniendo cada vez más dura y peligrosa. No creas que porque no se esté desarrollando sobre suelo alemán no puede llegar a afectarte. Esto no se queda en la guerra de Corea y poco más... Dentro de poco, nos encontraremos con algún pacto entre los países del Este para defenderse de la OTAN.

Tamborileé con mis dedos sobre la superficie del sofá azul. Sabía perfectamente lo que pretendía. Quería asustarme, quería ponerme en la peor de las situaciones... Y quizás hiciera bien... Seguramente, seguía creyendo que mi decisión de aceptar el trabajo se debía a un corazón roto (y varias veces) y a que seguía sintiéndome perdida. Y era cierto que estaba aún en medio de un bosque desconocido, pero me había decidido a seguir un camino, el que más me gustaba realmente a mí.

—¿Cuál sería mi trabajo? —Intentaba mostrarme la más

fría y tranquila del mundo. No quería que él siguiera advirtiéndome de los peligros en los que me metía... Los tenía muy claros. Conocía perfectamente la maldad humana, las dobles caras de la gente, las ansias de venganza...

—Recopilar información sobre posibles enemigos.

—¿Posibles enemigos? ¿Cuáles?

Tenía claro que no coincidíamos plenamente en quiénes eran enemigos y quiénes aliados. Para mí, cualquiera que se enfrentara a la idea de que Alemania consiguiera volver a ser lo antes posible un estado soberano y libre de influencias extranjeras entraba en la lista de los primeros. Y también los que odiaban y encerraban o mataban a alguien solo por enamorarse de quien ellos no consideraban correcto. Era consciente de que eso ampliaba la lista a una cantidad de personas tremenda... Y sabía a quiénes él consideraba enemigos: aliados y partidarios de los soviéticos. Y no le importaba aliarse con antiguos nazis que no renegaban de sus actos ni de sus ideales. Todo por la causa. El fin justificaba los medios, ¿verdad? Y, si era sincera conmigo misma, tendría que aceptar que yo estaba haciendo lo mismo. Churchill había dicho que la política hace extraños compañeros de cama, y quienes ayer fueron aliados hoy eran enemigos y mañana... ¿quién sabe?

—También quisiera que, aprovechando tus clases, estés atenta al movimiento estudiantil de la universidad.

—¿En la universidad?

—Sí. Las universidades son, por tradición, fuente de movimientos radicales.

No dije nada, analizando sus palabras. ¿A qué llamaría él *radical*? ¿Consideraría así a Brigitta, por ejemplo? ¿Tendría que delatar a mis propios compañeros? Me moví inquieta.

¿Sería capaz de llevar a cabo esa labor? Era más fácil colaborar en acciones sobre rostros desconocidos que sobre alguien a quien quería llegar a considerar una amiga...

—¿Algún nombre te ha venido a la mente?

Miré fijamente a William. Había notado cómo me había cambiado el gesto al mencionar la universidad, y sabía que, si quería que eso funcionara bien, tenía que ser sincera con él. Me estaba sumergiendo en un mundo donde dejaría de ver rostros y empezaría a ver enemigos de una causa que ni siquiera era la mía...

—No. Aún no he conocido a casi nadie.

Una frase corta y sin muchas excusas. Había aprendido de mi padre esa lección: cuando mientes, necesitas adornar los hechos para intentar hacer más creíble la historia que te estás inventando. Conciso y claro. No se necesitaba nada más. Así que la mejor mentira era la que se disfrazaba de verdad. William me miró a los ojos y pareció creerme. Se giró para volver a echarse un nuevo chorro de *whisky*; lo detuve.

—Quiero que hagas una cosa por mí.

Dejó el vaso en el mueble bar y me prestó atención. No se lo esperaba, estaba claro. Ese día, lo estaba sorprendiendo, y eso me producía un enorme placer y una sensación de poder que era realmente adictiva.

—¿Cuál?

William me miraba fijamente. Creo que por fin estaba consiguiendo ganarme su respeto. Metí la mano en uno de mis bolsillos y saqué la fotografía que le había cogido a mi tía esperando que no se diera cuenta de su falta hasta que consiguiera llevar a cabo mi plan. La observé unos instantes, dudando, y luego se la mostré a William.

—Se llama Emma Klein. Está prisionera en uno de vuestros campos.

No se molestó ni en negarme la existencia de esos lugares. William nunca había tenido la necesidad de mentirme. No me decía verdades piadosas ni me endulzaba la vida... Y eso, en aquellos momentos, era de agradecer.

—¿Por qué está prisionera?

—Por amar diferente.

—Ya... —William observó la foto con detenimiento—. ¿Qué es lo que quieres?

—¿No es evidente? Quiero que se la libere. No es una criminal de guerra, no es una ladrona ni una asesina... Solo se enamoró de una mujer.

—Eres realmente sorprendente, Agna Weber. —William dibujó una sonrisa de medio lado mientras se guardaba la foto en el bolsillo.

—¿Lo harás? —Su respuesta había sido completamente ambigua, y yo necesitaba una frase que me confirmara que iba a hacerlo, que iba a liberar a Emma.

—¿De qué la conoces?

—¿Acaso importa?

—No. —William se encogió de hombros y anotó su nombre en su libreta—. Dame un par de días.

—¿Un par de días? —¿En serio era tan fácil? ¿Después de tantos años prisionera, una sola llamada de William podía hacer que alguien volviera a ser libre?

—¿Te parece mucho? No es que me hayas dado muchos datos...

Asentí con una sonrisa. Si realmente se creía que mi pregunta había ido en ese sentido, para meterle prisa, entonces él también vivía en otro mundo, en una realidad donde el miedo nunca había existido; la guerra lo había pillado aún más lejos que a mí.

—Un par de días... ¿Cómo me harás saber que lo has conseguido?

—No te preocupes por eso...

El silencio se adueñó de la sala. Demasiadas emociones, demasiados pensamientos... Miré el vaso que me había servido un buen rato antes William, lo cogí y me lo bebí de un trago. Luego, sin saber qué más hacer, me encaminé hacia la puerta de salida.

—¿Sabes una cosa, Agna? —Me volví hacia él con el pomo de la puerta ya en mi mano—. Si todo esto hubiera sido diferente, si nos hubiéramos conocido en otro momento, en otro lugar, no hubiera dudado en cortejarte, en pedirte una cita.

Sonreí. Sin duda era un hombre que me hubiera atraído si las circunstancias hubieran sido otras... Pero ¿para qué sumergirnos en algo que no era real? Ya había pasado demasiado tiempo agarrándome a fantasías y a mi propia visión desfigurada de los hombres que me rodeaban.

—Como bien has dicho antes, estas son las cartas que nos han tocado. Adiós, William.

Y me fui de su casa con la esperanza de volver a saber

de él muy pronto. Por Emma y su rescate y por ese nuevo trabajo que me encogía el estómago, lleno de emociones contradictorias.

• • •

Lo sentí nada más bajar las escaleras. Su presencia y su mirada eran realmente abrumadoras, y al haberlo conocido un poco más, mi cuerpo era más receptivo a él. Seguía sin ser mi persona favorita en el mundo, pero estaba empezando a comprenderlo, y al menos me transmitía una confianza que no me habían transmitido ni Hans, ni Josef, ni tampoco mis padres. Aunque en muchas ocasiones odiara lo que me fuera a decir, era sincero y directo... Y eso era algo que en aquellos momentos valoraba por encima de muchas otras cosas.

William charlaba con mi padre en la puerta de su despacho. Nuestras miradas se cruzaron y hubo algo en su sonrisa que me impulsó a acercarme a ellos en vez de salir huyendo como hubiera hecho en otra ocasión. Me percaté de cómo él se llevaba la mano derecha a su bolsillo, con un gesto completamente natural y que estoy segura que pasó desapercibido para mi padre. Me pregunté cuándo había aprendido a fijarme en esos pequeños detalles que tanto nos podían contar de una persona... Quizás siempre lo hice, pero no había sido consciente de ello hasta que comprendí el poder que podían tener.

—Buenos días, Agna —William procedió a hacer su saludo habitual, cogiéndome la mano para darme un beso en el dorso de la misma sin dejar de mirarme fijamente. Y entendí por qué me había llamado la atención el gesto anterior: mientras me cogía de la mano, me estaba pasando una pequeña nota que, en cuanto pude, escondí en uno de mis bolsillos.

—Buenos días, William —intenté mostrarme lo más fría posible, como siempre me había mostrado con él delante de mi familia. La nota me ardía en el bolsillo y lo único que quería hacer era salir corriendo de allí para poder ver qué era lo que me había escrito en ella. Tenía que ser algo sobre Emma, estaba segura. William no iba a mandarme algo de trabajo hasta que no hubiera cumplido con su parte del trato... Era un hombre que cumplía sus promesas—. Veo que están trabajando, mejor no les molesto.

William escondió la sonrisa que luchaba por mostrarse en sus labios, pero sus ojos relampagueaban divertidos. Tendría que aprender a controlar mis impulsos, estaba claro. Aunque a nadie le iba a sorprender que yo rehusara su presencia, les había dejado claro mil veces que no era una persona con la que quisiera estar mucho tiempo en la misma habitación, y ese rechazo que había sentido por él nos venía muy bien a los dos.

Subí de nuevo a mi habitación esperando que nadie se fijara en que acababa de venir de ese mismo sitio. Cerré la puerta y, apoyada en ella, leí la nota. Dos frases. No se necesitaba mucho más para llenar el cuerpo de esperanza.

«Hoy a las 16 horas en mi casa. Puedes traer a tu tía si quieres».

Estaba claro que me quería contar algo sobre Emma y también que era mejor espía de lo que yo había imaginado. ¿Cómo habría averiguado que el favor que le había pedido estaba relacionado con Dagna? ¿Correría mi tía peligro? Hasta ahora, había estado tranquila pensando que ella nunca se había puesto en la diana, pero ¿y si por intentar ayudarla la había puesto yo en un foco en el que era mucho mejor no estar jamás? ¿Y cómo explicarle a mi tía que necesitaba que viniera conmigo? ¿Y si era una trampa? No. William no era así. Me había dicho que me ayudaría. Y por extraño que pareciera, confiaba en él. Además, me necesitaba. Y yo a él. Estábamos en un momento de nuestra vida en el que nos jugábamos mucho, y cualquier traición por parte de uno o de otro podría ser fatal.

Miré la hora. Una hora... Una hora para pensar cómo decirle a mi tía lo que había hecho sin contarle por qué William me hacía ese favor. No podía hablar a nadie de mi futuro nuevo trabajo. William no me lo había dicho, pero me parecía tan evidente que no hacía falta que él me advirtiera. Sonreí y abracé la nota como si fuera lo más valioso del mundo. Luego me tumbé en la cama, abrí la mesilla y la guardé dentro del libro de Elba mientras pensaba que tendría que encontrar algún lugar mejor donde ocultar todo lo relacionado con mi trabajo... No creía que a mi madre le fuera a gustar si algún día encontraba algo relacionado con William.

Suspiré varias veces antes de llamar a la puerta de la habitación de mi tía. No tenía muy claro cómo se lo diría. No había querido comentarle nada de la petición que le había hecho a William. No quería darle falsas esperanzas. Presuponíamos que estaba viva, pero cada vez me quedaba más claro que, una vez que entrabas en un campo de concentración, tu vida dejaba de ser importante para tus captores, daba igual la bandera tras la que se escondieran. Y había también otro motivo para mi silencio: no deseaba confesar mi relación con William. Para mi familia, el americano y yo no nos soportábamos, y prefería que siguieran con esa idea una vez que comenzara a trabajar para él.

No habíamos concretado ninguna fecha, ni el modo en que él se pondría en contacto conmigo ni si tendría material específico ni nada. Realmente no sabía nada. Solo las breves palabras de William y la creencia de que no me estaba mintiendo. Claro que me utilizaba, empezaba a creer que todos nos utilizábamos los unos a los otros sin importarnos lo más mínimo el daño que pudiéramos hacer o las repercusiones que nuestros actos pudieran ocasionar.

No habíamos hablado de nada, pero estaba convencida de que todo daría inicio una vez que mi tía y Emma se reencontraran. Era un acuerdo tácito entre los dos, y, mientras se acercaba el momento de empezar con mi parte del trato, el nudo de mi estómago se hacía más grande.

Estaba asustada, pero también estaba convencida de que las grandes aventuras siempre comenzaban con un poco de miedo. Y estaba tomando el camino correcto, no tenía dudas. Era mi propio camino, mi propio destino.

La voz de mi tía invitándome a entrar me sacó de mis pensamientos, dando fin a la pequeña tregua que yo misma había edificado en mi mente. Ahora tocaba darle la noticia. Entré en su cuarto; estaba organizando su armario. Esperé a que dejara toda la ropa en las baldas.

—¿Qué pasa, Agna?

Si pensaba que conseguiría mostrarme tranquila estaba claro que no iba a ser así, y eso me preocupaba mucho de cara a mi futuro trabajo... Aunque me decía que mi tía me conocía mucho mejor de lo que yo misma creía... Tendría que practicar seriamente.

—¿Te vienes conmigo a dar un paseo?

De pronto, sentí que no debía hablar de ese tema en esa casa, como si a las paredes les hubieran salido orejas.

—¿Un paseo? —Mi tía analizaba cada uno de los gestos que hacía, intentando descubrir qué era lo que me inquietaba y cuál era la verdadera razón de mi presencia en su habitación.

—Necesito hablar contigo...

—¿Y no puede ser aquí?

—No.

Me observó en silencio unos instantes que se me hicieron eternos. Estaba a punto de gritarle que había encontrado al amor de su vida, que dejara de hacerme tantas preguntas y que cogiéramos su coche para llegar cuanto antes.

—De acuerdo... Si para ti es tan importante...

Sonreí y le tendí la mano para que juntas saliéramos de casa. ¿Cómo decirle que para mí era importante pero que para ella sería su mundo?

• • •

El amor era eso. Y nada de lo que yo había vivido se le aproximaba lo más mínimo. Lo tuve claro desde el primer momento en el que contemplé cómo se miraban mi tía y Emma... A pesar de los años, a pesar de la guerra, de los horrores que les había tocado vivir..., sus cuerpos, sus almas y sus corazones se reconocieron en el mismo instante en que sus miradas volvieron a cruzarse.

Acudimos a casa de William en coche. Mi tía había tomado la decisión de no hacerme más preguntas y simplemente se dejaba guiar. Estaba claro que la curiosidad le podía, y sentí cómo se mordía la lengua en más de una ocasión para no seguir interrogándome, pero creo que también supo leer en mis gestos todos los nervios que me acompañaban. No dije nada hasta que ya estábamos delante de la puerta de William. No podía cruzar ese umbral sin, al menos, decirle algo...

—Tía... Desde que me contaste tu historia con Emma, no he parado de darle vueltas a todo, a lo injusta que es la vida, a todo lo que habéis sufrido, a todo lo que debía de estar sufriendo Emma...

—Agna, ¿qué has hecho?

Vi el miedo reflejado en sus ojos, y no podía culparla. Se había pasado la vida ocultándose, teniendo que esconder sus sentimientos, disfrazándose de otra persona y teniendo que llorar a escondidas por la persona a la que más quería. Y había perdido a su mejor amigo, con el que compartía los mayores secretos y que estuvo a su lado cuando el resto del mundo le daba la espalda. Alargué mi mano hasta coger una de las suyas para tranquilizarla.

—No te preocupes... Confía en mí.

Y sabiendo que las palabras no podían relajarla, llamé a la puerta de William. El rostro de mi tía era un poema al verlo abrir y recibirnos con una sonrisa. Entró en la casa del americano cada vez más desconcertada. No había soltado mi mano, y noté que la apretaba con fuerza. Por un segundo, un rayo de dolor cruzó mi pecho... ¿Creía que la había vendido? ¿Y podría culparla por ese pensamiento viniendo yo de donde venía? Sus padres la habían rechazado, y, por mucho que ella defendiera a mi padre en esa situación, la única verdad era que yo no supe nada de ella hasta que la necesitamos.

Entramos en el salón y volví a posar mi vista en uno de aquellos sofás azules. En él estaba Emma. Más mayor que en la foto. Mucho más delgada y con los rasgos mucho más marcados. El pelo corto, muy corto. Y una expresión de haber vivido mil vidas grabada en los ojos. Pero era ella. Y el grito que soltó mi tía al verla cambió su gesto cansado y llenó la habitación de luz.

No dijeron nada. No lo necesitaron. Dagna cruzó la habitación en dos pasos y cayó de rodillas a sus pies como si le rezara a una virgen, como si no creyese lo que sus ojos le estaban diciendo.

Me giré para darles la intimidad que entendía que necesitaban, sintiéndome también culpable por presenciar un momento tan personal... No era mi culpa que hubieran estado tanto tiempo separadas, ni el infierno que habían sufrido... Pero el sentimiento de culpabilidad imprecisa e indirecta era aplastante.

—¿Quieres tomar algo?

William se acercó a mí y, con un gesto, me indicó que lo siguiera por un pasillo que llevaba a la cocina. Me sirvió una cerveza sin yo pedírselo mientras me dedicaba a estudiar su cocina. Si alguna vez me hubiera imaginado un piso en Estados Unidos, ese habría sido su aspecto... Tan alejado de todo lo preestablecido, de todo lo rutinario... Seguía sin saber si me gustaba o no, lo que estaba claro es que no me dejaba indiferente. Como su dueño. Ya no lo odiaba como al principio y tenía claro que le debía un gran favor; sabía que podía confiar en él, pero no tenía muy claro si algún día llegaríamos a ser verdaderos amigos.

—Gracias. Has hecho a mi tía muy feliz —comencé a hablar mientras aceptaba la jarra que me tendía.

William se encogió de hombros y le dio un largo trago

al líquido dorado.

—¿Desde cuándo conocías la orientación de tu tía?

Esta vez fui yo la que me encogí de hombros. No iba a darle más datos de los que ya tenía y que seguro que eran muchos más de los que yo misma sabía de esa historia.

—¿Acaso importa?

—No —me respondió sonriéndome con chulería. Negué con la cabeza sin poder evitar que una sonrisa iluminara mi rostro. Ver a mi tía tan feliz, haber conseguido que Emma saliera del infierno en el que seguramente estaba viviendo... Todo aquello hacía que una gran sensación de paz dominara mi cuerpo y me hacía sentir como nunca me había sentido.

—Sienta bien hacer algo bonito por los demás... —empezó a comentar William, y supe, desde la primera sílaba, a qué se refería. Bebí lentamente de mi cerveza, conocedora de que él esperaba mi respuesta.

—Bonito y justo. No lo olvides.

Soltó una carcajada. Realmente no tenía claro si él estaba de acuerdo conmigo en mi visión de la relación que tenían Emma y mi tía o si sus ideas se parecían más a las de Josef y sabía ocultarlas por algo que él consideraba un bien mayor.

—Te espera un futuro lleno de causas justas, Agna.

Sonreí y luego le di la espalda para volver a emprender el camino hacia el salón, donde nos esperaban mi tía y Emma. Hablaban en susurros, como siempre hablaban en las novelas las parejas de enamorados, y se miraban con esa devoción que todos anhelamos por muy incrédulos y escépticos que pretendamos mostrarnos.

—Pocas más justas que esta —murmuré cuando noté su presencia justo detrás de mí; giré levemente el rostro para poder mirarlo fijamente, y la expresión que invadía su mirada me hizo respirar aliviada. Sí, él también creía que aquella había sido una batalla por la justicia.

—William, muchísimas gracias por todo lo que has hecho —comenzó a hablar mi tía, sin separarse de Emma pero retirando sus ojos de ella por primera vez desde que se habían visto.

William le quitó importancia volviendo a encogerse de hombros. Lo noté pasar por detrás de mí para entrar en el salón y apoyarse directamente en la pared más alejada de donde se encontraban. Y supe que no era porque no quisiera tener contacto con ellas, sino para no ser el protagonista, para salir de la ecuación y dejarnos vivir ese momento a nosotras solas. Sin embargo, mi tía no iba a darse por vencida. Su corazón estaba repleto de agradecimiento y necesitaba expresarlo. Su hermoso rostro estaba surcado por lágrimas de ilusión, alegría y esperanza que, en vez de afearlo, lo hacían aún más increíble.

—La has salvado. Le has curado las heridas físicas que tenía, le has devuelto las pequeñas rutinas que para nosotros son hábitos y que para ella han constituido grandes regalos, como un buen baño, una buena comida, una cama...

—Puede quedarse aquí todo el tiempo que necesitéis. Mientras buscáis el lugar a donde ir.

Me giré hacia William. ¿Lugar a donde ir? ¿A qué se refería? Él me devolvió una de esas miradas que tanto odiaba y que me dejaban claro que él sabía mil cosas más que yo de la vida real. Miré de nuevo a la pareja, que no se había separado ni un solo instante. Se miraron un segundo y luego mi tía, haciendo un esfuerzo emocional importante, soltó a Emma y se acercó a mí para acariciarme el rostro.

—No hay sitio para nosotras aquí.

—Pero ¿por qué? ¿No se llenan la boca diciendo que todo ha cambiado, que somos una nueva Alemania, que tenemos que empezar de cero? —Noté una lágrima recorriendo mi rostro y cómo mi tía Dagna me la secaba con dulzura.

—Mi niña... Sabes mejor que nadie que eso no es verdad.

—Ojalá algún día... —Emma se levantó de la silla. Con movimientos lentos. Con todo el cuerpo gritando su cansancio. Dagna hizo el amago de acercarse a ella para ayudarla, pero con una sola mirada se entendieron y la dejó llegar hasta nosotras—. Ojalá algún día amar a alguien no sea delito, ojalá algún día nadie tenga que esconderse por sentir... Ojalá algún día el sacrificio que muchos compañeros tuvieron que realizar no caiga en un saco roto y sus nombres resurjan como se merecen. Solo doce años bastaron para que algunos nombres se quedaran grabados a fuego en la historia... Es nuestro trabajo que los nombres de sus víctimas no se olviden.

Emma, a pesar de la voz rota, a pesar del agotamiento que emanaba por cada poro de su piel, hablaba con tanta pasión, con tanta seguridad en sus palabras que solo tuve ganas de abrazarla. Y, sin poder contener la emoción, lo hice. No era algo propio de mí, y, rápidamente, al percatarme, me solté avergonzada. Emma me lo impidió volviéndome a abrazar.

—Gracias por todo, Agna. Sé que no debe de haber sido fácil para ti. William me ha contado que fuiste tú la que inició mi búsqueda. —Me giré hacia William, que sonreía mientras seguía sumergido en su bebida, dejándonos hablar. Quise decirle que yo solo le había dado un nombre y una foto, que él había hecho todo el trabajo, pero Emma siguió hablando—: No ha debido de ser fácil para ti. Todos los niños, para tener una evolución buena y sana, necesitan la certeza de que sus padres son buenos, que sus progenitores sean sus héroes... Eso es lo fácil. Lo difícil es crecer y tener buenos principios como los que tú tienes cuando ves que tus modelos de vida tienen sombras y luces.

—Sombras y luces... Y eso es muy generoso de tu parte.

—Agna, no te culpabilices... Me da terror que los jóvenes de hoy os convirtáis en una generación penitente.

—Me parece que eso es algo inevitable... —Me hubiera gustado decirle que no se preocupara, que eso no pasaría, pero yo era un buen ejemplo de esa generación. Carraspeé intentando quitarme el nudo que tenía enganchado con fuerza en mi garganta y volví a mi batalla particular. No podía hacerme a la idea de que mi tía se fuera lejos de mí—. Pero ¿por qué no quedaros y ayudarnos a construir una sociedad como la que siempre has soñado?

Emma sonrió y acarició mi rostro con su áspera mano, su piel llena de historias consiguió calmar mis lágrimas. Quizás porque, sin quererlo, ella me hacía recordar por todo lo que había pasado y me hacía comprender que había un momento en el que la lucha pasaba a un segundo plano y que todos teníamos derecho a ser egoístas y buscar nuestra propia felicidad.

—Alemania aún no está preparada para ese sueño. Se empiezan a edificar monumentos a los asesinados por el régimen nazi... ¿Cuántos crees que hay dedicados a los homosexuales? —Bajé la mirada avergonzada por no haber caído en ningún momento en eso—. ¿Sabes que no fuimos mencionados en los Juicios de Núremberg? Las estrellas rosas hemos desaparecido de los papeles, de las exclamaciones de disculpa... Si vivimos en una Alemania donde no se habla de los judíos y parece que se hubieran extinguido como los dinosaurios, los homosexuales ni siquiera hemos llegado a existir.

—Lo siento mucho...

—No, Agna... No te digo todo esto para que te sientas mal ni culpable... Me has devuelto a la vida. Estaba muerta en vida, y tú me has dado una nueva oportunidad.

—Nos la has dado a ambas —completó mi tía la frase, y yo no pude evitar refugiarme entre los brazos de las dos, y sentí que, pasara lo que pasara más adelante, sucediera lo que sucediera en el camino que había decidido tomar, solo por ese momento, mi existencia ya había tenido sentido.

• • •

Mi tía Dagna y yo íbamos todos los días a casa de William. Me gustaba oírlas hablar de su juventud, de cómo se conocieron, de cómo fueron descubriendo y comprendiendo sus sentimientos. Emma no hablaba de su estancia en los campos de concentración, y en eso me recordaba a mi madre... Si ella, que había estado mucho menos tiempo, que seguro que había sufrido menos torturas y maltratos, se escondía dentro de su caparazón para lamerse las heridas e intentar, a su manera, olvidar lo sufrido, ¿cómo no iba a hacerlo Emma, que llevaba tantos años encerrada entre vallas de metal que parecía que nadie quería derrumbar de una vez por todas?

—¿Se lo vas a decir a mi padre? —le pregunté a mi tía una de las tardes al salir de casa de William. Ella había solicitado a mi madre que la ayudara a hacer diferentes recados a lo largo de la semana, y esta, aún preocupada por mi salud, había aceptado a regañadientes, como si temiera que de un momento a otro me derrumbara en mitad de la calle.

—Sí. No quiero que un día se despierte y, cuando vea que no bajo al desayuno, suba y descubra mi habitación vacía. No quiero descargar sobre ti la responsabilidad de contar lo sucedido, y hay cosas que es mejor no explicar por carta.

Me pregunté si sería mejor no mencionarlo por carta por la imposibilidad que tenía mi tía de transmitir todo lo que estaba sintiendo en esos días o para no dejar ninguna prueba física de su relación... O quizás era una mezcla de ambas.

—¿Cómo crees que reaccionará?

Mi tía se giró unos instantes para observar mi rostro. Era consciente de que mi voz sonaba impregnada de tristeza y es que me dolía hasta casi rasgarme por dentro darme cuenta de que no tenía muy claro cómo actuaría mi padre al enterarse de los proyectos vitales de su hermana.

—Mejor de lo que piensas. Tu padre es...

—No empieces otra vez a defenderlo, por favor...

—No lo iba a defender, Agna. Hay muchas razones por las que puede reaccionar de manera positiva a que Emma y yo nos vayamos lejos, y no todas son por amor fraternal.

Asentí en silencio, comprendiendo lo que me quería decir. Mi padre, tan pragmático como era, sentiría un alivio al verlas lejos de él. En los últimos días, tras haber podido contemplar la increíble relación que tenían Emma y Dagna a pesar de los años separadas, me había planteado por qué mi padre no había querido nunca ayudar a su hermana a encontrar al amor de su vida, por qué todo había sido un gran tabú... Y volvíamos al mismo punto. Se protegía a sí mismo. Y quizás pensara que me protegía también a mí. Si era un poco optimista, también era posible que pensara que era lo mejor para su hermana... Pasar página. Olvidar. Hacer como si nada de aquello hubiera sucedido.

—¿Dónde iréis? —necesitaba cambiar de tema y no seguir hablando más sobre mi padre.

—A Ibiza, en España.

Me encogí de hombros. No tenía muy claro dónde estaba aquel lugar del que me hablaba. Sí sabía que España seguía viviendo bajo una dictadura. Los aliados no habían considerado importante eliminar todas las ideologías antidemocráticas de Europa. Como bien me había dicho en aquella fiesta William, vivíamos en otra guerra contra los comunistas y cualquier persona que los ayudara a luchar contra ellos era bienvenida... Tuviera la ideología que tuviera. Los principios se tiraban por el retrete, el fin justificaba los medios.

—Es una pequeña isla del Mediterráneo. Hay varias comunas. Gente que huye de la situación política, económica... Tienen una mentalidad más abierta. Se autogestionan... Y el clima es perfecto para que Emma se recupere.

—¿Estarás bien? —Eso era lo único que me importaba.

—Sí, Agna. Y gracias a ti. Nunca podremos devolverte todo lo que has hecho por nosotras.

—Ya lo hiciste, tía. Tú nos salvaste en su momento... No hay nada que devolver. ¿Cuándo...?

Me costaba empezar a despedirme de ella. Sentía que se me había escapado el tiempo entre los dedos y ya no podría terminar de conocer bien a una mujer que, cuánto más sabía de ella, más increíble me parecía. Y ansiaba saber más también de Emma. Había aprendido a admirarla en unos pocos días, y el ejemplo de su lucha y su sacrificio se había convertido en una luz para mí. Sin darme tiempo a aprender más de ellas, el destino las arrancaba de mi lado.

—En unos días. William está terminando de conseguirnos unos papeles para Emma... Y marcharemos lo antes posible.

Posé mis ojos en el horizonte, sin mirar nada, sin centrarme en ningún objeto, mientras controlaba el nudo de mi pecho. Mi tía Dagna me observó y luego se atrevió a soltarme la pregunta que llevaba tiempo rondándole en la cabeza:

—¿Qué relación tienes con el americano?

Sonreí. Esperaba esa cuestión desde el primer momento en que entramos en su casa y el rostro de mi tía se desencajó por la sorpresa. Suspiré. No podía contarle la verdad, pero tampoco quería que se hiciera falsas ilusiones románticas.

—Somos amigos. Nunca creí que podría llegar a nombrarlo así, y aún me cuesta hacerlo...

—No todos los americanos son como los que tú conociste de pequeña... Igual que no todos los alemanes...

—No... No todos los alemanes eran nazis... —la interrumpí—, pero tenemos que vivir con una complicidad colectiva que duró todos los años del Tercer Reich; esa es nuestra herencia... De todos. Unos a gran escala, otros a pequeña escala... Tenemos que aprender a vivir con eso y hacernos responsables... Pero los vencedores también y no borrar sus crímenes a la hora de escribir la historia. Mientras, también serán cómplices.

Anduvimos en silencio y nos quedamos paradas delante de la valla que daba acceso a nuestra casa. Ese siempre había sido el hogar de mi tía desde que nuestra familia le había dado la espalda. Ese había sido el lugar donde ella nos había acogido olvidando todo el daño que mi padre y mis abuelos le habían causado con su rechazo...

—Recuerdo las pesadillas que tenías cuando eras pequeña... —comenzó mi tía casi en un susurro, como si su mente se hubiera transportado a aquella época. Yo también las recordaba. Y me acordaba de cómo me despertaba en mitad de la noche, empapada en sudor y lágrimas, con el cuerpo helado y faltándome la respiración... Recordaba amanecer muchas noches debajo de la cama, escondida, con el miedo en la piel por si volvían a buscarme—. Los miedos por sucesos de la infancia son difíciles de superar, pero creo que vas por buen camino...

Ojalá yo tuviera la misma confianza en mí misma.

• • •

—El lunes —me susurró William mientras observábamos cómo mi tía y Emma metían en una maleta las pocas pertenencias que tenía la segunda, la mayoría compradas en esos días por el americano.

No hizo falta que me dijera a qué se refería. Y yo tampoco podía seguir demorándolo más tiempo. William me había dado muchísimo margen. Había cumplido con creces con nuestro acuerdo. Respetaba mis tiempos mucho mejor de lo que yo hubiera esperado.

—¿Voy a tener horario de oficinista? —le pregunté con ironía.

—Te dejo el domingo para que llores todo lo que necesites llorar... Pero en este oficio no hay festivos.

Asentí en silencio, tentada de decirle que prefería empezar cuanto antes, que no quería quedarme el domingo en casa, enfrentándome a la realidad del vacío que dejaría mi tía y a la actitud de mis padres como si no hubiera sucedido nada relevante en esas horas.

Mi tía ya había hablado con mi padre. Me había pedido que no me quedara en la puerta escuchando, que no quería que mis progenitores supieran que yo estaba detrás de todo lo que había sucedido y de su decisión de marcharse lejos. Yo le sonreí mientras me lo decía, sabiendo que era inútil su intento por dejarme fuera de todo aquel asunto. Había pasado los últimos días con ella. ¿De verdad pensaba que mis padres no unirían los puntos, que ellos no tendrían claro que yo sabía lo que sucedía y que apoyaba su decisión y su modo de vida?

Mi padre no gritó. No se escandalizó. Incluso le deseó suerte en su nueva vida. Pero tampoco intentó hacerle cambiar de opinión, no le pidió que se quedara, que juntos podríamos buscar otra solución. Tampoco la apoyó, y dejó claro que no comprendía ni respetaba su forma de vivir... Y, por mucho que mi tía dijera que no esperaba otra reacción, sabía que no era así, que había tenido la esperanza de sentirse, por una maldita vez, respaldada por su hermano. Creo que hasta yo había tenido una leve pizca de esperanza en ese sentido, un deseo estúpido de que mi tía me demostrara que ella tenía razón y que mi padre era mejor de lo que yo veía.

Mi madre actuaba como si no supiera nada, como si todo siguiera igual que siempre. Y me habría creído esa versión si no fuera por pequeños gestos mediante los que intentaba distanciarse de mi tía. Tonterías como alejar levemente su silla a la hora de cenar o desayunar, cambiar levemente su rutina para no encontrarse con ella... Tonterías de ese estilo que a mí me ponían de los nervios y que mi tía prefería ignorar. Estaba feliz. Más que eso. Se había reencontrado con el amor de su vida y estaban planeando un futuro en común... El resto le daba absolutamente igual.

Desde el momento en el que supe que mi tía ya había hablado con mi padre, tuve la sensación de que ellos se sentían aliviados por librarse de mi tía y su pasado y comencé a comprender aún mejor toda la distancia que siempre había existido en el interior de esa casa en la que todos procuraban dar una sensación de normalidad que nunca había existido.

—¿Dónde quedamos el lunes?

Los datos concretos me ayudaban a no pensar en mis padres y en cómo serían el domingo y el resto de los días para mí.

—Aquí. Tienes mucho que aprender.

—¿Me vas a enseñar a ser Mata Hari?

William me echó una de esas miradas suyas cargadas de demasiados pensamientos, volviéndome a dejar claro que él sabía mucho más de la vida que yo.

—Sabes que alrededor de esa mujer hay mucha más leyenda que realidad, ¿verdad?

Me encogí de hombros y sonreí con picardía.

—¿Y acaso los espías y la historia no viven mejor de las leyendas que de la realidad?

Se rio y supe que había ganado esa pequeña contienda. Luego se puso serio y se acercó un poco más a mí para hablarme al oído:

—Nunca tendrás que acostarte con alguien para conseguir información, te lo aseguro.

—No pensaba hacerlo.

Me di cuenta de que debería haber parecido mucho más ofendida para fingir que seguía siendo una virgen inocente, pero con William no había motivos para aparentar ser alguien que no era. No me iba a juzgar, o, si lo hacía, no lo iba a mostrar, que en el fondo era lo mismo.

—Lo primero que tienes que aprender es que la información es poder. Es lo más valioso que puedes tener. La información compra todo lo que desees. —Asentí en silencio mientras grababa sus palabras a fuego en mi mente—. La verdad, en este trabajo, como en el resto de la vida, solo es optativa. Hay historias mucho más creíbles que la propia verdad, y esas son las que nosotros tenemos que crear para esconder la realidad.

—¿Y eso es lo que me vas a enseñar a hacer?

—Exacto.

—¿Y algún día me contarás tu verdad?

Sonrió entendiendo perfectamente a lo que me refería.

—Quizás algún día, pero ya te advierto que es mucho más aburrida de lo que crees.

—Eso lo juzgaré yo.

—Vas a resultar mejor fichaje de lo que yo esperaba. Mucho mejor.

Y con esas palabras, se alejó de mí para dirigirse hacia mi tía y Emma para ayudarlas a meter las últimas cosas.

Partirían al día siguiente de madrugada. Les quedaba un largo viaje por recorrer hasta llegar a su destino. Y yo solo esperaba que los papeles que les había proporcionado William fueran un salvoconducto para su nueva vida y llegaran a ella de una vez por todas.

• • •

—¡Agna!

La voz autoritaria de Hans me detuvo justo antes de abrir la puerta de la verja que daba acceso a mi casa. Suspiré y miré a mi tía. Ella me devolvió una triste sonrisa. Habían pasado tantos días desde mi última conversación con Hans que realmente me había creído que él había llegado a asumir que lo único que quería era su amistad. Aunque yo misma me preguntaba si era realmente posible volver el tiempo atrás e ignorar los besos que nos habíamos dado, los sentimientos declarados… Sobre todo, cuando uno de los dos no quería que fuéramos solo amigos.

—Te toca enfrentarte a tus propios fantasmas.

Asentí en silencio. Suspiré y me volví intentando mostrar mi sonrisa más conciliadora y sincera. Sentí cómo mi tía abría el portón y se dirigía hacia la casa para dejarnos intimidad.

Hans me miraba fijamente, parado a unos metros de mí. Cambié el peso de un pie a otro, nerviosa. Me había aguantado las ganas de pedirle a mi tía que no se fuera muy lejos. No quería temer a Hans. Era mi amigo de la infancia, mi héroe cuando éramos solamente unos críos… Pero el recuerdo de su reacción cuando nos habíamos encontrado con Josef volvía a mi mente recordándome que, cuando habías crecido con el odio a lo diferente rodeándote, era muy difícil desarrollar un carácter que no recurriera a la violencia como método de defensa. Y eso era algo que yo no quería en mi vida.

Además, ¿cómo iba a estar con él mientras colaboraba con el Gobierno de los Estados Unidos de América? Eran dos cosas completamente incompatibles.

—Hola, Hans.

Lo saludé con normalidad esperando que eso lo hiciera reaccionar y se acercara de una maldita vez. No pensaba hablar a gritos en mitad de la calle ni iba a ser yo la que me acercara a él. Si quería mantenerme firme y dejarle claro cuál era mi decisión, cada pequeño gesto era importante. Lo vi meditar y analizar mi comportamiento como si por su mente estuviesen pasando ideas parecidas. Al final se decidió por avanzar hasta llegar a mi nivel.

—He venido varios días a buscarte y no estabas. Pensaba que necesitabas descansar.

¿Por qué mi madre no me había informado de esas visitas? Me hubiera preparado para ese momento. ¿Era su modo de castigarme por estar ayudando a mi tía en esa vida que ella no aprobaba? ¿O, intentando pensar bien de ella, simplemente era su modo de intentar protegerme?

—He estado ayudando a mi tía con unos asuntos suyos.

—No sé si me gusta que te mezcles mucho con tu tía y sus asuntos.

No sé de dónde saqué las fuerzas para no quedarme con la boca abierta y la mandíbula desencajada. ¿Qué narices sabía Hans sobre mi tía? Ella me había dicho tiempo atrás que se había casado con mi tío para ayudarlo a evitar los rumores que lo rodeaban y que el escándalo no llegara a su vida, pero ¿y si ella no hubiera estado del todo a salvo de los rumores? ¿Y si la presencia de mi padre y su amistad con el Führer sí la habían salvado de acabar como Emma? Si era así, lo cierto era que cuanto antes se alejaran de ese lugar sería mejor para ellas; aunque yo, cada vez que lo pensaba, sentía que me arrancaban una parte de mí.

Y me centré en la frase que había pronunciado Hans y su significado completo, obviando sus sentimientos hacia mi tía. Intenté encontrar un tono conciliador pero firme, si es que eso era posible:

—Hans, es mi tía. No tiene ni que gustarte ni dejarte de gustar. Es mi tía y es mi vida. Mía.

—Ya estás otra vez con esa tontería. —Hans dio otro paso más hacia mí y su presencia resultó casi aterradora, pero tenía claro que no podía dejarme amedrentar, que era uno de esos momentos en los que ibas decidiendo el camino que tenías que seguir. A lo largo de la vida, te ibas encontrando diferentes obstáculos e intersecciones y tenías que tomar una decisión que cambiaría el rumbo. Unas veces la toman otros por ti; así había sido mi vida hasta ese momento. Ya tocaba que fuera yo la que tomara las riendas, así que levanté el rostro para poder mirarlo fijamente a los ojos y que leyera en mi mirada lo mismo que escuchaba de mi boca.

—No son tonterías, Hans. Mi vida es mía y de nadie más. Mis decisiones son mías. No estoy preparada para...

—¿Preparada para qué? —exclamó interrumpiéndome. Si en algún momento había tenido la esperanza de que esa conversación fluyera movida por la amistad que habíamos compartido en la infancia, todo terminó en ese momento.

—Para ningún tipo de compromiso. No quiero ser la novia de nadie.

—¿La novia de nadie? ¡No eres la novia de nadie, eres la mía!

—¿La tuya? ¿Desde cuándo? —Lo vi lanzarse a responderme con furia, pero me adelanté, impregnando en mi voz un cinismo que no hubiera querido mostrar ante él, pero que no pude evitar—: ¿Me vas a decir que soy la única chica a la que has besado? ¿Y todas han sido tus novias?

Él dio un paso para atrás, realmente sorprendido por mis preguntas, que no esperaba y que no encajaban en el concepto que tenía de mí. Volvió a mirarme como si fuera un bicho raro, pero no me molestó. Sí, era un bicho raro, al menos en ese mundo que me rodeaba; siempre lo había sido, pero era la primera vez que me gustaba.

—A ver, Agna... —ahora su tono sí que era conciliador—. Sabes perfectamente que somos idóneos el uno para el otro. Lo hemos sido siempre, y nuestros padres siempre han deseado nuestra unión.

¿Idóneos el uno para otro? Aguanté la carcajada que se formó en mi garganta.

—Lo que nuestros padres deseen no deben marcar nuestra vida. Y menos en un tema como este. Hans, yo te aprecio mucho y te tengo mucho cariño... Y siempre te recordaré como el primer chico que me besó. —No quise aclararle que el beso al que me refería era el que me había dado siendo unos niños; mejor que él sacara sus propias conclusiones.

—¿Es por otro? ¿Te gusta otro?

—No... No es eso. —Y por primera vez en mucho tiempo, eso era verdad—. No hay ningún otro hombre en mi vida. ¿Por qué te cuesta tanto entender que no quiero ningún compromiso en este momento?

—Porque es lo que todas las chicas queréis.

Ahí ya sí que no pude evitar que una sonrisa cínica iluminara mi rostro.

—Pero es que yo no soy como el resto de las chicas que conoces, y es lo que no entiendes. No quiero tener una pareja. Quiero centrarme en mis estudios, quiero tener un trabajo, quiero mi propio camino y no volver a depender de las decisiones de otros. Quiero encontrar una pareja que no solo me quiera porque su visión idílica sobre nosotros le conviene a él y a nuestros padres...

—¿Quién narices te ha metido esas cosas en la cabeza? ¿Fue en la escuela? —Meditó unos segundos, miró hacia mi casa y luego volvió a mirarme fijamente con el odio grabado en sus ojos—. Ha sido ella, ¿no? Mira que lo decían mis padres, que no era buena influencia, que esas cosas hay que erradicarlas de raíz y...

—Y nada. No sé a qué te refieres —más bien, no quería decirlo en voz alta para no comprometer más a mi tía—, pero no necesito que nadie me meta ideas en la cabeza. Son mías y de nadie más. Y si no lo comprendes es problema tuyo. Hay dos maneras de acabar esta discusión, Hans, y en ninguna de ellas acabo siendo tu pareja. Así que tú verás si quieres que nuestra amistad se acabe aquí o no.

—Algún día te arrepentirás de esta conversación, y cuando vengas a pedirme perdón, quizás sea demasiado tarde.

Hans se dio la vuelta y fue directo a su coche. No se

volvió en ningún momento. No espero ninguna respuesta mía. O quizás sí lo hacía. Quizás pensaba que mostrándose inflexible iba a conseguir que yo fuera corriendo detrás de él para suplicarle que olvidara lo que le había dicho y rogarle que fuera mi pareja... Si ese era su deseo, solo me demostraría que estaba en lo correcto al rechazarlo. No me conocía, y nunca conseguiría hacerlo porque no tenía la menor intención de ver más allá de sus pensamientos y creencias.

• • •

No había amanecido aún cuando escuché el ruido de un coche aproximándose a mi casa. Me levanté corriendo de la cama. Esa noche había sido incapaz de conciliar el sueño. La discusión con Hans me había dejado un mal sabor de boca y un dolor en el estómago que me duraría aún algunos días. No le pregunté a mi madre por qué no me había dicho que Hans había venido en varias ocasiones a buscarme. ¿Qué iba a ganar con eso? ¿Pagar con ella las consecuencias de algo de lo que no era responsable?

Lo que más temía era una mala reacción de Hans hacia mi tía, a la que creía responsable de que lo rechazara. Cualquier ruido me alteraba. Quedaba tan poco para que Dagna fuera libre por fin que la posibilidad de que Hans la denunciara y acabara en un lugar horrible por mi culpa me carcomía por dentro.

Por suerte, no vino nadie y el único coche que se acercó y paró cerca de nuestra casa era propiedad de William; en él estaban el americano y Emma. Ella había mejorado muchísimo en esos días. No estaba recuperada al cien por cien, y seguramente nunca volvería a estarlo, pero atrás quedaba esa sombra de sí misma que conocí por primera vez en el salón de

William.

Bajé las escaleras en silencio. Sabía que nadie en esa casa dormía. Quizás mi madre, pero mi padre no. No había dicho nada el día anterior, no se había despedido de su hermana, pero en su mirada sí vi algo que no esperaba: tristeza. Volvía a perder a su hermana, y, seguramente, esa vez fuera para siempre. Yo no podía ni imaginar qué era lo que sentía en esos momentos, cuál era su propia lucha interna.

Dagna estaba abriendo la puerta, cargada con su maleta y algunas bolsas. Me acerqué rápidamente para ayudarla a cargar con todo lo que llevaba. Debía de ser difícil guardar toda tu vida en tan poco espacio. Pensé en cuando, siendo una niña, tuve que dejar mi mundo atrás. No tuvimos tiempo para decidir. Mi madre metió lo que pudo en una maleta, y yo miraba a todos lados aterrada y completamente perdida. El paralelismo con la realidad que estaba viviendo en esos momentos hizo que una pequeña lágrima resbalara por mi rostro, y, mentalmente, agradecí a mi madre la fuerza que había mostrado para evitar que yo me asustara aún más de lo que ya estaba por culpa de los soldados.

Vimos a Emma y William de pie al lado del coche de mi tía y nos dirigimos directamente hacia ellos. Por fortuna, ninguno de los presentes se percató de mi pequeño lapsus emocional. Ahora el centro de la escena eran esas dos mujeres valientes que nos abandonaban. William metió todo en el coche en silencio. Yo no pude evitar mirar hacia todos lados con la necesidad de comprobar que nadie nos espiaba, que nadie se acercaba a nuestra posición. William se despidió de las dos con rapidez y luego se alejó dirigiéndose hacia su coche. No entró en él. Solo se quedó de pie, apoyado en el capó.

Mi despedida con Emma no fue larga. En esos días nos habíamos dicho todo lo que teníamos que decirnos. Yo no quería que volviera a darme las gracias por algo que yo solo sentía que era justicia y que me recordaba que seguía siendo una egoísta. La había salvado a ella porque era el gran amor de mi tía, pero ¿cuántos seguían encerrados y torturados por amar diferente de lo que unos cuantos habían decidido que era lo correcto? Tenía que hablar con William. Sabía que no sería fácil, pero, además de trabajar en lo que él me pidiera y cumplir sus normas, necesitaba saber cómo podría ayudarlos, cómo podría devolverles la libertad que nadie debería haberles arrebatado nunca.

—Cuida de ella —le pedí justo antes de que se volviera para meterse en el coche y permitirnos a mi tía y a mí despedirnos a solas.

No dijimos nada durante unos instantes. Solo nos miramos fijamente. Tantas veces las miradas expresan todos aquellos sentimientos que no sabemos describir con palabras... Se acercó a mí y me dio un abrazo. Tan fuerte que hasta me cortó la respiración. Luego se rio por su acto, y eso relajó el ambiente.

Saqué el sobre que tenía guardado en un bolsillo y se lo di. Ella lo observó fijamente, lo cogió y miró su interior. No pudo ocultar su asombro: era el sobre que me había dado tiempo atrás William tras la velada en la que todo había cambiado.

—¿De dónde has sacado esto?

—Son mis ahorros —mentí. Y ella no me creyó.

—Agna, es demasiado. —Me lo devolvió, pero yo no hice amago de cogerlo—. No seas tonta. Cógelo, quédatelo. ¿No ves que allí donde vamos este dinero no sirve? —Lo cierto era que no había caído en eso. Tanto tiempo quejándome del egocentrismo americano y ahora caía yo en el mismo pecado—. William ya nos ha conseguido todo lo que necesitamos. No te preocupes.

Lo cogí a desgana y miré de reojo al americano, que no se perdía, en la distancia, ningún detalle.

—Gracias, Agna.

Nos volvimos a quedar en silencio. No quería volver a repetir las conversaciones que ya habíamos tenido, y todas las palabras y frases que me venían a la mente me parecían vacías e insulsas.

Me giré un momento hacia la casa. Me había parecido escuchar algo. Seguía a oscuras. Y hubiera creído que era mi imaginación si no hubiera visto temblar la cortina del despacho de mi padre. Estaba despierto. Observando en silencio cómo su hermana se iba de su lado. Dagna también se percató, y una leve sonrisa se dibujó en su rostro mientras miraba hacia la ventana tras la cual se escondía mi progenitor. No llegamos a verlo, pero tuve la sensación de que se hablaban en silencio y a través de la distancia. No dije nada. ¿Para qué? Si eso le servía a ella, no sería yo quien le borrara las ilusiones y le hiciera volver a pisar el suelo. Era su último momento con su hermano; yo no era nadie para estropearlo.

Luego se volvió hacia mí, se giró para mirar a Emma, que esperaba pacientemente. El momento de la despedida había llegado. No podían alargar más la partida. Pero costaba tanto...

—Vente, Agna, vente con nosotras. Este no es tu lugar. Lo sabes.

Era tentador. Mucho. Alejarme de todo lo que me rodeaba. Crearme una nueva vida. Dejar el pasado atrás...

—Pero ese lugar tampoco es para mí, tía. Es para vosotras y la vida que os habéis ganado. Me toca encontrar mi propio lugar, y el camino empieza aquí.

—¿Con William? ¿Qué te traes con él?

—Somos amigos, nada más. Ya te lo dije.

Mi tía me dio un beso en la frente mientras una sonrisa iluminaba su rostro.

—Espero que algún día puedas contármelo.

No sé qué se imaginaba mi tía, quizás acertaba, quizás en su mente se había formado una fantasía más romántica o más épica. Yo solo le sonreí negando con la cabeza.

—Escríbeme. Nunca dejes de hacerlo. Quizás algún día sí acepte tu oferta.

—Cuando quieras... Nuestra puerta estará siempre abierta para ti.

Un último abrazo que, a pesar de ser eterno, se me hizo demasiado breve... Y la vi marchar. En su viejo coche, con su viejo amor y nuevos sueños. Aguanté las ganas de salir corriendo detrás de ellas, de pedirles que me llevaran, de decirles que había cambiado de opinión, huir de todo lo que me rodeaba, pero, si algo había aprendido en esos meses que habían transcurrido desde que mi tía había ido a buscarme a la estación de tren era que no iba a convertirme en una cobarde, que no iba a dejar que otras personas decidieran sobre mi vida. Iba a tomar las riendas de la misma y labrarme un futuro en el que la culpa quedara aplacada por nuevos y fuertes recuerdos. No iba a ser fácil. La mochila que cargaba era muy pesada, pero eso solo me hacía más fuerte.

Las vi marchar con el miedo de no volver a verlas nunca más, pero sabiendo que la felicidad por fin se había dignado a sentarse a su lado. Ahora tocaba luchar por que decidiera sentarse al mío. Sentí cómo William también se marchaba en su coche mientras los primeros rayos de sol comenzaban a dibujarse en el horizonte. Entré en mi casa con el cuerpo recargado de energía y la sensación de que por fin yo era simplemente Agna. Y nada más.

Noviembre de 1989

La noticia de la caída del muro de Berlín abrió todos los noticiarios y los periódicos del mundo entero. Todos ellos llenos de esperanzas, de palabras luminosas... Las declaraciones de los primeros en cruzarlo, de la multitud de alemanes del oeste que los esperaban con los brazos abiertos para celebrar ese momento histórico... Todos hablaban con lágrimas en los ojos y con el mensaje de que cualquier cosa era posible, que por fin estaba en sus manos la posibilidad de crear un mundo mejor.

Con mis cincuenta y tantos años y toda la experiencia que la vida me había dado, solo podía sonreír con tristeza. Claro que me alegraba que ese horrible muro hubiera caído, que centenares de familias pudieran volver a unirse... Pero hacía demasiado tiempo que había perdido por completo la inocencia que te hace soñar con un mundo mejor.

Y no podía quejarme. Nunca tuve una mala vida, nunca me faltó de nada. Las fotografías que aquella noche tan lejana vi a mi padre enterrar en el jardín de casa fueron compradas por una importante revista americana. Aquella que muchos años antes había hecho un reportaje por todo lo alto a Hitler como si fuera un hombre ejemplar. No me sorprendió el cambio y el olvido. ¿Qué había en esas fotos que tanta conmoción causaron? Nunca quise verlas. Solo habrían reafirmado lo que ya sabía: mi padre sí había sido un cómplice silencioso de todas las barbaridades que se realizaron bajo el mandato de Hitler. Es cierto que nunca empuñó un arma, nunca accionó ninguna cámara de gas ni torturó a ningún prisionero..., pero, para que los malos ganen, lo único que necesitan es que los buenos no hagan nada. Y eso los convierte también en malos. Y sí, soy una cínica. Nunca quise verlas, pero sus beneficios me dieron la libertad que tanto ansiaba.

Cumplí mi promesa de no moverme de Alemania mientras mis padres siguieran vivos... Mantuve siempre la esperanza de que un día se sentaran conmigo a contarme toda su verdad, aunque difiriera por completo de aquello que nos proclamaban por todos lados. No me hubieran importado las mentiras en las que se hubieran basado sus experiencias. Necesitaba escucharlas para poder comprenderlas. A lo largo de mi vida, he escuchado a muchos alemanes decir que ellos se hubieran comportado de otra manera, y yo tenía que aguantar la sonrisa y no decirles que la historia era más fácil de vivir cuando se había terminado. Mis padres se fueron de esta tierra guardando el silencio con el que siempre me habían castigado, y me ha costado mucho tiempo perdonarlos, a pesar de saber que era la manera que ellos creían que tenían de salvarme.

Dagna, mi hija mayor, entró en la habitación del hotel que compartíamos. En cuanto me habían llegado los primeros rumores de que la caída del muro estaba cerca, ella me había suplicado que fuéramos, que no nos podíamos perder un momento así. Llevaba colgada de un hombro la mochila que contenía su equipo fotográfico, y sus ojos brillaban de la emoción. Reconocí en su expresión la misma que veía siendo niña en los ojos de mi padre cuando había realizado lo que él consideraba unas grandes fotos. Me recuerda mucho a él, y tengo que admitir que a veces me da miedo. Sin embargo, tiene un carácter comprometido, solidario y empático que nunca he conseguido tener yo y que muchísimo menos tuvo su abuelo.

Ella es el claro ejemplo de que la maldad no está en la sangre. Cuando la miro, vuelve a mi mente la eterna pregunta que siempre me he hecho sobre mí misma: ¿qué parte de mí es heredada de mi padre y cuál es solo mía? ¿Y cuánto de él fluye aún por las venas de Dagna?

Siempre tuve miedo a quedarme estancada, a que mi vida se petrificara y que, pasara lo que pasara, luchara lo que luchara, siempre estuviera a la sombra de lo que hizo mi padre. Nunca sería simplemente Agna... Mi apellido siempre sería más fuerte.

Me casé. Ni con Hans ni con Josef. Les guardo mucho cariño. Con sus diferencias y lo poco que me convenían, fueron parte importante de mi evolución. De Josef nunca volví a saber nada. Me lo crucé alguna vez y en sus ojos verdes quise detectar tristeza y arrepentimiento, pero quizás simplemente era lo que yo quería ver. Hans se casó con otra rica heredera, y actualmente siguen siendo una de las familias más ricas de Alemania. Si sigue asistiendo a las reuniones del Stille Hilfe lo desconozco, pero mucho me temo que así es.

Mi matrimonio fracasó. Nunca cambié de idea sobre ocultar mis orígenes, y eso no estaba bien visto en un mundo donde nadie quería pensar que su vecino, su compañero de trabajo, el amigo con el que comparte sus mejores momentos o la madre de sus hijos se hubiera criado en medio de la ideología nazi y que durante toda su infancia hubiera creído que era lo correcto. He sufrido rechazo y desprecio por mis orígenes, y, por mucho que me hayan hecho llorar, no puedo evitar comprenderlos... Como también comprendo a aquellos que optaron por el silencio como respuesta.

El teléfono de la habitación sonó y me quedé mirándolo como si pudiera estallar. Nadie sabía que estábamos en ese hotel, no le habíamos dicho a nadie que habíamos viajado a

Berlín horas antes...

—¿Diga?

—Creía que nunca ibas a volver a Alemania.

Reconocí su voz a pesar de los años sin escucharla y sonreí. Mi hija me miró con curiosidad, y yo la tranquilicé con un breve gesto, por lo que ella se dirigió al baño para refrescarse y, de paso, dejarme intimidad.

—William, nunca dije que no volvería...

—Pero tampoco has hecho muchos amagos de hacerlo.

—He estado ocupada.

—¿Qué te he dicho siempre de las excusas que ni uno mismo se cree? En fin... ¿Y cómo te sientes con tu vuelta?

—Rara. Todo el mundo parece tan ilusionado, tan convencido de que por fin se puede empezar de cero... Como si todo el trabajo estuviera hecho. Como si por fin... —No supe cómo continuar. Intentaba creerme todas las frases que había oído y que en el fondo deseaba que fueran verdad. Suspiré y cambié mi tono por completo—: Imagino que ya por fin podrás descansar...

La risa de William no se hizo esperar. Desde que había escuchado su voz, un nudo volvía a acomodarse en mi estómago esperando la frase que temía que pudiera volver a revolucionar mi mundo.

—¿Descansar, Agna? No eres tan ingenua como para creer que todo se ha acabado... Sabes perfectamente que ahora es cuando más nos necesitan.

Suspiré y miré la puerta del baño por la que había

desaparecido Dagna.

—Ya abandoné ese mundo…

Escuché de nuevo la risa de William al otro lado de la línea.

—Ayss… Agna… Nosotros nunca abandonamos ese mundo. Nunca pasamos página. Nunca olvidamos… Por eso siempre hemos sido los mejores.

—Veo que los años no te han traído modestia.

—Tengo muchos defectos, pero ese nunca será uno de ellos, pequeña —bromeó para luego volver a cambiar su tono a uno mucho más serio—: Es el momento. La balanza caerá de un lado o de otro, y nosotros podemos ayudarla a inclinarse hacia el correcto.

William y yo nunca acabamos de ponernos de acuerdo sobre ese término, pero, con los años, habíamos ido acercando posturas.

—Es el momento, Agna —repitió—. Hablamos muchas veces de él y ha llegado. Y quieres formar parte de él.

No le respondí. ¿Qué responder en esos momentos? Cuando cogí el avión rumbo a Berlín, sabía que eso podía pasar, pero no me había querido parar a pensar en qué haría ni qué diría si llegaba ese momento. ¿Tenía razón William cuando había dicho que nosotros nunca abandonamos ese mundo? ¿Estaba dispuesta a involucrarme de nuevo? ¿Realmente teníamos la posibilidad de cumplir con el sueño de una Alemania unida y fuerte lejos de todas las culpas del pasado?

—Os espero en el Brauhaus Lemke.

No esperó mi respuesta ni yo me molesté en

preguntarle cómo sabía que no estaba sola. Oí que colgaba el teléfono y yo hice lo mismo. Dagna salió del cuarto de baño con el pelo algo humedecido y el rostro mucho más fresco. No preguntó quién me había llamado. La discreción sí era algo que había heredado de sus abuelos. Sonreí, miré el teléfono que había colgado y la volví a mirar.

—Vamos, hija... Quiero presentarte a un viejo amigo.

Dagna se echó la mochila al hombro con una sonrisa llena de ilusión, se colgó de mi brazo y juntas salimos de esa habitación de hotel dispuestas a caminar por aquel nuevo Berlín que tantas promesas traía.

NOTA DE AUTORA

Agna no existió. O quizás sí, entre todas las chicas de la burguesía alta alemana de los años 50, aquellas que fueron daños colaterales de una guerra en la que no habían participado. Erik Weber está basado en diferentes personas. Cuando pensamos en el fotógrafo de Hitler el primer nombre que nos viene a la mente es Hoffman, pero no fue el único que estuvo tan cerca de él. Entre ellos destaca también Hugo Jaeger, la historia de las fotos en latas enterradas en el jardín para ser posteriormente vendidas es suya.

Las conversaciones que en ciertos momentos ocurren con personajes históricos están basadas en entrevistas que ellos, o allegados suyos, han realizado a lo largo de su vida.

La historia transcurre en la década de los 50, alrededor de 1953. No he querido centrarme en un año exacto para poder jugar un poco con los acontecimientos que rodean a la protagonista y que van influyendo de un modo u otro en sus decisiones.

A lo largo del libro se vierten una serie de opiniones políticas e ideologías con las que no concuerdo en absoluto pero que son necesarias para reflejar la situación que se vivió en Alemania tras la Segunda Guerra Mundial. Ignorarlas, querer hacer como que nunca existieron o blanquearlas producen errores catastróficos. Ya lo dice el refrán: “El pueblo que desconoce su historia está condenado a repetirla”.

El título y la idea del libro surgió en un viaje a Berlín hace más de cuatro años. Estábamos en un campo de concentración cuando la guía nos empezó a explicar cómo sus amigos alemanes vivían con una sensación de culpabilidad por no sentirse culpables por lo acontecido en la época de sus abuelos y que los padres de sus amigos eran hijos del silencio porque habían tenido que crecer en una sociedad en la que nadie les quería contar nada, en la que se consideraba que si no hablabas de ello no había sucedido y se podía olvidar.

Es mi primer libro de ficción histórica y la búsqueda de documentación ha sido un largo camino que ha incluido, entre muchas cosas, intercambiar emails con la Embajada Alemana en España, el archivo de la ciudad de Múnich y la librería de la ciudad de Múnich entre otros... pero solo con todo lo que he aprendido a lo largo de tanto tiempo de trabajo ya hace que merezca la pena.

A continuación, os dejo algunos de los libros, documentales y artículos que he leído... Si deseáis saber más, no dudéis en poneros en contacto conmigo.

ALGUNA BIBLIOGRAFÍA

- *Documentales:*

  - Prejuicio y propaganda nazi: los crímenes contra los "hijos de la vergüenza" /DW Documental

  - 1949: Un año, dos Alemanias. /DW Documental

  https://www.youtube.com/watch?v=gjjMozvHK5Y

  - Afroalemanes - ser negro y alemán | DW Documental

  https://www.youtube.com/watch?v=ECfm1nI9sAs

- LAS PRINCESAS NAZIS, ¿Qué fue de las esposas y amantes de la élite alemana?

https://www.youtube.com/watch?v=1UevUjqx6IA

- *Libros:*

- Crasniaski, Tania (2017) Hijos de los nazis. La esfera de los libros. Madrid.

- Carleton, Verna B. (2017) Regreso a Berlín. Periférica & Errata naturae.

- MacDonogh, Giles. (2016). Después del Reich. Crimen y castigo en la posguerra alemana. Galaxia Gutemberg. Barcelona.

- Lebert, Norbert y Stephan (2005). Tú llevas mi nombre. Editorial Planeta. Barcelona.

- Judt, Tony (2006). Postguerra. Una historia de Europa desde 1945. Taurus. Madrid.

- *Artículos:*

- Minguito, Alvaro. (20 de noviembre 2020) El otro Nuremberg.

https://www.elsaltodiario.com/memoria-historica/otro-juicio-nuremberg

- Anton, Jacinto (21 de octubre 2013). Como librarse de un Nazi muerto.

https://www.elpais.com/internacional/2013/10/21/

actualidad/1382384427_252071.amp.html

- Tostado, Francisco Javier (21-01-2019) Los fotógrafos de Hitler.

https://franciscojaviertostado.com/2019/01/21/los-fotografos-de-hitler

- Huellas del pasado nazi de la Konigspaltz de Múnich (6-1-2018)

https://sitioshistoricos.com/huellas-del-pasado-nazi-de-la-konigspaltz-de-munich

- 12 reminiscencias del pasado nazi de Múnich (26-1-2019)

https://sitioshistoricos.com/12-reminiscencias-del-pasado-nazi-de-munich

• • •

AGRADECIMIENTOS

Cada vez que me pongo delante de esta página en blanco me da miedo olvidarme de alguien (cosa que seguro que sucede mucho más a menudo de lo que nos gustaría). Podría reducirlo todo a un "Gracias a todos los que hacéis posible que este sueño siga haciéndose cada día más y más fuerte y a todos los que me inspiráis con vuestro ejemplo"... pero es cierto que siempre hay personas que se merecen destacar un poquito más.

Mis padres. Te puedes enfadar con ellos, puedes no estar de acuerdo con todo lo que hacen o dicen... pero siempre está ahí cuando los necesitas. Los hijos somos los seres más egoístas del mundo y solo comprendes todo lo que han hecho por ti cuando te encuentras en su misma situación (y no todo el mundo lo hace).

A Luismi y mis bichas. Pilar que me da fuerzas cada día para seguir luchando con todas las dificultades que este mundo te va poniendo delante.

A Sara, Lander y Antía. Sin la portada de la primera y la maquetación del segundo este libro perdería gran parte de su esencia.

A Felix, por ser mi primer lector cero, devorar cada uno de los párrafos y darme siempre su opinión (aunque muchas veces yo no le haga ni caso).

A la embajada de la República Federal de Alemania, el archivo de la ciudad de Munich y la librería de la ciudad de

Munich que contestaron a mis peticiones a gran velocidad y amabilidad.

A Eva y Javi, que siempre están ahí cuando me da el bajón y nuestro querido "síndrome del impostor" viene a visitarme.

A Helena Pinen y Luz Escaño que en los peores momentos del proceso de creación estuvieron ahí para apoyarme y echarme una mano como solo un verdadero compañero escritor sabe hacer.

A María Leiva por su energía y vitalidad, por sus ganas de hacer cosas e involucrarme en ellas.

A Lourdes Tello por contar conmigo para todas sus iniciativas, aún no sé cómo consigue mantener ese ritmo frenético.

A todos los compañeros escritores a los que tanto admiro: Carol S. Brown, Noah Evans, Rober H.L. Cagiao, K. Dilano, Blas Ruiz Grau, Joan Llensa, Marc R. Soto, Gonzalo Fernández, Mónica García, Laura Sanz, Joana Arteaga, Irene Recio, Rubén Benítez, Manu Franco, Cristina Grela, Mar Aísa... y podía tirarme así párrafos enteros solo de nombres de grandes compañeros y escritores (no dudéis en buscar sus nombres y leer sus libros).

A todos los blogueros, bookstagramers, lectores que confían en mis letras y usan tu tiempo y su dinero en leerme. Son el motor de este mundillo literario y pocas veces les damos las gracias como se merecen. Vuestro boca a boca, vuestra difusión... da vida a nuestros libros.

• • •

Y a ti, que estás ahí, sosteniendo este libro, leyendo hasta la última coma... Mil gracias. No dudes en ponerte en contacto conmigo. Vuestros comentarios nos hacen crecer.

• • •

BIOGRAFÍA

Madrileña, enamorada de la ciudad que me vio nacer. Alma gallega. Vivo con eterna morriña. Medio corazón en Mozambique (una vez que cruzas el Sahara, tu piel queda impregnada de su esencia y siempre te acompañará).

Respirar y escribir... No puedo vivir sin ninguna de las dos. Quizás empecé a escribir antes que a andar y a soñar antes que a ver.

Con vocación pedagógica, amante de los deportes (#basketlover forever) y ganas de disfrutar de cada segundo.

Entusiasta de una literatura social contemporánea donde profundizo en temas de actualidad como el maltrato, el acoso, abusos sexuales, etc... Creo firmemente que la literatura tiene que servir no solo para entretener sino también para reflejar nuestra sociedad y hacernos reflexionar sobre la misma.

Soy una firme defensora de la autopublicación.

• • •

MIS REDES SOCIALES

Twitter: *@martasebastian*

Instagram: *@marta_sebastian_*

Facebook: *https://www.facebook.com/MartaSebastianP*

Email: *martasebastianperez1981@gmail.com*

Página web: *https://www.martasebastian.com*

¡¡No dudes en ponerte en contacto conmigo!!

• • •

MIS OTRAS OBRAS

Remiendos del pasado
(2015)

Sueño de cristal
(2016)

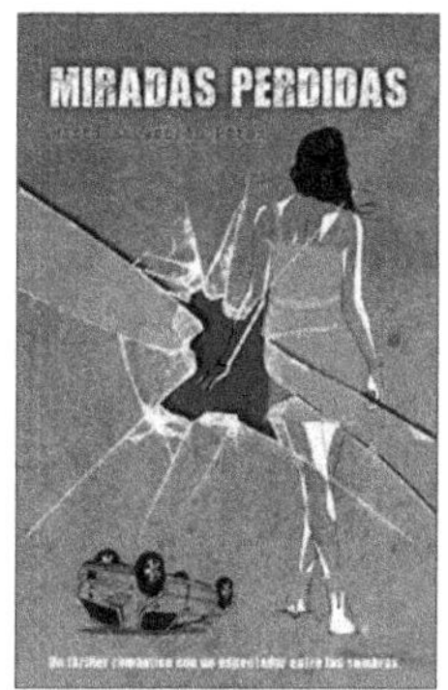

Miradas Perdidas
(2017)

El amanecer de un sueño
(2018)

Secretos de hielo
(2018)

La falsa verdad
(2019)

La falsa familia
(2020)

Trata de testigos
(2020)

Falsa Apariencia
(2020)

Miedo en directo
(2021)

COLABORACIONES EN OBRAS BENÉFICAS

- *Relatos para el recuerdo: Libro solidario*
- *Antología benéfica Gritos y Pesadillas*

- *Antología Fuera de tiesto*
- *Sensaciones divinas*
- *Antología Fuera de tiestillo. Girasol.*
- *2020. Y que no nos coja confesados*
- *Caso Cerrado. Relatos negros y otras historias*

• • •

www.ingramcontent.com/pod-product-compliance
Lightning Source LLC
LaVergne TN
LVHW010050170826
845678LV00012B/2096

* 9 7 8 8 4 0 9 4 6 2 2 9 2 *